I0603898

En équilibre sur le fil de l'Épée

En équilibre sur le fil de l'Épée

Lindsay Buroker

En équilibre sur le fil de l'Épée

Podium

En équilibre sur le fil de l'Épée

Traduit par Vincent Basset

Titre Original *Balanced on the Blade's Edge*

Language Originale: Anglais

Copyright © 2014, 2022 Lindsay Buroker et SAGA Egmont

Tous droits réservés

ISBN: 978-1-0394-6145-1

1ère édition

Aucune partie de cette publication ne peut être reproduite, stockée/archivée dans un système de récupération, ou transmise, sous quelque forme ou par quelque moyen que ce soit, sans l'accord écrit préalable de l'éditeur, ni être autrement diffusée sous une forme de reliure ou de couverture autre que dans laquelle il est publié et sans qu'une condition similaire ne soit imposée à l'acheteur ultérieur.

www.podiumentertainment.com

En équilibre sur le fil de l'Épée

Première partie

CHAPITRE 1

LE COLONEL RIDGE Zirkander avait si souvent arpenté le couloir conduisant au bureau du général Ort qu'il tenait ses bottes pour responsables de l'usure du long tapis gris terne qui courait tout du long. Les deux plantons qui montaient la garde à la porte étaient trop bien entraînés pour échanger entre eux un sourire entendu ; pour autant, la nouvelle de son entretien avec le général aurait fait le tour de la citadelle d'ici à l'heure du déjeuner. Ce ne serait pas la première fois. Heureusement, on n'arborait sur son uniforme que ses médailles, pas ses blâmes.

— Messieurs, bonjour. (Ridge s'arrêta devant la porte. Il lorgna les fusils des soldats – ils étaient équipés du nouveau modèle de fusil à répétition –, mais les deux hommes ne semblaient pas avoir reçu l'ordre d'interdire l'entrée du bureau du général. Dommage.) Comment est l'humeur du général, aujourd'hui ?

— Tendue, mon colonel.

— Ce qui ne change pas tellement des autres jours, n'est-ce pas ?

Ridge ne s'attendait pas à une réponse ; les simples soldats n'étaient pas encouragés à cancaner sur leurs officiers, du moins pas quand lesdits officiers se trouvaient à portée de voix, mais le plus jeune lui sourit.

— Jeudi de la semaine dernière, il était d'humeur massacrante, mon colonel.

— Dans ce cas, j'ai bien fait d'avoir été dans les airs à ce moment-là, dit Ridge en lui donnant une tape sur l'épaule, avant de poser la main sur la poignée de la porte.

Le jeune soldat sourit de plus belle.

— Nous avons entendu parler du cuirassé, mon colonel. Un vrai exploit. J'aurais aimé être là pour voir ça.

— Notre plus grande victoire a été de réussir à abattre le vaisseau de ravitaillement, mais bien sûr ce n'est pas pareil que de s'en prendre à une cible qui vous mitraille de ses canons.

— Je serais heureux d'entendre cette histoire-là, mon colonel, dit le soldat avec des yeux brillants.

— Peut-être plus tard, chez *Rutty's*, à condition que le général ne m'envoie pas aux cuisines pour la corvée d'épluchage avec les nouvelles recrues.

Ridge entra sans frapper. Des montagnes de paperasse s'entassaient sur le bureau du général Ort, qui contemplait la vue depuis la fenêtre surplombant le port, ses mains ridées croisées dans son dos. Des navires marchands, des bateaux de pêche et des vaisseaux militaires sillonnaient la baie, mais, comme toujours, le regard de Ridge fut invariablement attiré par les Dragon alignés sur la butte à l'extrémité sud des installations portuaires. Leur coque de bronze effilée, leurs hélices et leurs canons scintillaient sous le soleil matinal, l'invitant à revenir au plus vite. Son escadrille se trouvait là-bas, occupée à des tâches de maintenance et de réparation, attendant qu'il rapporte des nouvelles. Ridge espérait que cette séance de réprimande s'accompagnerait aussi de nouveaux ordres de mission.

Le général ne se retourna pas immédiatement. Ridge s'affala dans le luxueux fauteuil en cuir qui faisait face au bureau, une jambe négligemment passée sur l'accoudoir.

— Bonjour, mon général. J'ai reçu votre message. Que puis-je faire pour vous en cette belle journée ? dit Ridge avec un signe du menton en direction du ciel bleu au-dessus du port, aussi vierge de dirigeables ennemis que de nuages.

Ort se retourna. Renfrogné d'ordinaire, le visage du colonel se fit revêche en voyant la jambe de Ridge qui se balançait nonchalamment.

— Non, non, j'insiste. Prenez donc un siège.

— Merci, mon général. Je dois dire que ces fauteuils invitent à se vautrer confortablement. (Ridge caressa le cuir lisse et doux.) Si jamais quelqu'un parvient à m'imposer d'avoir un bureau, j'espère qu'il sera aussi richement meublé que le vôtre.

— Par les sept dieux, Ridge. Chaque fois que je vous vois, je ne peux m'empêcher de me demander comment vous avez pu obtenir toutes ces barrettes sur votre col.

— C'est tout autant un mystère pour moi, mon général.

Ort passa la main dans ses cheveux gris coupés en brosse, s'assit à son bureau et prit un dossier. Le dossier de Ridge, que depuis le temps il devait connaître par cœur, malgré ses dix centimètres d'épaisseur.

— Vous avez quarante ans, colonel. Allez-vous vous décider à grandir un jour ?

— À ce qu'on dit, il est plus probable que je me fasse descendre avant que ça n'arrive.

Ort croisa les mains sur le dossier sans l'ouvrir.

— Racontez-moi ce qui s'est passé.

— À quel propos, mon général ? demanda Ridge.

Il savait pertinemment de quoi le général voulait parler, mais il avait appris depuis longtemps à ne jamais livrer de lui-même des informations qui pourraient l'incriminer.

— Vous l'ignorez ?

La moue contrariée de Ort s'accentua au point que les coins de sa bouche se retrouvèrent en danger de tomber de son menton.

— Eh bien, mon escadrille est au sol depuis quatre jours. Il pourrait s'agir de beaucoup de choses.

— À en croire le rapport qui m'a été fait, vous avez cassé le nez de l'ambassadeur Serenson et menacé de lui trancher le pénis. Ça vous revient ?

— Oh, ça, acquiesça Ridge en hochant la tête. Oui, je vois. Encore que je croie plutôt l'avoir menacé de lui trancher son mât de misaine. Nous étions en galante compagnie, et j'ai préféré la métaphore à l'exactitude d'un terme anatomique pour ne pas risquer de choquer ces dames.

Le général contracta nerveusement les mâchoires.

— Expliquez-vous.

— Ce mange-pelouse répugnant avait coincé le lieutenant Ahn et la tripotait, en cherchant à l'entraîner dehors. Elle s'apprêtait à lui mettre son poing dans la figure quand je me suis permis d'intervenir, pensant qu'elle n'apprécierait sûrement pas autant que moi le confortable fauteuil de votre bureau.

En réalité, son lieutenant émérite, dont le flanc de l'aéro s'ornait de presque autant de victoires que lui cette année, avait plutôt affiché un visage incertain, comme si elle hésitait à laisser Serenson abuser d'elle, étant donné l'importance du personnage. Au diable ces considérations : aucun uniforme n'exigeait ce genre de sacrifice.

— Par le souffle de Breyatah, Ridge, vous n'auriez pas pu défendre votre officière sans provoquer un incident international ?

Sans doute, mais pas avec la même satisfaction. Et au demeurant…

— Un incident international ? Nous sommes déjà en guerre avec les Cofah, et cet incident ne fait que nous rappeler pourquoi nous nous sommes rebellés contre leur joug. Ils croient pouvoir s'approprier les choses comme bon leur semble. Eh bien, non. Pas mon pays, et pas un membre de mon escadrille.

Ort soupira et se redressa dans son fauteuil.

— Je me réjouis de savoir que malgré votre insupportable insolence vous vous souciez de votre pays, mais ce matin le roi m'a sauté à la gorge comme un chien enragé. L'affaire est sérieuse, Ridge. Serenson réclame que vous soyez envoyé à Magroth.

Ridge renifla dédaigneusement. Son geste n'était pas aussi grave que ça. Seuls des criminels étaient condamnés aux mines de cristal de Magroth, et encore uniquement ceux pour qui c'était ça ou le peloton d'exécution. Peu considéraient d'ailleurs que la perpétuité à Magroth, sans aucun espoir de libération, valait mieux comme sentence.

Le général tira une feuille du dossier de Ridge et la déposa sur le bureau.

— Vous partez ce matin.

— Je… Comment ? (Pour la première fois, une réelle inquiétude lui noua les entrailles. Il avait laissé sa figurine de dragon porte-bonheur suspendue au cockpit de son aéro ; il aurait peut-être dû la prendre avec lui, ou au moins lui frotter le ventre avant de venir ici pour se porter chance.) Ce n'est pas drôle, mon général.

Les yeux gris dépourvus d'humour du général le toisèrent, implacables.

— Le roi a donné son aval.

Le roi ? Le roi ne le condamnerait jamais à mort. Il était trop précieux pour l'effort de guerre. Ridge s'apprêtait à secouer la tête, incrédule, quand il laissa tomber son regard sur le document sur le bureau et remarqua de quel type de formulaire il s'agissait. Une feuille d'ordres. Ils ne l'envoyaient pas là-bas en tant que criminel, mais en tant qu'officier de commandement. Un contingent de soldats était affecté à cette mine secrète, dont l'emplacement n'était connu que des plus hauts gradés, et des hommes qui y étaient stationnés.

— Vous voulez que je garde des mineurs, mon général ? C'est un boulot d'infanterie, et pour de simples soldats. (Évidemment, il fallait quelques officiers pour s'occuper de l'administration, mais ce n'était pas un poste pour un colonel.) Ou bien comptez-vous me rétrograder en plus de cette… réaffectation ?

Ridge s'étrangla presque en prononçant ce dernier mot. Réaffecté, lui ? Tout ce dont il était capable, c'était piloter et affronter les appareils ennemis ; il n'avait rien fait d'autre depuis sa sortie de l'école de l'air. Il n'avait qu'une vague idée de l'emplacement de la mine, mais il savait qu'elle se situait dans les montagnes, à plusieurs centaines de kilomètres de la côte, et des lignes de front.

— Non, pas de rétrogradation. Lisez les ordres, Ridge. (Ort sourit pour la première fois depuis le début de leur entretien, le genre de sourire qu'affichait une brute après avoir dérouillé un gamin maigrichon sur le terrain de brisk-ball.) Le roi et moi en avons longuement parlé ce matin.

Ridge récupéra le document et le parcourut des yeux. Oui, une réaffectation. Au poste de… Il baissa la feuille.

— Commandant de forteresse ?

— Oui, c'est ce qui est écrit. (Ort souriait toujours. Ridge préférait quand il avait son air revêche.)

— Mais, c'est… c'est un poste pour un général.

Ou du moins pour un officier ayant l'expérience du commandement de bataillons entiers de soldats, sans parler des connaissances nécessaires en matière d'administration. Ridge n'avait jusqu'ici commandé que des escadrilles d'officiers brillants et prétentieux, assez peu différents de lui. Comment allait-il gérer une troupe de soldats d'infanterie ? Sans parler d'un nombre inconnu de criminels endurcis trimant dans les galeries de la mine ?

— En temps de guerre, il n'est pas rare qu'un officier se retrouve contraint d'occuper des fonctions normalement réservées à de plus hauts gradés que lui.

— Qu'est-il arrivé à l'actuel commandant ? marmonna Ridge, imaginant un malheureux général affalé au sol, le fer d'une pioche planté dans le crâne.

— Le général Bockenhaimer devait prendre sa retraite cet hiver. Il sera infiniment reconnaissant d'être relevé de son poste avec quelques mois d'avance.

— Je n'en doute pas.

Ridge se repencha sur ses ordres. Il avait la vision floue et parvint non sans difficulté à lire la durée de son affectation. Un an. Qui commanderait son escadrille en son absence ? Et qui piloterait son appareil ? Il avait toujours cru… il avait été incité à croire – non, les gens n'avaient pas cessé de le lui dire, bon sang – qu'il était indispensable au front. La guerre était loin d'être terminée ; cette année avait connu plus de combats qu'aucune des quatre années précédentes. Comment pouvaient-ils envisager de l'envoyer dans une forteresse oubliée des dieux, au fin fond des montagnes ?

— Je sais que c'est dur à encaisser pour vous, Ridge, mais je pense sincèrement que c'est pour le mieux.

Ridge secoua la tête. Il ne pouvait rien faire d'autre. Pour une fois, il était à court de mots, sans brillante répartie à lancer.

— Vous êtes un pilote d'exception, Ridge. Vous le savez. Tout le monde le sait. Mais être un officier, cela demande plus que de grimper dans votre Dragon et d'abattre des appareils ennemis. Cette histoire va vous obliger à mûrir en tant que soldat, et en tant qu'homme. (Ort haussa les épaules.) Ou elle vous tuera.

Ridge émit un petit rire dédaigneux.

— Bien, vous avez vos ordres, dit Ort en le congédiant d'un geste. Vous pouvez disposer.

Ridge se leva et resta un instant devant la fenêtre à regarder le port, avant de se diriger vers la porte. Cloué au sol. Pour une année entière. Comment survivre à ça ?

— Oh, et, colonel ? appela le général alors que Ridge arrivait à la porte.

Ridge s'arrêta, pris du soudain espoir que tout ceci n'était qu'un mauvais tour destiné à lui donner une bonne leçon.

— Oui, mon général ?

— Emportez des vêtements chauds. L'automne touche à sa fin dans les montagnes. (Le sourire du général réapparut.) Et Magroth se trouve à 3600 mètres d'altitude.

Une bonne leçon, effectivement.

Sardelle se réveilla en sursaut, le cœur battant la chamade. Des ténèbres opaques la cernaient de toutes parts. Des raclements et des grattements lui parvinrent, et les souvenirs déferlèrent en elle : le fracas de l'explosion, l'ordre de rejoindre la salle de sauvegarde, le moment où elle avait pris place dans une des alcôves de secours et l'avait activée, puis la terreur quand les rochers s'étaient écrasés autour d'elle, anéantissant son monde.

Elle tâtonna dans le noir à la recherche de la paroi lisse de l'alcôve, mais celle-ci avait disparu. Elle ne sentit sous ses doigts que la surface froide et irrégulière de la pierre. Les bruits de raclement s'intensifièrent. Étaient-ce ses frères qui venaient à son secours ? Mais ils auraient carbonisé les rochers ou les auraient déplacés par la magie, au lieu de les dégager à l'aide de pics et de pioches. À moins que les magiciens du Cercle n'aient été trop occupés à repousser les assaillants, et qu'ils aient envoyé des ouvriers ordinaires pour cette tâche ?

— *Sardelle ?*

La question télépathique s'accompagna d'un intense soulagement. Jaxi. Sa lame-sœur s'était-elle également enterrée sous les rochers ? Sardelle n'avait pas eu le temps de courir récupérer son épée quand la montagne avait commencé à trembler.

— *Je suis là*, répondit Sardelle.

— *Les dieux soient loués. Tu as hiberné si longtemps ! Tu n'imagines pas combien je me suis sentie seule. Il y a une limite aux conversations que l'on peut entretenir avec des cailloux.*

— *Je suppose que ça signifie que tu es toi aussi enterrée sous la roche ?* Les bruits de grattements se rapprochèrent, et un minuscule point lumineux perça les ténèbres à quelques pas de distance.

— *Encore plus profondément que toi. Tu m'avais laissée dans les salles d'entraînement au niveau inférieur, tu te rappelles ?*

— *Bien sûr que oui. C'était ce matin, voyons. Et pour autant que je m'en souvienne, tu te réjouissais que ce jeune et bel apprenti s'occupe d'huiler ta lame.*

Sardelle attendit une réplique, mais un long silence s'étira dans son esprit, tandis que le point de lumière s'agrandissait. Quand Jaxi répondit finalement, ce fut d'une voix douce :

— *Sardelle ?*

— *Oui ?*

— *Ce n'était pas ce matin.*

— *Quand, alors ?*

— *C'était il y a trois cents ans.*

Sardelle ricana.

— *Très drôle, Jaxi. Si, si. Allez, sérieusement, c'était quand ?*

— *Ces sapeurs ont été extrêmement efficaces pour provoquer l'effondrement de la montagne. Ils étaient dissimulés je ne sais comment, et les nôtres n'ont pas senti leur présence. C'est pourquoi... nous sommes morts. En masse. L'alcôve magique t'a sauvée, mais elle était programmée pour te garder en stase jusqu'à ce que les conditions extérieures redeviennent favorables. Dans ce cas précis, qu'il y ait suffisamment d'oxygène pour respirer et un moyen de sortir de là sans finir broyée sous l'éboulement.*

Cette partie-là, Sardelle la croyait sans problème. Elle se souvenait de Jetia émettant un avertissement télépathique – plus un cri mental de peur qu'autre chose – à propos des sapeurs quelques secondes avant les détonations et les premières chutes de roche. Mais... trois cents ans ?

— *Si cela peut te réconforter, je suis restée consciente durant toutes ces années, à surveiller cette montagne en espérant qu'une personne douée de pouvoirs magiques passe par là et que je puisse l'appeler pour lui demander de me retrouver. J'ai bien réussi à établir une connexion psychique avec un ou deux bergers et un prospecteur, mais – tu peux le croire ? – ils se sont alarmés de ma présence dans leur tête et se sont enfuis en hurlant. Enfin, c'est sans importance. J'estime que je suis enterrée sous au moins mille mètres de roche solide. Impossible pour un être ordinaire de m'atteindre. Et même pour toi, cela sera... J'apprécierais que tu trouves un moyen de me sortir de là, car sans moi tu risques d'avoir toi aussi du mal à déplacer une telle quantité de matière.*

— *Oh, vraiment ?*

Sardelle mêla de l'indignation à sa pensée, encore qu'il s'agissait plus d'une réaction instinctive aux railleries de Jaxi qu'une réelle objection. Car elle plaisantait forcément. À la différence de la plupart des mages qui préservaient leur âme après avoir vécu de nombreuses décennies, Jaxi était morte jeune d'une maladie rare et avait choisi d'insuffler son essence dans une lame-sœur avant de s'éteindre. Même après avoir vécu dans l'épée durant des centaines d'années et connu plusieurs porteurs successifs, elle conservait son sens de l'humour d'adolescente et elle aimait jouer des tours à Sardelle.

— *Pas cette fois, mon amie.*

— *Je ne...*

— *Tu t'en rendras compte dans un moment. Tu ferais mieux de prêter attention à ton environnement. Le monde a changé. Notre peuple a été détruit, et les gens d'aujourd'hui craignent tout ce qui a trait à la magie. Il y a un certain temps, au pied de la montagne, j'ai vu une foule jeter dans un lac, avec une pierre au cou, une fille soupçonnée d'être une sorcière. N'utilise pas tes pouvoirs quand quelqu'un risque de le remarquer.*

Sardelle aurait voulu rétorquer quelque chose, continuer à discuter pour prendre Jaxi en flagrant délit de mensonge. Mais, plus que tout, elle aurait voulu que tout cela ne soit qu'une plaisanterie, que tout aille bien, que tous ses proches et ses parents aient survécu. Les raclements se poursuivaient et la lumière – la flamme vacillante d'une bougie ou d'une lanterne, peut-être – s'insinuait toujours davantage dans son alcôve. Ne pouvant encore voir de ses yeux qui se trouvait là, elle déploya ses sens… et sut aussitôt que les deux hommes occupés à dégager la roche à l'aide de pics et de pelles étaient des étrangers. Même si elle s'absentait souvent pour différentes missions, elle connaissait tous les mages et les ordinaires qui travaillaient au sein du complexe du Mont Galmok, siège de la culture, du gouvernement et de l'enseignement de ceux qui avaient le don.

Des voix parvinrent aux oreilles de Sardelle, âpres et teintées d'un léger accent.

— … vois quelque chose, Tace ?

— J'sais pas trop. C'est peut-être une salle ? Il y a comme un espace vide derrière cet éboulis.

— Il y a peut-être un cristal. (Des rochers bougèrent et des gravillons dégringolèrent sur le sol.) Ça serait génial ; personne n'en a trouvé cette année. On aura au moins droit à une pinte si on en ramène un. Peut-être même que le général nous invitera à dîner.

Les deux hommes s'esclaffèrent à cette idée.

— *Certains mots et certaines prononciations ont changé au fil des générations, mais tu as de la chance, la langue est restée la même. Tu pourras communiquer avec eux sans avoir besoin de pénétrer leur esprit.* (Jaxi redevint silencieuse un moment, mais Sardelle ressentit son malaise à travers leur lien télépathique.) *En fait… Si j'étais toi, j'éviterais vraiment d'entrer dans leur esprit.*

— *L'intrusion psychique est interdite, sauf en cas d'urgence,* pensa Sardelle.

Cette règle était l'une des premières des Prescrits des Referatu, ce que Jaxi savait tout aussi bien qu'elle.

— *Si le fait d'être enterrée vivante pendant des siècles ne compte pas pour un cas d'urgence, j'accepterai de me céder à un vieux gâteux pour qu'il se serve de moi comme d'une canne pour le restant de mes jours.*

Sardelle soupira.

— *Je… entendu, tu n'as pas tort.*

De nouveaux rochers tombèrent et Sardelle put enfin apercevoir les deux hommes. Ses sauveurs, qu'ils en aient conscience ou pas.

— *Ils n'en savent rien. Tu tiens là ta chance de t'échapper, mais tu devras te montrer très prudente.*

— *Je ne pars pas d'ici sans toi.*

Une lanterne apparut dans le trou, large à présent d'une bonne trentaine de centimètres. Un instant plus tard, ce fut au tour du visage d'un homme crasseux, dont la barbe hirsute retombait sur sa poitrine, aux cheveux noirs et huileux retenus par un bandana gris de poussière.

— Il y a quelque chose là-dedans, annonça-t-il à son camarade. Je vois du tissu et, heu…

— Salutations, dit Sardelle. Vous vous appelez Tace, c'est bien ça ?

L'homme écarquilla les yeux de surprise et disparut précipitamment. Encourageant, pour un premier contact…

— Qu'est-ce que c'était ? demanda son compagnon.

— Il y a une fille, bredouilla Tace.

— Tu te fous de moi ? Il n'y a pas de fille dans les mines.

— Je suis une femme, dit Sardelle, et je vous serais reconnaissante d'élargir ce trou afin de me permettre de sortir.

Elle entrevit un tunnel derrière les hommes. Elle aurait pu se débarrasser des rochers elle-même, mais l'avertissement de Jaxi résonnait encore dans son esprit : *ils craignent tout ce qui a trait à la magie.*

— Une femme, murmura Tace. Une femme, ici.

— Comment elle s'est retrouvée là ?

— On s'en fout. (D'autres blocs de roche tombèrent alors que les hommes se remettaient à dégager le passage avec une vigueur renouvelée.) Il n'y a aucun soldat par ici, sauf au niveau des cages. Ils n'entendront rien. On peut l'avoir pour nous.

Avec ces mots – et l'explosion de convoitise, aussi brûlante qu'un brasier, qu'elle sentit émaner de Tace –, Sardelle comprit soudain l'avertissement de Jaxi.

— Et si elle est plus laide que ta grand-mère ?

— Je m'en tamponne. La dernière fois que j'ai essayé de me faire une fille, cette chienne de Bretta la Grosse m'a viré des baraquements comme si j'avais la peste. Mais on dirait que les dieux ont répondu à mes prières.

Une prière ? Quelle sorte d'homme prierait un dieu pour qu'il lui donne une femme à violer ? À moins que ce mineur se fasse des idées et qu'il croie qu'elle allait lui tomber dans les bras parce qu'il l'avait libérée de sa prison de roche ? Non, ce n'était même pas qu'il se méprenait ; il était simplement consumé d'un désir aussi violent que celui d'un homme creusant vers un filon d'or. Sardelle n'avait pas cherché à fouiller dans ses pensées – de toute façon, elle n'était pas une télépathe assez talentueuse pour pouvoir le faire sans qu'il s'en rende compte –, mais ses émotions affleuraient à la surface de son esprit, si fortes qu'il aurait fallu qu'elle érige une barrière mentale autour d'elle pour s'empêcher de les ressentir.

D'autres rochers tombèrent. Si elle s'avançait à l'entrée de la niche que l'alcôve magique avait laissée en se dissipant, elle se trouverait à portée de main des hommes qui pourraient l'extraire de son trou, mais elle resta au contraire en arrière pour réfléchir à ses options. Il ne lui serait guère difficile de se charger de ce violeur potentiel à l'aide de ses pouvoirs, mais devait-elle prendre ce risque ? Si les deux hommes étaient seuls dans ce tunnel, elle en sentait d'autres dans le dédale de la mine qui s'étendait sous la montagne. Elle ne voulait pas non plus tuer ces deux mineurs simplement pour les empêcher de divulguer sa présence. C'était exactement ce genre d'usage de la magie qui avait terrifié les ordinaires au point de les pousser à ourdir cette attaque surprise qui avait provoqué l'effondrement du complexe souterrain.

Sardelle navigua autour des émotions débridées de Tace pour s'efforcer de se faire une idée du deuxième homme. Serait-il plus raisonnable ? Quelqu'un à qui elle pourrait s'en remettre ? Dès qu'elle effleura son esprit, ses espoirs s'envolèrent en fumée. Une noirceur planait sur lui et elle reçut l'impression d'une avidité d'un genre différent, de quelqu'un qui aimait se servir de couteaux, qui aimait faire du mal et voir la douleur sur le visage de sa victime. S'il avait été sûr que son crime resterait impuni, il aurait pu tuer son camarade Tace sans une once de remords, et il n'hésiterait pas non plus à la tuer elle aussi.

Sardelle recula encore, le cœur affolé par ce contact glaçant. Elle leva ses barrières psychiques pour ne plus ressentir les émotions des deux mineurs.

— *Je t'avais prévenue.*

Le ton de Jaxi était plus triste que triomphant.

Les hommes avaient dégagé suffisamment les rochers pour pouvoir l'atteindre à présent, et ils levèrent leurs lanternes pour l'éclairer. Sardelle s'avança dans la lumière, plus par volonté d'apercevoir le tunnel – et une issue possible – que pour se rapprocher d'eux. Ils sentaient la sueur et la crasse, et il n'était même pas nécessaire de faire appel au don pour lire sur leurs visages la lubricité de leurs pensées. C'était deux hommes au physique rude et fort, forgé par le travail harassant de la mine. Était-ce un hasard ou le faisaient-ils exprès ? En se tenant ainsi, côte à côte, ils bloquaient complètement l'étroit tunnel.

— C'est bien une fille, murmura Tace en la lorgnant des pieds à la tête.

Sardelle s'était habillée pour la fête d'anniversaire du président ce matin – enfin, ce matin-là, un matin du passé, il y a plusieurs centaines d'années, se corrigea-t-elle, car elle commençait à croire Jaxi. Elle portait des sandales et une robe de gala, pas vraiment une tenue adaptée aux galeries d'une mine. Ses cheveux noirs retombaient librement sur ses épaules au lieu d'être coiffés en tresse comme elle le faisait d'ordinaire pour travailler. Sa robe en soie vert pâle n'était pas particulièrement osée, mais elle soulignait tout de même les courbes de son corps, et elle s'aperçut qu'elle en avait déchiré le col délicat durant sa course folle pour venir se réfugier dans l'alcôve magique. Le regard des deux hommes s'attardait d'ailleurs sur sa gorge dévoilée.

Tace sourit et s'avança pour la saisir par le bras. Sardelle sentit au fond de son esprit Jaxi se ramasser sur elle-même comme une panthère prête à bondir. La lame-sœur allait s'attaquer à eux si Sardelle ne trouvait pas rapidement un moyen de se défendre.

Bien que prise par l'urgence, elle fit appel à un tour simple qu'elle avait appris auprès d'un guérisseur militaire et qu'elle avait déjà utilisé pour se sortir de situations délicates. Elle déclencha chez les deux mineurs une crise d'urticaire.

Les démangeaisons mirent un moment à se manifester, et Sardelle craignit de devoir recourir à des mesures plus directes. Tace la hissa hors de son trou et la plaqua à la paroi de roche froide en pressant son corps contre le sien. Il commença à défaire sa ceinture puis s'interrompit, une expression de surprise sur le visage. Derrière lui, son camarade s'était appuyé d'une main sur sa pioche et se grattait l'entrejambe.

Sardelle aurait voulu s'écarter du souffle chaud de Tace qui lui balayait la joue, mais elle masqua son dégoût et se contenta de le regarder d'un air neutre. Tace s'écarta un peu d'elle, et sa main, qui s'apprêtait à défaire la boucle de sa ceinture, descendit plus bas, alors qu'il se retrouvait lui aussi affligé de démangeaisons insupportables.

La pioche que tenait l'autre homme tomba au sol dans un bruit sourd. Il se tortilla, s'agita, les deux mains désormais occupées. Tace baissa son pantalon, mais ce n'était plus dans l'intention de la violenter. Il se recula tout en continuant à se gratter et inspecta son entrejambe pour comprendre ce qui lui arrivait. Les deux hommes, le pantalon sur les genoux, sautillèrent jusqu'à la lanterne la plus proche pour mieux s'examiner.

Sardelle fit d'abord quelques pas, s'éloignant lentement et silencieusement pour éviter qu'ils la remarquent. Comme ils ne réagissaient pas, elle se mit à courir sans plus se soucier du claquement de ses sandales sur le sol, regrettant déjà de ne pas avoir porté des chaussures de cuir pour l'anniversaire du président, et tant pis pour la tenue de gala. Le tunnel était un boyau sombre, au sol inégal, mais ses sens la guidaient et elle décida de ne pas évoquer de lumière magique. Elle se demanda si tous les mineurs qu'elle rencontrerait ici seraient du même acabit que ces deux-là.

— *Bien deviné*.

— *Quel est cet endroit, Jaxi ?*

Sardelle pouvait gérer deux voyous à l'âme noire, mais si… Mais s'ils n'étaient qu'un avant-goût de ce que le monde était devenu ? La belle communauté de son peuple détruite, pour être remplacée par ça ? Son peuple… Ses amis ? Étaient-ils tous morts dans ce cataclysme ? Tedzu, Malik, Yewlith ? Son frère ? Ses parents ? Et même s'ils avaient survécu, ils étaient de toute façon morts depuis longtemps. Se retrouvait-elle seule en ce monde ?

— *Moi, je suis là.*

Pour une fois, il n'y avait rien de désinvolte dans la réponse de Jaxi. À travers leur lien, elle sentit toute la force de sa compassion et de son soutien. Sardelle apprécia sa sollicitude, même si cela était loin de suffire. Reconnaissante aux ténèbres du tunnel désert, elle laissa les larmes couler le long de ses joues et tomber de son menton.

— *C'est une mine depuis une cinquantaine d'années, et c'est aussi une prison,* lui expliqua Jaxi. *Quant au monde au-delà de cette montagne ? Je n'en sais rien. Je ne peux pas sentir aussi loin.*

— *Je comprends.*

Si l'endroit était une prison, cela signifiait sans doute que des gens sains d'esprit la dirigeaient, des gens à qui elle pourrait parler… Pour leur dire quoi, cela restait la question. Comment expliquerait-elle sa présence en ces lieux ? Et comment pourrait-elle s'échapper et abandonner Jaxi, enterrée sous des tonnes de roche ? Et puis, partir sans chercher à savoir si quelque chose de son peuple avait survécu? Sans chercher à savoir ce qu'il était advenu de ses amis ? Si elle avait réussi à en réchapper, peut-être d'autres y étaient-ils parvenus ? Il était possible que Jaxi ne sente pas leur présence à cause de l'hibernation induite par les alcôves.

— *J'ai vérifié. Des centaines de fois. Fais-moi confiance, j'ai cherché. Ces trois siècles ont été longs et ennuyeux. J'ai même lu tous les livres de la bibliothèque poussiéreuse de la prison. Si jamais tu veux une liste des titres, tu n'as qu'à demander.*

Sardelle n'apprécia pas le trait d'humour, pas dans les circonstances actuelles.

— *Quand j'étais dans l'alcôve magique, étais-tu capable de sentir que j'étais en vie ?*

— *Oui.*

Sardelle chercha un argument raisonnable à opposer à l'affirmation de Jaxi que tous les autres étaient morts. Elle se refusait à abandonner tout espoir.

— Nous sommes liées. C'est peut-être pour ça que tu pouvais me sentir et...

— Non.

— Ah.

Plus loin, de la lumière apparut, des lanternes suspendues à des clous plantés dans les étais de bois. Il n'y avait plus ici de tas de terre ni de débris de roches accumulés contre les parois comme dans la partie de la mine où les deux hommes l'avaient trouvée, et des rails en fer couraient sur le sol pour les wagonnets de mine qu'elle aperçut çà et là. Des sections de rails étaient empilées contre un mur, en attendant de venir prolonger ce petit chemin de fer.

Sentant la présence d'autres personnes au-devant, Sardelle ralentit le pas. Bientôt, le bruit des wagonnets et des mineurs au travail lui parvint. Avec les lanternes qui éclairaient cette portion de la mine, il lui serait difficile de passer inaperçue. Ce Tace avait parlé d'une cage. Sans doute un système de levage ou de transport ? Il avait aussi mentionné des gardes. Un garde pourrait la conduire à celui ou celle qui commandait cet endroit.

Quelqu'un traversa au pas de course une intersection devant elle. Sardelle se plaqua à la paroi de la galerie, entre deux lanternes, espérant se cacher dans les ombres. Peut-être pouvait-elle attendre quelque part la fin de leur journée de travail ? Mais non, ce n'était pas une bonne idée. Tôt ou tard, les deux victimes de la crise d'urticaire allaient arrêter de se gratter pour venir demander l'aide d'un médecin, et elle n'avait encore croisé aucun carrefour dans ce tunnel.

Elle recommença à avancer à pas prudents. Les bruits métalliques s'interrompirent et le silence s'installa. Était-ce l'heure de la pause déjeuner ? Peut-être avait-elle de la chance ?

Sardelle parvint au bout de la galerie et jeta un coup d'œil au croisement. Il ne s'agissait pas d'une intersection, mais d'une grande salle éclairée par des lanternes suspendues aux murs et au plafond élevé. Deux soldats étaient postés de part et d'autre d'une cage métallique montée sur des rails et munie sur l'avant d'une porte grillagée. Les rails, ainsi que le câble attaché au sommet de la cage, disparaissaient dans un puits qui s'élevait en diagonale. À la droite du tunnel de Sardelle, vers le fond de la salle, une grosse machine équipée de volants et de poulies était boulonnée dans le sol rocheux. Un système de transport. Elle avait trouvé le moyen de sortir de la mine, à condition de réussir à passer sous le nez des gardes. À moins qu'elle n'essaie plutôt de leur parler ?

À considérer leur coupe de cheveux soignée, leur visage rasé et leur uniforme propre – un pantalon gris orné d'un passepoil argenté et une veste bleu marine – on pouvait les croire plus civilisés que ces deux brutes de mineurs, mais le mal pouvait se cacher sous bien des aspects. Par ailleurs, Sardelle était perturbée par le fait de ne pas reconnaître leur uniforme. Ce n'était pas la tenue vert sombre de la Garde iskandienne, ces soldats avec lesquels elle avait autrefois œuvré pour défendre le continent. Et, plus troublant encore, elle ne reconnaissait pas non plus leurs armes. Oh, elle avait déjà vu des choses semblables à la dague qu'ils portaient à la taille et à la masse cloutée suspendue par une courte chaîne à leur ceinturon, mais ils avaient également des armes à feu. Rien à voir avec les lourds mousquets à mèche qu'elle connaissait, et auxquels nombre de combattants préféraient l'arc ou l'arbalète ; il s'agissait de fusils plus légers, au métal noir, dont elle n'avait encore jamais vu l'équivalent. Il n'y avait pas de refouloir attaché au canon et, à première vue, les soldats n'avaient pas de poire à poudre sur eux.

— *Ils ont remplacé la poudre et les balles de mousquets par des cartouches renfermant à la fois le projectile et la poudre,* lui expliqua Jaxi. *Chaque fusil peut contenir six cartouches, et ce levier sous l'arme sert à les charger dans la chambre. Cela permet un tir très rapide, à peine une seconde entre chaque coup.*

Sardelle avait de la chance que les gardes soient en train de discuter entre eux à voix basse, sans prêter tellement attention aux différents tunnels qui débouchaient dans cette salle, car cela faisait un long moment qu'elle les observait. Même sans les explications de Jaxi, ces armes à feu – ces fusils – lui auraient confirmé ce qu'elle avait refusé de croire : elle n'était plus à l'époque qu'elle avait connue.

— *Désolée.*

— *Je sais.*

Sardelle cligna des yeux pour refouler ses larmes. Ce n'était pas le moment. Elle trouverait plus tard le temps de pleurer ses amis perdus – et tout ce qu'elle avait perdu.

Elle s'apprêtait à sortir du tunnel quand les gardes cessèrent de parler, l'un d'eux s'interrompant au beau milieu d'une phrase, pour se tourner vers un des tunnels. Des hommes étaient en train de s'y regrouper derrière un coude, mais Sardelle ne pensait pas que les gardes pouvaient les voir depuis leur position. Les mineurs préparaient-ils un mauvais coup ? Elle envisagea de prévenir les gardes – peut-être cela lui vaudrait leur reconnaissance –, mais il était déjà trop tard.

Une explosion retentit, pas depuis le tunnel où se dissimulaient les mineurs, mais de l'une des galeries sur la gauche de la cage. Le sol trembla sous les pieds de Sardelle. Une fumée noire s'échappa du passage, tandis que les hommes réunis dans l'autre couloir se ruaient dans la salle.

Sardelle ouvrit la bouche pour crier un avertissement, mais les gardes réagissaient déjà. Ils reculèrent dans l'entrée du puits d'extraction pour se mettre à couvert puis, chacun tourné vers une menace, posèrent un genou à terre et épaulèrent leur fusil. Personne ne sortit du passage enfumé, mais le garde qui faisait face aux mineurs ouvrit le feu, offrant à Sardelle une effrayante démonstration de la rapidité de tir de son arme, tandis qu'elle ressentait l'écho de la douleur des hommes atteints par les balles. Malgré tout, trois mutins parvinrent à arriver jusqu'aux gardes et l'affrontement tourna au corps à corps. Les mineurs maniaient leurs pics et leurs pelles avec force et fureur, mais à l'évidence les soldats étaient bien entraînés. Dos à la cage pour empêcher leurs assaillants de les contourner, ils délivraient des coups précis et maîtrisés, parant de leur masse d'armes les pics avant d'en abattre la tête aux pointes de métal sur les cages thoraciques et les mâchoires. Les trois mineurs se retrouvèrent rapidement hors de combat.

D'autres individus s'étaient rapprochés de la salle par les différents tunnels, mais aucun ne s'était avancé aussi près de l'entrée que Sardelle. Ils semblaient davantage animés par la curiosité et l'espoir que par la volonté d'en découdre. Voulaient-ils seulement assister à la scène, au cas où l'affrontement tournerait en faveur des mutins ? Une sensation de danger fit vibrer ses perceptions. Non, tous n'étaient pas là en spectateurs inoffensifs.

— Attention ! cria Sardelle pour prévenir les gardes de l'irruption d'un nouvel assaillant, celui-là même qui avait déclenché l'explosion, surgissant du tunnel enfumé.

Un long cylindre avec une flamme dansant au bout de sa mèche vola à travers la salle pour retomber devant la cage. Un soldat tira sur l'homme qui l'avait jeté, tandis que l'autre éteignait la mèche du bout de sa botte, aussi calmement que s'il avait écrasé un mégot.

Bon, manifestement, ils n'avaient pas eu besoin qu'elle les prévienne.

Un des soldats s'agenouilla pour vérifier le pouls des hommes à terre, tandis que l'autre se tournait vers Sardelle. Elle n'essaya pas de se cacher, c'était inutile à présent qu'elle avait révélé sa présence, mais elle évita tout de même de s'avancer au grand jour. Elle voulait d'abord voir quelle serait leur réaction.

— Qu'est-ce que tu fais en bas, femme ?

Voilà qui n'était pas exactement un remerciement.

Sardelle s'apprêtait à répondre quand le second garde dégaina son couteau et, sans l'once d'une hésitation, sans prendre le temps d'une prière ou d'adresser des excuses aux dieux qu'adoraient les mineurs, il trancha la gorge d'un des hommes au sol.

— Mais que faites-vous ? s'exclama Sardelle, alors que le soldat se décalait pour achever un deuxième mutin. Ils ne représentent plus de menace. Pourquoi les tuer ?

Le garde au couteau lui adressa à peine un regard, tandis que l'autre s'avançait vers elle.

— Vous autres, vous avez fait un choix quand vous vous êtes lancés dans une carrière de criminel, et ces imbéciles ont fait aujourd'hui leur dernier choix. La clémence n'a pas sa place ici. Si nous faisions preuve d'indulgence, nous aurions à subir ce genre d'attaque tous les jours.

Il montra du pouce les hommes, ou plutôt les cadavres, gisant dans une mare de sang sur la roche sombre. À la différence de Tace et de son ami, ces mineurs-là étaient maigres – trop maigres –, avec des visages émaciés. Ils n'auraient jamais pu l'emporter sur les soldats, même avec l'avantage de la surprise.

Avec un peu de retard, les mots du garde prirent tout leur sens. *Vous autres.* Il pensait qu'elle faisait partie des prisonniers. Sardelle se raidit, prête à se défendre s'il le fallait. Allait-il vouloir lui trancher la gorge à elle aussi, comme il l'avait fait des autres ?

Le soldat raccrocha la masse d'armes à son ceinturon et mit son fusil en bandoulière au lieu de le pointer sur elle, et Sardelle le laissa donc approcher. Elle ne sentit pas de pensées bienveillantes en lui, sans pour autant percevoir l'intention de lui nuire.

— Approche, femme. Tu n'es pas censée être ici, tu le sais pourtant. (Il l'attrapa par le bras et l'attira dans la salle, avant de froncer les sourcils devant sa robe légère et ses sandales.) Ou pas ? Tu es arrivée hier avec les nouveaux prisonniers, c'est ça ? Tu n'as pas eu droit à la visite ?

La visite, comme s'il s'agissait d'un campus universitaire où l'on indiquait aux étudiants comment trouver leurs salles de classe et rejoindre le bâtiment des dortoirs. Mais si cela pouvait expliquer sa présence dans la mine, autant jouer le jeu.

— Non. Non, je n'ai pas eu la visite.

Le second soldat s'aventura dans un des tunnels, sa dague en main pour aller examiner les mineurs qu'ils avaient abattus.

L'homme qui traînait Sardelle par le bras secoua la tête.

— Suis-moi. Randask, je ramène celle-là au quartier des femmes. Je rapporterai l'incident au capitaine, qu'il puisse en informer le général, qui restera le cul dans son fauteuil à boire sa vodka et à s'en battre le beurre de yack, comme d'habitude. Ça ira, je peux te laisser ?

— Ouais, c'est bon. (L'homme réapparut dans la salle, sa dague ensanglantée. Sardelle eut du mal à en détacher les yeux. Il entra dans le tunnel opposé, mais elle pouvait sentir que celui qui avait jeté l'explosif était déjà mort.) Les autres se sont remis au boulot.

Effectivement, les mineurs que Sardelle avait remarqués un peu plus tôt s'étaient repliés dans les galeries de la mine, et les tintements des coups de pic avaient recommencé. Il n'y aurait pas de nouvelle attaque sous peu. Sardelle se demanda ce qui avait déclenché celle-là.

— *Le désespoir*, suggéra Jaxi. *La misère. Ils n'ont rien à perdre.*

— *Et nous ?*

— *Je ne peux pas parler pour toi, mais moi je vis dans l'espoir que ma situation puisse s'améliorer. Et, au pire, j'espère au moins que de nouveaux livres finiront par arriver à la bibliothèque de la prison.*

— Par ici.

Le garde fit entrer Sardelle dans la cage, puis referma la porte grillagée. Il ne lui avait toujours pas lâché le bras, comme si elle risquait de s'enfuir pour retourner dans ces horribles tunnels. Elle le supporta, sans toutefois pouvoir s'empêcher de songer qu'hier encore – enfin, trois cents ans en arrière –, peu d'hommes ou de femmes se seraient permis de la toucher sans son assentiment, même parmi les commandants militaires avec qui elle avait collaboré durant plusieurs années. Ce n'était pas tant qu'elle ait été distante ou qu'elle ait eu l'habitude de repousser les gestes de familiarité, mais les ordinaires manifestaient toujours du respect envers les mages – ou, dans certains cas, et peut-être plus souvent d'ailleurs qu'elle ne l'avait compris, de la crainte et de la méfiance.

L'autre soldat alla jusqu'à la machine et actionna un levier. Des cliquetis retentirent et la cage se mit en mouvement, grimpant dans les ténèbres, tirée sur ses rails. Sardelle leva la tête pour observer le puits au-dessus d'elle. Une lueur distante les attendait en haut, à peine plus grande qu'une tête d'épingle. Alors que la cage montait, elle sentit qu'elle s'éloignait de plus en plus de Jaxi. Leur lien était suffisamment fort pour leur permettre de communiquer à des kilomètres de distance – même si depuis le jour où elle s'était unie à la lame-sœur elle n'en avait jamais été vraiment séparée et qu'elle ignorait la portée réelle de leur lien télépathique –, mais tout symbolique qu'il soit, cet éloignement n'en était pas moins cruel. Rien n'avait vraiment changé, mais elle avait tout de même l'impression d'abandonner la seule amie qui lui restait au monde.

— *Ne t'en fais pas*, lui répondit placidement Jaxi. *Tu n'iras pas bien loin.*

C'était vrai. Jaxi lui avait dit qu'il s'agissait d'une prison. Elle n'allait pas partir librement par la grande porte. Même si elle ne doutait pas de pouvoir s'évader d'ici quand elle le voudrait, quelles que soient les mesures de sécurité en place.

— *Enfin, à condition d'avoir appris à voler. Les sommets des Lames de Glace sont aussi hauts qu'ils l'ont toujours été, et la route du col a été détruite quand les ancêtres de ces gens ont fait s'écrouler la moitié de la montagne. Et puis les premières neiges d'hiver sont tombées.*

— *Oh. Pourtant le garde a parlé de l'arrivée récente de nouveaux prisonniers. Comment ces gens font-ils pour venir et partir d'ici ?*

— *Quand les conditions le permettent, ils volent.*

— *Ils volent ?*

Sardelle remercia l'obscurité ambiante, qui empêcha le garde de remarquer sa soudaine stupéfaction.

— *Ils ont des navires qui voguent dans le ciel, suspendus à de gigantesques ballons, et ils ont aussi des nefs mécaniques, petites et d'une grande manœuvrabilité, dont la forme s'inspire de celle des dragons des temps anciens. Je te l'ai dit : le monde a changé.*

— Comment tu t'es retrouvée en bas, dis-moi ? lui demanda le soldat, interrompant les images qu'elle essayait de former dans son esprit.

Sardelle haussa les épaules.

— Je suis descendue, c'est tout.

— Hum.

Elle perçut une pointe d'irritation dans cette seule syllabe. Une réaction d'orgueil ? Parce qu'elle insinuait par là qu'elle avait réussi à passer sous son nez, ou sous celui des autres gardes ? Il était vrai que ces hommes paraissaient compétents ; l'idée d'un relâchement de la discipline avait de quoi l'agacer. Mais enfin, tant qu'il ne se mettait pas à envisager qu'elle avait échappé à leur vigilance grâce à des pouvoirs magiques…

La cage semblant monter à bonne vitesse, un petit courant d'air frais s'engouffrait dans le puits, même s'ils n'en avaient encore parcouru que la moitié. Sardelle se demanda jusqu'à quelle profondeur les mines s'étendaient sous la montagne. Peut-être pourrait-elle trouver le moyen d'orienter le travail des mineurs vers l'endroit où se trouvait Jaxi ? Avec des pioches et des pelles, cela prendrait sûrement une éternité, mais elle devait essayer.

— Vous avez parlé de me ramener au quartier des femmes, dit Sardelle, mais en fait, je dois voir la personne qui dirige cet endroit. (Elle espéra qu'il ne s'agissait pas du général amateur de vodka qu'il avait mentionné.) Pouvez-vous me conduire à lui ou elle ?

Le soldat renifla avec dédain.

— Le général ne reçoit pas les prisonniers.

— Jamais ?

— Jamais.

Chapitre 2

Sardelle sortit de la cage et s'immobilisa si brusquement que le soldat manqua de trébucher contre elle. Un vent glacial la fouetta, soulevant sa robe et lui donnant la chair de poule. Elle observa d'un air ébahi la forteresse de pierre noire qui se dressait autour d'elle, englobant la minuscule vallée où les marchands vendaient jadis leurs fromages et leur grain durant l'été, et où passait une grande route avec un pont qui enjambait un cours d'eau et permettait de rejoindre l'entrée arrière du complexe du mont Galmok. La rivière du pic de la Chèvre était encore là, déployant ses méandres partiellement gelés à travers la vaste cour que délimitaient les murailles de la forteresse, mais ni la vallée ni la rivière n'avaient plus rien de charmant désormais. Les remparts crénelés et les étranges canons postés sur le chemin de ronde étaient aussi menaçants que les Lames de Glace elles-mêmes, qui bouchaient l'horizon de tous côtés, et dont les cimes couronnées de neige dépassaient encore de mille cinq cents mètres la vallée, déjà elle-même à une haute altitude. La plupart des sommets n'avaient pas changé de forme, mais le mont Galmok… L'horreur se peignit sur le visage de Sardelle. Le mont ressemblait à un volcan plutôt qu'à la majestueuse montagne qu'il était autrefois, son sommet effondré en un cratère biscornu.

Le soldat la poussa dans le dos.

— Avance donc.

Sardelle arracha ses yeux du paysage et descendit une allée qui n'existait pas la dernière fois qu'elle était venue ici. Hier, voulut ajouter son esprit, même si elle avait désormais accepté l'idée que ce n'était pas hier. Et hormis le fait que trois siècles s'étaient écoulés depuis, c'était l'été quand elle avait regagné le Galmok, et il faisait alors assez chaud pour qu'elle porte ce genre de robe. Elle serra les bras sur sa poitrine pour se protéger du froid tandis qu'elle avançait sur le chemin qui longeait les rails de la cage d'extraction descendant vers le cœur de la forteresse en contrebas. Il y avait d'autres puits de mine, et d'autres rails plongeant dans les ténèbres. Que cherchaient-ils dans le sous-sol ? Du cristal ? Un de ses agresseurs avait parlé de cristal. Elle ne voyait pas quelle sorte de cristal ils pouvaient trouver ici, mais elle se rappelait que la montagne contenait des veines d'or et d'argent. La fonderie qu'elle apercevait à l'autre bout de la forteresse laissait suggérer une exploitation de métaux précieux.

Une nouvelle poussée dans le dos la fit trébucher.

— On dirait que tu n'as jamais vu cet endroit. J'ai un rapport à faire, moi. Presse-toi un peu !

Le soldat lui désigna un grand édifice en pierre devant lequel du linge étendu sur une corde se balançait dans la brise, séchant au pâle soleil hivernal.

— C'est là que nous allons ? demanda Sardelle, alors que deux femmes sortaient d'un autre bâtiment et se dirigeaient vers celui où se trouvait l'étendoir.

Elles étaient toutes deux vêtues d'une épaisse robe et de bas en laine, d'une veste en fourrure, d'une écharpe et d'un bonnet. Elles portaient des paniers remplis de draps.

— Oui, répondit le soldat en accentuant la syllabe comme s'il parlait à une simple d'esprit.

Sardelle soupira et avança dans la direction indiquée. Au moins, il y avait d'autres femmes ici. Elle réussirait sûrement à obtenir des informations auprès d'elles, d'une manière ou d'une autre. Et peut-être, après un peu de temps, parviendrait-elle à trouver le moyen de rencontrer ce fameux général.

Elle traversa un pont, mais s'arrêta au milieu en s'apercevant que son guide mal embouché était resté en arrière, les yeux levés en direction de l'ouest. Un étrange appareil dans le ciel contournait le mont Bandit pour descendre vers la forteresse. Une machine volante. Elle n'avait pas tout à fait cru Jaxi quand celle-ci lui en avait parlé, mais l'engin aux reflets de bronze n'était clairement pas un oiseau. Avec ses ailes déployées, dont les extrémités se prolongeaient d'une forme qui ressemblait à des serres, il avait vaguement l'apparence d'un dragon, du moins de ces dragons dont Sardelle avait vu la représentation dans des livres, ces créatures étant éteintes depuis plus d'un millénaire. Une espèce de ventilateur tournait en bourdonnant et maintenait l'appareil dans les airs.

— *On appelle ça une hélice*, l'informa Jaxi d'un ton pincé.

— *Hé, ce n'est pas comme si j'avais eu moi aussi l'occasion de lire des livres lors des siècles passés. Quelle est la force qui lui permet de voler ?*

Sardelle n'entendit pas la réponse, distraite par les marmonnements du soldat qui s'étonnait à haute voix.

— Qu'est-ce que c'est que ça ? Le ravitaillement et les nouveaux prisonniers sont arrivés hier. Aucun appareil n'était prévu avant deux semaines.

— *Peu importe ce dont il s'agit, c'est peut-être ta chance de t'échapper.*

— *Je ne pars pas sans toi, Jaxi.*

— *Je ne risque pas de suffoquer et de mourir, tu sais. Tu pourras revenir quand l'occasion se présentera.*

Il n'était sans doute pas plus facile d'entrer discrètement dans une telle forteresse que d'en sortir. Et puis, où irait-elle ? C'était – enfin cela avait été – son foyer.

— *Ce n'est pas faux.*

Un soupir mental accompagna le commentaire de Jaxi.

L'engin volant vira de nouveau. Il tourna au-dessus de la vallée comme un balbuzard cherchant un poisson à pêcher dans un lac. Les soldats des remparts ne se précipitaient pas vers les canons, aussi Sardelle supposa qu'il s'agissait d'un appareil ami, même si tout le monde observait son approche d'un air intrigué. L'aéronef se dirigea vers le toit plat du plus grand bâtiment de la forteresse, un édifice à un étage accolé aux remparts. Un toit plat restait un choix architectural curieux pour des montagnes qui recevaient chaque année plusieurs mètres de neige – d'ailleurs, les autres bâtiments possédaient des toits pentus plus adaptés au climat –, mais à mesure que l'engin approchait, Sardelle comprit qu'il servait de plateforme d'atterrissage, même si elle peinait à imaginer la chose. Un balbuzard pouvait replier ses ailes et se poser sur un perchoir, mais une machine créée par l'homme n'avait sûrement pas cette capacité. Il semblait conçu pour voler en ligne droite et devait effectuer d'amples virages pour changer de direction. Mais des espèces de propulseurs attachés aux ailes s'orientèrent vers le bas, permettant à l'oiseau de bronze de descendre doucement sans chuter du ciel. Bientôt, il plana au-dessus du toit puis s'y posa, disparaissant à moitié aux yeux des spectateurs dans la cour.

— *Et moi qui trouvais leurs fusils impressionnants.*

Jaxi ne répondit pas. Peut-être était-elle occupée à sonder l'engin volant.

Plusieurs soldats sortirent au pas de course de l'étage du bâtiment et grimpèrent l'escalier menant au toit. Leur apparition sembla rappeler au garde son devoir, et il rejoignit Sardelle sur le pont en lui montrant de nouveau la buanderie.

— Allons-y. On saura bien assez tôt qui est venu nous rendre visite.

Bien qu'intriguée par cette machine volante, Sardelle n'imaginait pas en quoi un visiteur changerait quelque chose à sa situation, aussi reprit-elle sa marche sans discuter. L'appareil resterait peut-être pour la nuit, lui offrant une chance de l'étudier de plus près. Mais ce n'était pas une priorité.

Une femme sortit de la buanderie au moment où Sardelle et le soldat arrivaient devant. Une odeur de savon et d'amidon s'échappa par la porte ouverte. La femme avait une silhouette presque masculine, tant elle était robuste et bien bâtie. Un panier appuyé sur sa large hanche, elle s'apprêtait à contourner Sardelle et le soldat, quand ce dernier lui fit signe de s'arrêter.

— Un-quarante-trois, c'est bien ça ? demanda-t-il.

Sardelle cligna de surprise. Comment ?

Ce nombre sembla pourtant signifier quelque chose pour la femme, qui hocha la tête.

— Oui.

— Apparemment, vous avez égaré une fille, dit-il en poussant Sardelle devant la femme.

— Je ne l'ai jamais vue, celle-là.

— Elle est arrivée hier, a priori.

— Dans ce cas, pourquoi elle ne s'est pas présentée au travail comme tout le monde, une heure avant l'aube ?

— J'en sais rien, répondit le soldat. Je l'ai retrouvée au fond de la mine.

La femme poussa un soupir agacé et toisa Sardelle de la tête aux pieds comme elle l'aurait fait d'une gamine qui se serait perdue. Une gamine particulièrement sotte.

— Par les sept dieux, ma fille, tu cherches à te faire tuer ? Ou pire encore ?

Qu'y avait-il de pire que de se faire tuer ? Sardelle repensa à Tace et à son comparse, ce qui répondit aussitôt à la question.

— Et qu'est-ce que c'est que ça ? dit-elle en tirant sur la manche de Sardelle. Où sont tes vêtements de travail ? Tu dois geler, là-dedans. Quel est ton numéro ?

Complètement perdue et déboussolée, Sardelle brisa son vœu de magicienne pour explorer les pensées de surface de la femme. Des numéros. Les gens étaient appelés par des numéros plutôt que des noms. Elle n'eut pas à fouiller profondément dans l'esprit de la femme – elle s'appelait Dhasi, avant de devenir un-quarante-trois – pour trouver le souvenir de son arrivée, quand elle était descendue d'un vaisseau de ravitaillement en compagnie de deux autres femmes et d'une vingtaine d'hommes, et qu'elle s'était vu assigner son numéro.

— Ils me l'ont dit, mais j'ai oublié, répondit Sardelle.

Elle aurait pu donner un numéro au hasard, et courir le risque de tomber sur un numéro déjà attribué. Elle croisa les bras sur sa poitrine, en hésitant à glisser les mains sous ses aisselles pour les réchauffer. Y avait-il une chance pour que cette conversation se poursuive à l'intérieur ? Elle avait les orteils frigorifiés, et le reste de son corps ne valait guère mieux.

— Tu as oublié. (Un-quarante-trois – Sardelle détestait penser à elle comme à un numéro, mais elle ne voulait pas non plus risquer de se mettre en difficulté en l'appelant par son nom qu'elle était censée ignorer – posa son panier par terre et fit demi-tour pour se diriger vers la porte.) Attendez ici. Je vais chercher le cahier d'appel pour qu'on voie où elle devrait être.

La femme disparut à l'intérieur du bâtiment. Un air chaud, chargé de l'odeur de savon s'échappa au-dehors, et Sardelle songea qu'elle n'aurait rien eu contre l'idée d'entrer elle aussi.

Elle observa le soldat à la dérobée, en se demandant s'il était contrarié de voir cette femme lui donner une ordre, elle qui était sans doute une prisonnière. Mais ce dernier était trop occupé à lorgner la poitrine de Sardelle. Elle grimaça. Malheureusement, la lumière du soleil révélait plus encore que les lanternes de la mine la douceur soyeuse de sa robe et les formes qu'elle épousait. Sardelle ne s'était jamais considérée comme une grande beauté, mais si la blanchisseuse charpentée était représentative des femmes d'ici, et si – comme elle le suspectait – les soldats n'avaient que peu de contacts avec l'extérieur, elle comprenait en quoi elle pouvait susciter de l'intérêt. Elle comprenait, mais n'approuvait pas. Les yeux plissés, elle scruta le soldat en se demandant si une nouvelle crise d'urticaire serait de bon aloi.

— *Sois prudente*, l'avertit Jaxi. *Ces gens ne sont peut-être pas très évolués, mais ils ne sont pas stupides non plus. Et il ne leur faut pas grand-chose pour se mettre à accuser quelqu'un de sorcellerie.*

— *Cette fille jetée dans le lac dont tu m'as parlé... Avait-elle le don ?*

— *Si cela avait été le cas, tu crois qu'elle se serait laissé faire ? De ce que j'ai compris en lisant leurs livres, il arrive parfois que des gens viennent au monde avec le don, mais ils sont traqués ou apprennent vite à dissimuler leur particularité. Ils ne reçoivent aucune formation, contrairement à ce qui se faisait de notre temps, et il est donc très rare qu'ils développent des talents allant au-delà d'un simple sixième sens.*

Le soldat toucha la manche de Sardelle et releva les yeux pour croiser son regard.

— Tu es déjà avec quelqu'un, femme ?

— Avec quelqu'un ?

Ils venaient d'établir qu'elle avait débarqué du vaisseau de ravitaillement la veille. Elle n'avait pas de numéro – ni la moindre idée de l'organisation des choses en ces lieux –, alors comment aurait-elle pu être avec quelqu'un ?

— Je loge au premier étage des baraquements, chambre soixante-douze, dit-il avec un signe de tête en direction du bâtiment de l'autre côté de la cour. Réfléchis-y. Tu vas avoir des problèmes par ici, si tu n'es pas avec quelqu'un.

Comme pour illustrer son propos, une femme portant un panier sur la hanche arriva à la buanderie. Elle était enceinte, très enceinte. Sardelle écarquilla les yeux. Elle ne pouvait imaginer avoir un enfant dans un pareil environnement. D'ailleurs, elle n'avait encore pas vu d'enfants. Était-ce seulement permis ? Ou est-ce qu'ils… ? Elle déglutit péniblement. Ils ne tuaient quand même pas les nouveau-nés, si ? Ils ne pouvaient pas condamner les enfants pour les crimes de leurs parents.

— Elle n'était avec personne, expliqua le soldat après que la femme avait disparu par la porte. J'ai entendu dire qu'elle avait dégusté.

— Et vous n'avez rien fait ?

Le soldat haussa les épaules.

— Vous autres, vous êtes bien plus nombreux que nous ici. On ne peut pas être partout ni tout surveiller. (Mais son attitude suggérait également qu'il ne s'en émouvait pas plus que ça.) C'est mieux d'être avec un soldat. En général, les prisonniers évitent de trop vous en faire voir.

— *En général ? De trop vous en faire voir ?*

— J'y penserai, réussit à répondre Sardelle, au lieu de lui coller son poing dans la figure.

Au moins, avec un coup de poing, elle n'aurait pas eu à s'inquiéter de se voir accusée de sorcellerie.

— Bien, sourit-il avant de répéter : chambre soixante-douze. Dis aux gardes de nuit que tu viens pour moi, je m'appelle Rolff, et ils te laisseront passer.

— Ce genre d'arrangement est courant ?

Les soldats de la Garde iskandienne avaient des règles contre les abus sur les prisonniers, mais Sardelle ignorait ce qui, ici, était permis ou pas ; d'ailleurs, elle ignorait même à quelle armée elle avait affaire. Les soldats qu'elle avait aperçus jusqu'ici avaient la peau blanche et les cheveux bruns ou châtain de natifs du continent d'Iskandia, mais différents gouvernements s'étaient sans doute succédé au fil des siècles.

Rolff détourna le regard, haussa les épaules.

— Personne ne s'en formalise, ici.

Ah, il y avait bien des règles. Simplement, elles n'étaient pas appliquées en ces lieux. Cette information ne changeait donc pas grand-chose pour elle.

— Je te fais une faveur, tu peux me croire, dit-il.

Bien sûr, il ne voulait que l'aider. Quelle délicatesse de sa part !

Il se rapprocha d'elle et posa la main sur son bras.

— Je ne suis pas un mauvais bougre, je te le promets. Tu y réfléchiras ? C'est ce que tu as dit, hein ?

— *Tu pourrais accepter sa proposition, après tout.*

— *Jaxi !*

— *Ben, quoi ? Il est plutôt pas mal, et il s'est bien battu tout à l'heure. Je parie que sous cet uniforme, il est tout en muscles.*

— *Voilà ce que je dois subir pour avoir accepté de me lier à l'âme d'une adolescente insufflée dans une épée alors qu'elle n'en avait pas encore terminé avec l'excitation des premiers émois.*

— Oui, répondit-elle à Rolff qui s'était mis à lui caresser le bras. C'est ce que j'ai dit.

Mais où était cette blanchisseuse ? Sardelle repéra deux hommes en uniforme sur l'escalier du grand bâtiment, qu'ils descendirent avant de traverser la cour dans leur direction. Tant mieux, une diversion.

— Voilà votre visiteur, dit Sardelle avec un signe du menton, dans l'espoir que Rolff cesse de lui tripoter le bras en voyant un officier approcher.

À supposer bien sûr que les nouveaux venus soient effectivement des officiers. Les soldats portaient une parka de fourrure sur leur veste d'uniforme, ce qui l'empêchait de voir leurs galons ; galons dont elle n'aurait pas su la signification, de toute manière.

Mais Rolff s'écarta d'elle en voyant les deux hommes arriver et retira sa main, qu'il fit même disparaître en la passant dans son dos.

— J'y crois pas, murmura-t-il. Tu sais qui c'est?

La question n'aurait pu être plus ironique. Il n'y avait véritablement aucune chance que Sardelle puisse connaître quelqu'un ici.

— Non.

Il lui jeta un regard étonné, avant de ramener les yeux vers les deux hommes.

— Mais enfin, c'est le colonel Ridge « le Sommet » Zirkander.

Le Sommet ? Quel surnom prétentieux ! Il se l'était sûrement attribué à lui-même.

— Qu'est-ce qu'il fait ici ? souffla le soldat à voix basse alors que les deux hommes se rapprochaient encore.

Le plus jeune des deux, qui ne cessait de proposer de prendre le sac de marin que l'autre avait jeté sur son épaule, était en train de parler et pointait du doigt un bâtiment par-delà la buanderie, mais le chemin les amènerait à passer devant Sardelle et Rolff ; avec plus de dix centimètres de neige dans la cour, il était logique de rester sur l'allée, qui avait été déneigée. Tant mieux. Sardelle espérait que l'un d'eux demanderait à Rolff pourquoi il avait quitté son poste, ce qui l'obligerait peut-être à la laisser enfin tranquille. Il n'avait pas un rapport à faire sur la mutinerie des mineurs, de toute façon ?

Le colonel écoutait son compagnon, la tête légèrement inclinée vers lui. Il fit un commentaire et sourit. Le jeune soldat, qui était peut-être lui aussi un officier – il avait un air plus instruit que le fruste Rolff –, eut l'air un instant surpris, puis se hâta de hocher la tête en souriant à son tour, même s'il semblait ne pas savoir vraiment quoi répondre. Les sourires et les traits d'humour n'étaient sans doute pas des choses très courantes par ici. Le jeune officier avait la vingtaine et l'air empressé d'un gentil toutou en quête d'une friandise. Le colonel était du même âge que Sardelle, quelques années de plus, probablement, mais elle n'aperçut aucun fil gris dans ses cheveux châtain en brosse, dissimulés en grande partie par une casquette fourrée posée sur sa tête à un angle nonchalant qui n'avait sûrement rien de réglementaire. Il était plutôt grand et mince, avec un physique athlétique qui se remarquait malgré l'épaisseur de sa parka. Il avait un beau visage rehaussé d'une cicatrice sur le menton, et des yeux marron foncé qui pétillaient du même humour que son sourire qui s'attardait encore.

— *C'est son numéro de chambre à lui que tu devrais récupérer.*

— *Jaxi !*

— *Quoi ? Il est plus dans tes âges que ce blanc-bec. Ou tu comptes te réserver pour le général ? La description qu'on nous en a faite ne faisait pourtant pas rêver.*

Avant que Sardelle ne puisse donner à Jaxi une tape mentale sur la joue, le colonel tourna les yeux dans sa direction. Son regard fortuit, d'abord appuyé, marqua ensuite l'étonnement. L'espace d'un instant, elle eut l'impression que c'était comme s'il la reconnaissait ; son nom et son visage étaient – enfin, avaient été – célèbres, du moins chez les soldats auprès desquels elle avait servi. Pour ce qu'elle en savait, son portrait devait même se trouver quelque part dans un livre. Mais non, il ne la reconnaissait pas ; il était juste surpris.

Il dirigea un regard perplexe vers Rolff qui se mit aussitôt au garde-à-vous, si raide qu'il en tremblait, en lui adressant un salut militaire, le poing levé.

— Caporal, pourquoi cette femme se trouve-t-elle dehors dans une tenue aussi légère ? demanda le colonel. Il fait moins vingt.

— C'est… Elle…

Sardelle ressentit presque – mais presque seulement – de la compassion pour Rolff, qui cherchait sans doute un moyen d'expliquer la présence improbable d'une femme dans la mine.

Après avoir bafouillé encore un peu, Rolff lâcha tout à trac :

— C'est une prisonnière, mon colonel !

L'humour qui avait réchauffé précédemment les yeux marron du colonel s'était évaporé.

— En quoi cela répond-il à ma question ?

Il tourna la tête vers le jeune officier à son côté, qui leva les mains pour se dédouaner.

— C'est la première fois que je la vois, mon colonel.

— Nous l'avons trouvée dans la mine, expliqua Rolff. Elle n'a rien à y faire ; les femmes travaillent uniquement ici.

Rolff tendit la main vers la buanderie – la porte s'était rouverte, et la blanchisseuse se tenait sur le seuil. Elle n'avait dû entendre que les deux ou trois dernières phrases de leur échange, mais elle en avait saisi l'essentiel et elle leva son registre.

— J'ai reçu deux nouvelles filles hier, mais rien de noté sur une troisième.

Sardelle songea à dire quelque chose, mais elle ne trouvait pas d'histoire capable d'expliquer le mystère de son apparition. Elle commençait à s'inquiéter de ce que, dans tout ce cafouillage, quelqu'un finisse par se rendre compte qu'elle n'était pas arrivée hier par le vaisseau de ravitaillement, mais à l'expression contrariée du colonel, qui venait juste de débarquer, elle comprit qu'il voyait plutôt dans cette affaire une preuve d'incompétence. Sardelle haussa un sourcil ; l'hiver où elle était rentrée chez elle pour enseigner, cette expression suffisait à ce que ses étudiants se mettent à bégayer, soudainement persuadés d'avoir fait une erreur quelque part.

Le colonel ne bégaya pas, mais il avait l'air excédé. Il laissa tomber son sac, déboutonna sa parka et la tendit à Sardelle.

— Caporal, fournissez à cette femme des vêtements convenables. Capitaine, je veux son dossier sur mon bureau d'ici une heure. (Il ramassa son sac et le replaça sur son épaule.) Je me débrouillerai pour trouver mes quartiers moi-même.

— Mais, mais, colonel ! (Le capitaine suivit d'un pas le colonel, puis s'arrêta pour se tourner vers Sardelle en tendant une main implorante.) Je ne connais pas son numéro, colonel !

— Ce n'est pas mon problème, rétorqua le colonel.

Il marmonna quelque chose qui ressemblait à « c'est quoi cette histoire de numéro, encore ? », mais Sardelle n'était pas sûre d'avoir bien entendu.

Heureuse d'avoir de quoi se couvrir, elle enfila la parka. Elle commençait à claquer des dents. La veste fourrée était chaude à l'intérieur, et il en émanait une odeur masculine plaisante. Après être restée immobile dans le froid, elle eut toutes les peines du monde à se retenir de blottir son visage dans la fourrure du col.

Le caporal Rolff se gratta la tête.

— Le colonel Zirkander a un bureau ici ?

— Maintenant oui, répondit le capitaine.

— Pourquoi ça ?

— Il relève le général Bockenhaimer au poste de commandant de la forteresse.

Rolff en resta pantois. Si Zirkander était renommé, ce n'était apparemment pas pour commander des places fortes. Sardelle trouva d'abord cette nouvelle prometteuse – à la différence de tous ceux qu'elle avait rencontrés ici, cet homme semblait avoir une conscience –, mais en voyant le capitaine s'éloigner en quête d'un dossier qui n'existait pas, la réalité de sa situation fit taire son optimisme. Ce colonel avait donné l'impression de vouloir se montrer plus efficace que le vieux général. Avant son arrivée, elle aurait peut-être eu une chance de passer entre les mailles du filet, mais à présent ? Comment allait-elle expliquer sa présence ? Et si elle ne trouvait pas un bon mensonge, qu'arriverait-il ? Allaient-ils voir en elle une espionne ? Même de son temps, on exécutait les espions. Elle ferait mieux de commencer à parler aux gens pour se renseigner et penser à s'inventer une histoire plausible, car elle avait le pressentiment qu'elle serait convoquée dans ce fameux bureau avant la fin de la journée.

Un plan d'occupation poussiéreux qui n'avait pas été mis à jour depuis des lustres orienta Ridge vers un bâtiment administratif où il monta au premier étage à la recherche du bureau de Bockenhaimer. Un bourdonnement de moteurs retentit de l'autre côté du fort. Le pilote devait penser que le général ne traînerait pas à rassembler ses affaires pour rejoindre l'appareil qui l'emmènerait loin d'ici. Ridge s'arrêta à une fenêtre pour regarder au-dehors, et la boule qu'il avait eue dans la gorge durant tout le vol refit son apparition tandis qu'il observait le pilote effectuer les contrôles standards d'avant décollage.

— Ce n'est qu'un an, se dit-il à lui-même. Un an dans le plus bas niveau de l'enfer, ajouta-t-il alors que son regard dérivait vers les intimidantes montagnes qui encerclaient la forteresse de toutes parts.

Il n'avait encore parlé qu'à cinq personnes depuis son arrivée, et il pouvait déjà dire que la pagaille régnait ici. Est-ce qu'on l'avait envoyé pour remettre les choses en ordre ? Le fait qu'il ait réussi assez de missions pour être promu régulièrement ne signifiait pas pour autant qu'il avait l'expérience pour ce genre de boulot. Il s'était déjà ridiculisé en regardant bêtement cette femme dans la cour. Évidemment, il savait que des femmes pouvaient tout autant que des hommes commettre des meurtres, mais il ne s'était pas attendu à en rencontrer ici, et encore moins une qu'il aurait volontiers abordée dans un bar pour lui payer un verre. Même si elle n'était pas vraiment du genre à traîner dans les bars. Trop calme. Trop posée. Et ces yeux d'un bleu si pâle… Ils étaient attirants, oui, surtout par le contraste qu'ils offraient avec ses cheveux d'un noir profond, mais ils étaient bien trop élégants pour les tripots qu'il avait l'habitude de fréquenter. Non pas que cela l'aurait empêché de lui offrir un verre si elle s'était effectivement aventurée dans un de ces bars.

— C'est ça, Ridge. Bave devant les prisonnières. Ça fera bien dans ton dossier.

Il secoua la tête et recommença à monter les marches.

Un lieutenant portant une liasse de papiers franchit le pas d'une porte et, à en juger par l'expression perplexe sur son visage, il devait l'avoir entendu se parler à lui-même. De mieux en mieux.

— Le bureau du général ? demanda-t-il.

— Au bout du couloir, mon colonel, lui indiqua le lieutenant, avant de jeter un rapide coup d'œil à la pendule sur le mur. Mais je ne sais pas s'il sera, hum…

— Là ?

— Oh, si, il est là. (Le lieutenant eut l'air de vouloir en dire davantage, avant de renoncer.) Au bout du couloir, mon colonel, répéta-t-il.

— Merci.

Ridge posa son sac sur le pas de la porte, frappa et lissa son uniforme. Il ne s'inquiétait pas particulièrement de ce qu'un général prenant sa retraite pourrait penser de lui, mais il anticipait une réprimande pour n'avoir plus sa parka. À cette époque de l'année et en ces lieux, elle faisait forcément partie intégrante de la tenue réglementaire d'un officier. Le froid semblait transpercer les cloisons en bois du bâtiment et irradier du plancher. Il se demanda pour la deuxième fois quel juge avait pu condamner cette femme et l'envoyer ici en robe d'été.

Toujours pas de réponse. Ridge frappa de nouveau à la porte, haussa les épaules et ouvrit. Les ronflements lui parvinrent aux oreilles en même temps que les relents d'alcool et de vieux vomi agressaient ses narines. Voilà qui expliquait bien des choses.

L'homme aux cheveux blancs affalé dans son fauteuil, la tête contre le dossier, les bottes sur le bureau, n'aurait sûrement pas été plus éveillé – ni plus sobre – si Ridge était arrivé à l'aube. Une flasque métallique était couchée sur le bureau près de ses pieds, et plusieurs bouteilles de vodka vides s'entassaient dans la corbeille à papier. Quelques taches suspectes dans le coin de la pièce laissaient penser qu'on y avait vomi à plusieurs occasions, et que les lieux n'avaient été que sommairement nettoyés. D'ailleurs, un cercle clair près d'un arbuste en pot lui laissa penser que quelqu'un s'était contenté de pousser la plante pour masquer un des derniers incidents.

Ridge se racla la gorge.

— Mon général ?

Les ronflements redoublèrent.

Ridge passa derrière le bureau et secoua doucement l'homme par l'épaule.

— Mon général ?

Bockenhaimer ouvrit soudain les yeux et se releva d'un bond en dégainant le pistolet à sa ceinture. Ridge lui saisit le poignet avant qu'il ne puisse le pointer sur lui.

— Général Bockenhaimer ? Je suis ici pour vous succéder.

Le général jeta un regard contrarié à la main qui serrait son poignet comme s'il voulait encore tirer sur cet intrus – à condition de savoir comment se libérer –, mais ses yeux injectés de sang remontèrent finalement vers le visage de Ridge alors que les mots se frayaient un chemin dans son esprit embrumé.

— Me succéder? marmonna-t-il.

— Colonel Zirkander, mon général. (Ridge sortit ses ordres de sa poche ainsi que les papiers de démobilisation du général, qu'il déplia d'une main – ce pistolet était chargé et armé, il n'avait donc pas l'intention de lâcher le poignet de Bockenhaimer – avant de les déposer sur le bureau.) Votre retraite est avancée de quelques mois. Je viens occuper votre poste.

— Zirkander… Le pilote ?

Le bras du général se détendit et Ridge le lâcha pour le laisser rengainer son arme.

— Oui, général.

Il attendit que Bockenhaimer lui fasse remarquer que ni les pilotes ni les colonels ne possédaient l'expérience nécessaire pour commander une place forte, mais le général se contenta de se pencher sur les ordres.

— Ma mise à la retraite ? (Il plissa les yeux et se pencha encore davantage, alors qu'un sourire radieux se dessinait sur ses lèvres.) La retraite !

Ridge résista à l'envie de lever les yeux au ciel. Il se demanda si le général était déjà un ivrogne avant d'être envoyé ici – sa nomination à ce poste avait-elle été une punition pour lui aussi ? – ou si c'était d'assurer la direction d'une prison remplie de repris de justice qui l'avait fait sombrer dans la boisson.

— C'est exact, mon général, opina Ridge. Si vous pouviez me mettre au courant des procédures opérationnelles ordinaires et me donner quelques…

Bockenhaimer se redressa brutalement, tituba – malgré sa surprise, Ridge eut le réflexe de lui prendre le bras pour l'aider à retrouver l'équilibre – et fit un pas vers la fenêtre.

— C'est mon transport ? Je peux partir aujourd'hui ?

— Oui, mon général. Mais j'apprécierais que vous me…

Le général ouvrit la fenêtre et adressa un grand signe de la main au pilote.

— Attends-moi, mon garçon, j'arrive ! cria-t-il. Le temps de faire mes bagages !

Curieusement, le manque d'équilibre du général ne sembla pas le ralentir quand il sortit en trombe du bureau. Ridge en était encore bouche bée lorsqu'il le vit réapparaître en bas dans la cour, un sac glissé sous le bras, remontant au pas de course l'allée déneigée.

— Pour une passation de pouvoir, ça manquait un peu de solennité, marmonna Ridge.

Il ne s'était pas attendu à une parade avec fanfare, pas dans ce trou perdu, mais un simple briefing aurait déjà été bien.

Il ôta sa casquette fourrée et se passa la main dans les cheveux en examinant son nouveau bureau. Combien de temps faudrait-il pour que cette puanteur d'alcool disparaisse ? Et cette pauvre plante dans son pot, depuis quand n'avait plus été arrosée ? Ce jeune capitaine qui l'avait accueilli n'était-il pas l'aide de camp du général ? Pourquoi n'avait-il pas fait venir un soldat pour nettoyer les lieux ? Mais peut-être que les hommes avaient trop à faire pour surveiller les prisonniers, et que les officiers devaient balayer eux-mêmes leurs bureaux ?

Ridge était à la recherche des manuels d'instruction du fort quand on toqua à la porte.

— Mon colonel ?

Le capitaine Heriton, l'officier qui l'avait accueilli à son arrivée, passa la tête par l'entrebâillement, une expression d'appréhension sur le visage. Ses cheveux blond pâle et ses boutons lui donnaient l'air d'avoir quinze ans au lieu de vingt-cinq.

— Oui ?

— C'est au sujet de cette femme… Elle dit qu'elle est arrivée hier – nous avons reçu un arrivage important de nouveaux prisonniers – et qu'elle ne se souvient plus du numéro qu'on lui a attribué.

— Du numéro ?

— Oui, mon colonel. Les prisonniers reçoivent un numéro, qui remplace leur nom. Ça réduit les risques de bagarres entre eux. Certains sont des prisonniers de guerre et des pirates, mais il y a aussi quelques anciens soldats, ainsi que des hommes issus des clans des hautes terres du Nord. La cohabitation est facilitée s'ils reçoivent à leur arrivée une nouvelle identité. Le général ne vous a pas expliqué ? (Le capitaine glissa un regard vers la fenêtre ; l'aéro était déjà reparti.) J'imagine qu'il est parti précipitamment.

— Précipitamment, oui, c'est le mot. (Enfin, pas celui que Ridge aurait employé, mais il ne pouvait déjà se résoudre à dire du mal du général, pas avant d'avoir passé une ou deux semaines ici et s'être fait une idée précise de l'endroit où il avait atterri.) Par hasard, vous ne sauriez pas où sont rangés les manuels d'instruction ?

— Ils devraient être quelque part ici, mon colonel, répondit le capitaine en reculant déjà dans le couloir.

— Et le dossier de cette femme, capitaine, lui rappela sèchement Ridge.

Il savait qu'il ne l'avait pas trouvé, mais Ridge n'était pas prêt à laisser une prisonnière vagabonder dans la forteresse sans être répertoriée ou affectée, ou sans toute autre procédure appliquée normalement.

— Heu, oui, mon colonel. C'est que je ne sais pas trop où chercher…

— Et si vous regardiez sous son nom ? J'imagine qu'elle devrait pouvoir vous donner son nom.

— Elle l'a fait. Et j'ai vérifié, mais son dossier ne se trouvait pas avec ceux des prisonniers arrivés hier.

— Il a peut-être déjà été classé ? suggéra Ridge.

Ce gamin n'aurait jamais pu intégrer son escadrille. Même quand il n'était pas en train de parler, il ne cessait de jeter des regards nerveux à la ronde. Il avait un côté… vasouillard. Ça se disait, ça ? Ridge n'en était pas sûr. Il pourrait toujours lui demander de chercher si ce mot existait dans le dictionnaire une fois qu'il aurait retrouvé ce dossier manquant.

— Heu, les archives ne sont pas exactement classées par ordre alphabétique. Elles sont plutôt… Enfin, le système de classement était déjà en place avant mon arrivée.

Ridge se leva.

— Montrez-moi.

Le capitaine lui jeta un regard étonné. Le général n'avait sans doute jamais demandé à voir les archives, et Ridge eut le sentiment que les prisonniers dont le dossier avait disparu n'étaient pas une exception.

— À vos ordres, mon colonel. C'est par ici.

Ridge suivit l'officier au physique fluet. Ils descendirent deux étages pour rejoindre un sous-sol glacial qui lui fit regretter que personne ne lui ait rapporté sa parka. Des toiles d'araignées couvraient de vieilles armoires à archives en bois ainsi que d'autres, plus récentes, en métal. Des dossiers gris de poussière s'entassaient sur les meubles, posés là en attente d'être classés, ou sortis et jamais remis en place. Des cartons de paperasse occupaient les quelques tables au milieu de la pièce. À en juger par l'accumulation de poussière et le nombre des armoires, on aurait pu croire que ce camp de prisonniers était en activité depuis plusieurs centaines d'années, ce qui n'était pas le cas. Si tous ces casiers étaient remplis de dossiers, la mine devait épuiser les hommes à un rythme effrayant. La forteresse ne comprenait pas tant de baraquements que cela, et quand Ridge avait cherché les manuels d'instruction, il était tombé sur les derniers récépissés de ravitaillement. L'endroit était approvisionné en nourriture et équipement pour sept cent dix prisonniers et cent soldats. Pourtant, il devait y avoir des milliers de dossiers stockés dans la poussière devant lui.

— Capitaine.

— Mon colonel ?

L'inquiétude dans la voix du jeune homme n'avait rien d'encourageant, mais Ridge poursuivit néanmoins.

— Mon boulot consiste à m'assurer que ce fort fonctionne sans accroc cet hiver et que les rendements s'améliorent. (En réalité, ses ordres ne disaient rien ou presque de son « boulot », mais en tant que pilote il connaissait l'importance cruciale des cristaux enterrés dans cette montagne. Il n'avait pas l'intention de rester toute l'année à venir le cul vissé à son fauteuil à siroter de la vodka tout en laissant le travail de la mine s'écouler à un rythme paresseux.) Pouvez-vous deviner quel sera votre boulot à vous, cet hiver ?

— Mon colonel ? répéta le capitaine d'une voix encore plus circonspecte.

Ridge sourit et lui donna une tape d'encouragement dans le dos afin d'atténuer la brutalité de son annonce.

— Réorganiser ces archives. Par ordre alphabétique. En rangeant les dossiers des prisonniers qui sont toujours parmi nous dans ces armoires, et les dossiers des défunts ou de ceux qui ont fini de purger leur peine dans celles-là.

Certains finissaient-ils par purger leur peine, d'ailleurs ? D'après ce qu'il avait entendu dire, les prisonniers ici étaient condamnés à perpétuité, sans possibilité de remise de peine.

Les épaules maigres du capitaine s'affaissèrent.

— À vos ordres, mon colonel.

— Vous pourrez prendre du monde pour vous aider.

Ses épaules s'affaissèrent encore.

— Impossible, mon colonel. Tous les hommes sont requis pour surveiller les prisonniers. C'est pour cette raison qu'il y a si peu de personnel dans ce bâtiment. La plupart des bureaux de l'étage sont vides. Nous ne sommes que quelques-uns à nous charger des tâches administratives, ce qui explique pourquoi nous n'avons jamais de temps pour ce genre de choses. (Il glissa un regard vers Ridge et redressa le dos.) Mais je le trouverai, mon colonel.

— Bien. J'étudierai aussi la situation dans les mines pour voir ce qui peut être fait afin de faciliter la vie des gardes. Ai-je raison de penser que le problème principal vient de mineurs essayant de tuer nos hommes et de s'échapper ?

— Tout à fait, colonel. Cela se produit surtout au printemps et à l'été, car en hiver un fugitif n'aurait nulle part où s'enfuir, mais il arrive que certains gars perdent simplement la boule et s'attaquent aux gardes.

— Je verrai ce qu'on peut faire, répéta Ridge.

Le capitaine lui adressa un regard curieux, plein d'espoir, et salua.

Ridge n'aurait peut-être pas dû faire ce genre de promesse. Pour qui se prenait-il à penser qu'il pouvait améliorer les choses ici ? Enfin, après tout, il pouvait difficilement faire pire que Bockenhaimer.

— Je m'y attèle dès aujourd'hui, mon colonel, dit le capitaine.

— Envoyez d'abord cette femme à mon bureau. J'établirai un dossier temporaire pour elle, le temps que vous retrouviez le sien.

— Oh, je peux m'en charger, colonel. Inutile que vous perdiez votre temps avec une prisonnière.

— Vous allez être très occupé avec tout ça, lui rappela Ridge en souriant, avec un geste qui embrassa la pièce.

— Heu, oui, tout à fait.

Cette fois, le capitaine eut le mérite de ne pas voûter les épaules.

Ridge regagna l'escalier, reconnaissant envers le capitaine pour ne pas avoir insisté sur le fait qu'un commandant de fort avait des tâches bien plus importantes à accomplir qu'interroger les prisonnières. Il devait bien l'admettre, c'était effectivement le genre de choses dont on chargeait plutôt un jeune lieutenant. Mais alors, pourquoi s'était-il porté volontaire pour s'en occuper personnellement ?

— Je veux juste être sûr de récupérer ma parka, se marmonna-t-il à lui-même.

Chapitre 3

Sardelle monta l'escalier du bâtiment administratif, suivie de près par le caporal Rolff dont les bottes claquaient sur les lattes du parquet. Elle se sentait moins gênée de marcher devant lui à présent qu'elle portait une lourde robe de laine qui lui descendait jusqu'aux chevilles, des bottes, une casquette, et une version plus miteuse de la parka du colonel. Apparemment, c'était la tenue régulière des prisonnières. Rolff ne lui avait plus reparlé de son numéro de chambre, pas depuis leur rencontre avec le colonel.

— C'est le bureau du général, enfin, du colonel.

Rolff lui indiqua la porte au fond du couloir. Sardelle s'était déjà répété l'histoire qu'elle avait préparée ; il ne lui restait plus qu'à avancer en prenant une grande inspiration pour essayer de calmer sa nervosité. Il était étrange de se sentir aussi anxieuse d'aller parler à un commandant après avoir passé tant d'années affranchie de l'autorité de la hiérarchie militaire, et même, d'une certaine manière, supérieure à elle.

— *Mais pas ici.*

— *Je sais, Jaxi. Je comprends parfaitement la situation.*

— *Je te le rappelle juste, histoire que tu n'oublies pas de te montrer aussi humble et soumise que nécessaire durant cet entretien. Et puis, ne lui refile pas de crise d'urticaire.*

Sardelle garda son soupir en elle pour que Rolff ne la trouve pas étrange, ou se mette à penser qu'elle avait des conversations avec elle-même. C'était sûrement le genre de bizarreries qui pouvait vous valoir des soupçons de sorcellerie.

— *Les frères Gratouille sont en ce moment même à l'infirmerie, dans un autre bâtiment*, l'informa Jaxi. *Espérons que ton nom ne surgira pas dans la conversation.*

— Je ne vois pas comment ce serait possible puisqu'ils ne le connaissent pas.

— Tu as fait suffisamment impression pour que la simple mention de la « fille en robe verte » ne laisse de doute à personne.

— Tout ira bien. Le médecin diagnostiquera une maladie sexuellement transmissible. Je suis d'ailleurs surprise qu'ils soient allés le voir. Je pensais qu'ils auraient eu honte.

Sardelle songea qu'il était immature de sa part d'éprouver l'envie d'aller écouter à la porte de l'infirmerie pour entendre ces deux brutes expliquer pourquoi ils présentaient simultanément la même éruption cutanée sur les parties génitales.

— Oh, mais je suis déjà en train d'écouter. Tu veux des détails ?

— Je m'en passerai. Il faut que je me concentre sur ce rendez-vous.

Sardelle s'arrêta devant la porte, ou plutôt à deux pas de celle-ci. Une corbeille et une caisse remplies de bouteilles d'alcool vides encombraient le couloir. Elle prit la parka du colonel sur son bras gauche afin de pouvoir frapper à la porte de la main droite, mais s'interrompit en entendant un long grincement suivi d'un choc sourd à l'intérieur.

— Une crème.

Sardelle fut déstabilisée par le commentaire de Jaxi, croyant d'abord qu'elle voulait parler du bruit à l'intérieur du bureau.

— Que dis-tu ?

— Le docteur leur prescrit une crème. Et il leur a conseillé de s'abstenir pour le moment de jouer ensemble pantalon baissé.

Sardelle sentit monter un éclat de rire, qu'elle se hâta de transformer en quinte de toux.

— Il ne va pas attendre toute la journée, s'impatienta Rolff.

— Ce sont les bruits qui m'ont surprise. (Deux autres chocs sourds retentirent, et Sardelle montra la porte du doigt.) Vous êtes sûr qu'il n'est pas en train de se battre avec quelqu'un là-dedans ?

Ou de filer une bonne trempe à un soldat indiscipliné ?

— Personne ici ne voudrait avoir à se battre avec lui.

Toujours derrière elle, Rolff se pencha et frappa trois coups à la porte.

Les bruits à l'intérieur cessèrent, et un « Oui ? » se fit entendre.

Sardelle ignorait si cela était une invitation à entrer ou pas, mais elle avait reçu l'ordre de se présenter à lui sans délai. Elle tourna la poignée, enjamba les bouteilles vides et passa la tête par l'entrebâillement.

Le colonel Zirkander était en équilibre dans les airs, un pied sur le bureau et l'autre appuyé contre une bibliothèque murale. Il tenait un plumeau à la main et époussetait de lourds volumes rangés sur l'étagère du haut, qui n'avaient sans doute pas été déplacés depuis des décennies. Il s'était débarrassé d'une partie de ses vêtements d'hiver et les manches de sa chemise grise étaient relevées, découvrant les muscles noueux de ses avant-bras et… de nombreuses taches de saleté récentes. De la poussière – et était-ce une toile d'araignée ? – saupoudrait ses cheveux châtain en brosse, comme s'il avait fourré la tête sous un lit qui n'avait plus vu de femme de ménage depuis des années. Ou plutôt sous un gros canapé marron défraîchi, rectifia Sardelle en observant le mobilier. Elle ignorait à quoi ressemblait cet endroit avant, mais pour l'heure il était reluisant. Le sol brillait, lavé de frais comme l'indiquaient le seau et la serpillière humide, et un balai et une pelle à poussière étaient posés contre le mur, à côté de la porte. Une pile de chiffons et un pot de cire laissaient deviner quelle serait la prochaine étape.

— Heu, mon colonel ? demanda Rolff d'une voix hésitante, ébahi de voir son officier en chef faire le ménage.

—Ah, ah ! s'exclama le colonel, qui ne s'était pas interrompu à leur arrivée, en tirant un gros livre de l'étagère. Je t'ai enfin trouvé.

Rolff entra dans la pièce, se mit au garde-à-vous et salua.

— Colonel, je vous ai amené la prisonnière comme vous l'aviez demandé.

Le colonel agita son plumeau en guise de salut militaire.

— Parfait, merci.

Sardelle réprima un sourire devant la mine déconfite du caporal. Ce dernier ne savait plus comment se comporter face à un officier supérieur qui ne semblait attacher aucune importance au protocole militaire.

— Dois-je monter la garde à la porte, mon colonel ? demanda Rolff.

— Avez-vous une mission que vous êtes censé remplir en ce moment même ?

Le colonel sauta de son perchoir et se saisit d'un chiffon pour essuyer le livre.

— J'étais de garde au niveau treize quand tout ça s'est produit, mon colonel.

— Dans ce cas, mieux vaut y retourner. J'ai l'espoir que mon charme et mon sourire de vaurien suffiront à empêcher – (il jeta un coup d'œil à un dossier sur son bureau) – Sardelle de me battre à mort.

Le colonel Zirkander leur sourit – un sourire de vaurien – à tous les deux, mais Sardelle s'imagina qu'il n'était destiné qu'à elle et elle contempla son visage tout poussiéreux, si pétillant de vie. Ses yeux marron sombre avaient été sérieux dans la cour, mais elle avait le sentiment que l'éclat chaud qu'elle y lisait à présent était plus habituel chez lui.

— Heu, à vos ordres, mon colonel, opina Rolff, manifestement plus perturbé que séduit par le sourire malicieux du colonel.

Sardelle détourna les yeux du visage de Zirkander, de peur qu'il remarque l'intensité de son regard. À la place, elle tenta d'examiner le dossier sur le bureau. Il comportait son nom – son vrai prénom, et le nom de famille qu'elle avait inventé – en haut d'une page blanche. Une page que le colonel souhaitait remplir grâce à cet entretien ? Lui ferait-il confiance en croyant d'emblée qu'elle lui dirait la vérité ? Et son prétendu dossier perdu avait-il simplement été mis sur le compte d'une erreur administrative ? Elle ne pouvait que l'espérer.

La porte se referma, suivie d'un bruit de verre renversé et d'un juron.

Le colonel haussa les épaules d'un air légèrement contrit.

— J'avais l'intention de jeter ces bouteilles par la fenêtre, mais dans un endroit pareil quelqu'un se serait sûrement ouvert le pied sur les débris de verre avant qu'on ne se préoccupe de les ramasser.

Le caporal étant parti, Sardelle ne pouvait plus douter du fait qu'il s'adressait à elle, même s'il était en train de souffler sur la couverture du livre pour en chasser la poussière et ne la regardait pas.

— Est-ce pour cela que vous faites vous-même le ménage de votre bureau ? demanda-t-elle. (S'il avait envie de bavarder, autant jouer le jeu ; elle avait tout intérêt à nouer de bonnes relations avec lui.) Tous les officiers que j'ai eu l'occasion de rencontrer avaient des subalternes qui se chargeaient de ce genre de choses.

— Ici, apparemment, tous les soldats sont occupés à surveiller les prisonniers. Et j'ai compris que le seul moyen de trouver ce que je cherchais était de nettoyer ce bouge. Et puis, les taches de vomi couvertes de moisissure sur le plancher me perturbaient. Je suis sûr que c'était mon imagination, mais j'avais l'impression de les voir bouger du coin de l'œil chaque fois que je détournais la tête.

Satisfait de sa besogne, il posa le livre sur le bureau, à côté du dossier. « *Mines de cristal de Magroth : règlement et procédures opérationnelles.* »

— *Tu l'as lu, celui-là, Jaxi ?*

— *Curieusement, son titre ne m'a pas donné envie de m'y plonger.*

— Vous avez rencontré beaucoup d'officiers ?

Le colonel lui adressa un regard intrigué, la tête légèrement inclinée.

Ah, oui, évidemment. Sa fausse histoire ne mentionnait pas de passage par l'armée et certainement pas qu'elle avait eu l'occasion, en tant que *sheratsu* – mage conseiller – de s'asseoir régulièrement à la table de chefs de clan et de généraux. Elle devait se montrer plus prudente dans ses paroles.

— J'ai été… interrogée par des officiers à quelques reprises.

En parlant de sourire de vaurien, Sardelle s'efforça de lui en adresser un.

Il la dévisagea d'un air intrigué. Raté, apparemment. À en croire les remarques qu'on avait pu lui faire, elle avait plutôt un sourire énigmatique ou détaché; elle était moins douée pour le genre enjoué ou espiègle.

— *N'essaie pas de changer de personnalité, sinon tu es sûre de t'empêtrer dans tes mensonges. Les pirates peuvent avoir toutes sortes de manières, après tout.*

Sardelle acquiesça mentalement à ce conseil.

— Bien. (Zirkander se reprit et tapota le dossier.) Je vous demande quelques minutes de votre temps, si vous le voulez bien. J'ai besoin de vous établir un dossier temporaire, en attendant que mon capitaine retrouve le vôtre.

Sardelle le trouvait curieusement poli pour un commandant s'adressant à une prisonnière, puis son esprit tressaillit à ces derniers mots.

— Est-il déjà en train de le chercher ?

— Oui, mais disons simplement que j'ai vu la salle des archives, et que je ne suis pas surpris que des dossiers manquent. Je l'ai chargé de ranger et de réorganiser l'endroit, donc nous retrouverons forcément votre dossier. Nous retrouverons les dossiers de tout le monde, afin de nous assurer que les noms – enfin, les numéros – correspondent bien aux gens. À voir le désordre qui règne aujourd'hui, je ne sais même pas comment ils font pour organiser le ravitaillement avec un tant soit peu d'exactitude.

Sardelle prit conscience que sa respiration s'était accélérée et s'efforça de la calmer. Il était trop tôt pour paniquer. Même s'ils ne retrouvaient jamais son dossier, cela ne la condamnerait pas nécessairement. Il aurait pu tomber derrière un siège de ce vaisseau volant qui était censé l'avoir amenée ici, non ? C'était le genre de choses qui arrivait.

— *Pourquoi ne crées-tu pas un faux dossier ?*

L'idée de Jaxi la surprit, avant de se demander pourquoi elle n'y avait pas songé elle-même.

— *Parce que tu es quelqu'un d'honnête et de franc qui n'a pas le réflexe de penser à des manigances sournoises. C'est ce que tu es, accepte-le.*

— *Merci pour le conseil.*

Créer un faux dossier ne serait pas si compliqué pour les pouvoirs qui étaient les siens, du moment qu'elle trouvait où les dossiers vierges étaient rangés et où déposer le dossier falsifié une fois qu'elle en aurait terminé. Peut-être que…

Sardelle se rendit compte que le colonel la dévisageait. Il attendait une réponse ? Lui avait-il posé une question ? Elle se repassa en tête ce qu'il avait dit.

— Je ne suis pas ici depuis longtemps, dit-elle, mais l'endroit semble un peu chaotique. Et pour ce qui est des approvisionnements, j'ai remarqué que certains mineurs étaient bien nourris tandis que d'autres sont maigres et ont l'air de ne pas manger à leur faim.

Comme ces pauvres bougres qui avaient attaqué les gardes.

Zirkander plissa les yeux.

— Vraiment ? (Il sortit de sa poche un stylo et un petit carnet à spirales pour ajouter quelque chose sur une liste.) En bas dans la mine, la loi du plus fort et du plus méchant doit régner. Bon. Asseyez-vous, je vous prie. (Il laissa de côté le carnet et s'aperçut qu'il n'y avait pas de chaise faisant face au bureau. En dehors du canapé et du fauteuil du colonel, il n'y avait pas d'autre siège dans la pièce.) Ah, eh bien, on dirait que le général ne recevait pas souvent de visite dans son bureau.

Il envisagea un instant le canapé – qui pouvait accueillir trois ou quatre personnes –, mais secoua la tête et fit signe à Sardelle de s'asseoir dans son fauteuil.

— Mme Sordenta.

Il fallut une seconde à Sardelle pour se rappeler qu'il s'agissait du faux nom qu'elle avait donné. Elle fit le tour du bureau et prit place dans le fauteuil en bois dont les accoudoirs et le dossier constitué de barreaux étaient plus confortables qu'il n'y paraissait. Zirkander récupéra sa paperasse et un stylo, avant d'aller se percher sur l'accoudoir du canapé. Ah, il aurait été trop intime de partager le canapé avec une prisonnière ? Logiquement, Sardelle acquiesça au professionnalisme de ce choix, même si la part d'elle qui n'avait pas envie de jouer à la prisonnière devant le commandant de fort aurait préféré s'y asseoir en sa compagnie.

— Tiens, finalement, tu ne vas peut-être pas obtenir son numéro de chambre, on dirait.

— Tais-toi, Jaxi.

Zirkander griffonna quelque chose dans le coin de la feuille agrafée sur le dessus du dossier.

— Donc, votre nom complet est Sardelle Sordenta, c'est bien ça ? Je l'ai écrit correctement ?

Il lui montra afin qu'elle puisse vérifier.

Il était étrange que quelque chose d'aussi insignifiant qu'un nom de famille inventé la trouble, mais c'était pourtant le cas. Néanmoins, elle acquiesça d'un signe de tête. Elle aurait à mentir sur bien plus que son nom si elle voulait survivre ici.

— Date de naissance ? demanda-t-il.

Elle se crispa. C'était une question évidente, à laquelle elle n'avait pourtant pas réfléchi quand elle avait forgé son faux passé de pirate.

— Vite, Jaxi, nous sommes en quelle année ?

— Le quatorze balsoth… (*873,* répondit Jaxi.) 839, termina-t-elle après un rapide calcul mental.

Rapide ou pas, Zirkander avait remarqué son hésitation. Il la dévisagea un long moment, avant d'inscrire finalement sa réponse. Depuis sa mésaventure avec ces brutes dans la mine, Sardelle avait réduit ses perceptions psychiques, mais, afin de savoir s'il pensait qu'elle mentait, elle les laissa se déployer de nouveau,. Elle sentit que tel était bien le cas, et aussi qu'il était déçu. Pour une raison étrange, elle en fut blessée. À quoi s'attendait-il ? À de l'honnêteté de la part d'une femme qui, par défaut, était forcément une criminelle ?

— Lieu de naissance ?

— Cairn-fontaine.

Cela, au moins, était la vérité. Sardelle était née au pied de ces montagnes, à deux cents kilomètres au sud d'ici.

— Le Cairn-fontaine qui a été détruit par une coulée de lave il y a quarante ans ?

Aïe.

— Oui. Enfin, à côté, pas dans l'ancien village, évidemment. Je suis née à la campagne.

— Jaxi ! Tu ne m'avais pas dit que mon village natal avait disparu ?

— Je l'ignorais. C'est trop loin pour mes perceptions.

— Un événement pareil n'était pas mentionné dans les livres que tu as lus ?

— La plupart des livres qui sont ici ont au moins cinquante ans. Je ne crois pas que la lecture soit un passe-temps très en vogue chez les prisonniers. Ou les soldats.

— Je suis née dans une famille de bergers, poursuivit Sardelle – le colonel était en train de noter ses mensonges, alors autant aller au bout de son histoire –, une vie très ennuyeuse pour une jeune fille. C'est pour ça que je suis partie ; j'avais envie d'une existence plus trépidante. Et puis il y avait aussi ce mariage arrangé. Je n'étais pas prête à me caser. Alors j'ai rejoint la côte et j'ai trouvé un emploi sur un navire marchand. (Elle avait souvent voyagé avec la flotte pour défendre le pays des attaques des navires ennemis.) Après un an, notre bateau a été pris par des pirates. Ils m'ont donné le choix entre la planche ou m'enrôler chez eux. Je ne suis pas particulièrement brave ; j'ai donc choisi de les rejoindre. Ils m'ont traitée correctement, si l'on peut dire. La première année fut difficile, mais je suis parvenue à me faire une place parmi eux.

Zirkander avait cessé d'écrire. Il avait mis un pied sur le canapé, le coude sur le genou, le menton posé sur son poing. Attendait-il qu'elle termine son histoire inventée pour voir s'il pouvait tirer quelque chose d'utile de cette fable? Oui. Elle n'avait même pas besoin d'interroger ses perceptions empathiques pour le comprendre.

— Vous avez fini ? demanda-t-il.

— J'ai encore cinq années à vous raconter. Mais vous ne semblez pas désireux de tout noter en détail.

— Non. J'étais en train de songer à vous demander de me faire un nœud de cabestan, mais ce serait plus embarrassant que vraiment utile.

Fumier. Et elle aurait été parfaitement capable de faire un nœud de cabestan.

— Je sens quelque chose.

— *Ma stupidité ?*

— *Non. À l'extérieur. Dans le ciel.*

Sardelle tourna la tête vers la fenêtre, dont les carreaux lavés donnaient sur le ciel au-dehors. Depuis cette position, elle ne voyait que les nuages enveloppant le pic de la Chèvre. Mais un cri retentit dans la cour. Non, pas dans la cour ; il provenait d'une des tours de guet des remparts.

Zirkander se releva d'un bond, jeta le dossier sur le bureau et s'avança à grandes enjambées jusqu'à la fenêtre. Un bruit de course se fit entendre dans le couloir.

— Géné… Colonel Zirkander ! cria quelqu'un deux secondes avant que la porte ne s'ouvre à toute volée. (Deux soldats que Sardelle n'avait encore jamais vus firent irruption dans la pièce.) Colonel, il y a un appareil dans le ciel, au nord. Ce n'est pas l'un des nôtres !

— Très bien. Allez trouver le sergent Homish et prenez les mesures de sécurité qui s'appliquent à la forteresse dans ce cas de figure. Je vais monter sur les remparts voir ça de plus près.

Sardelle avait déployé ses perceptions pour examiner l'aérostat en approche, et elle ne se protégeait donc plus des émotions qui se diffusaient dans la pièce : l'excitation et la nervosité des soldats, le dégoût de Zirkander, qui se disait qu'il aurait dû lire le manuel d'instructions opérationnelles plutôt que de s'intéresser au cas d'une simple prisonnière. Puis le colonel quitta la pièce et dévala le couloir au pas de course, et ses émotions s'évanouirent de l'esprit de Sardelle. Une fois encore, elle se sentit chagrinée de l'avoir déçu. Pourquoi en était-elle touchée ? Elle l'ignorait, mais elle éprouvait le besoin de lui montrer qu'elle n'était pas une prisonnière inutile, que passer un moment avec elle n'avait pas été une perte de temps.

— *Et comment comptes-tu faire ça ?* lui demanda Jaxi d'un ton un peu méfiant.

— *Si les gens sur ce vaisseau ennemi se mettent tous à se gratter frénétiquement, ils peuvent finir par s'écraser contre le flanc de la montagne, non?*

— *Ils sont hors de ta portée,* rétorqua sèchement Jaxi.

— *Nous verrons bien.*

Puisque le colonel n'avait pas laissé un soldat de garde et qu'il ne lui avait pas non plus ordonné de rester dans son bureau, Sardelle courut dans le couloir à sa suite. Dans la cour, tout le monde avait les yeux levés vers le ciel, en direction d'un dirigeable qui était à peine plus qu'une petite tache évoluant dans les bancs de nuages accrochés à la cime du pic de la Chèvre. Celui qui l'avait repéré avait dû se servir d'une longue-vue pour parvenir à distinguer ses marques d'identification et déterminer qu'il s'agissait d'un appareil ennemi.

Sur les remparts, des soldats couraient en direction des tours et des canons. Des canons ! Ils n'envisageaient tout de même pas de tirer au canon ? Ce n'était pas encore tout à fait l'hiver, mais des plaques de neige couvraient déjà les versants abrupts des montagnes tout autour d'eux.

Sardelle repéra Zirkander et traversa la cour jusqu'à l'escalier permettant d'accéder au chemin de ronde. Au début, personne n'essaya de l'arrêter – ni même ne la remarqua ; tous avaient les yeux levés vers le lointain appareil –, mais un soldat sur le chemin de ronde la saisit par le bras quand elle passa près de lui. Cet arrêt brutal dans sa course la fit pivoter sur elle-même et, sous le coup de la surprise, elle faillit lancer par réflexe une attaque psychique. Elle s'arrêta un quart de seconde avant de projeter mentalement l'homme loin d'elle.

— Où tu crois aller comme ça ? lui demanda-t-il.

— J'étais en rendez-vous avec le colonel, je dois aller le retrouver.

Sardelle essaya de dégager son bras, mais l'homme la tenait avec une poigne de fer.

— Toi, un rendez-vous avec le colonel ? Tu parles !

Elle jeta un coup d'œil par-dessus son épaule. Zirkander se trouvait sur le rempart nord, à côté d'un canon, et il parlait à un jeune soldat qui se trouvait de l'autre côté. Elle n'avait pas le temps de persuader ce pitre de la lâcher. D'un subtil mouvement de son esprit, elle défit la boucle du ceinturon du soldat. Le poids de sa dague et du reste de son équipement fit tomber aussitôt le ceinturon, et son pantalon. Cela suffit à le distraire ; Sardelle libéra son bras et partit en courant rejoindre le colonel.

— Arrêtez cette femme ! cria le soldat au milieu d'une impressionnante bordée de jurons.

Au coin du chemin de ronde, un homme se retourna et s'interposa. Elle n'avait pas la place de l'éviter sur l'étroite plateforme et il l'aurait attrapée si elle n'avait pas ramolli le mortier du moellon sous ses pieds. La pierre bougea et le soldat baissa les yeux un instant ; Sardelle en profita pour échapper à ses bras tendus, franchit l'embranchement et continua à courir pour s'arrêter brusquement devant le colonel.

— Les canons, haleta-t-elle, le souffle court. Vous ne devez pas les faire tirer, pas à cette période de l'année. (Elle montra du doigt une corniche sur le versant le plus proche.) Cela pourrait déclencher une avalanche.

Zirkander la dévisagea un moment avant de répondre ; pourquoi avait-elle l'impression qu'il essayait de lire en elle ?

— *Il se demande probablement si tu es une espionne.*

— *Après mes pitoyables mensonges ? Une espionne se montrerait bien plus habile à ce jeu-là.*

— D'après mon expérience, dit le colonel, une explosion doit se produire sur ou à proximité de la plaque de neige pour provoquer une avalanche, mais si nous avons besoin d'ouvrir le feu, nous serons prudents.

Quelque chose grinça derrière lui sur le chemin de ronde, qu'il désigna du pouce par-dessus son épaule sans se retourner. Deux soldats poussaient un engin sur roues qui rappela à Sardelle les lance-harpons que l'on trouvait sur les baleiniers.

Alors que le soldat dont elle avait baissé le pantalon arrivait en courant derrière elle, Sardelle se sentit toute penaude. Un militaire de carrière avait évidemment l'expérience des explosions ; d'ailleurs, les explosifs semblaient bien plus courants à cette époque qu'à la sienne.

Une main lourde se referma sur son épaule.

— Désolé, mon colonel. J'ai eu un… un problème d'équipement. Elle m'a filé entre les pattes.

Le soldat commença à tirer Sardelle en arrière, mais Zirkander l'arrêta d'un geste.

— C'est bon, sergent. Elle peut rester. Elle m'informait des conditions dans les mines.

Le soldat fit la moue.

— Quoi, c'est un genre d'espionne ?

— Quelque chose comme ça.

Sardelle lut dans les yeux plissés du colonel le double sens de sa réponse. Elle fit de son mieux pour paraître calme et sereine… et ne pas avoir l'air coupable. Mais il se demandait forcément qui elle était vraiment, puisqu'il n'avait pas gobé ses mensonges pathétiques sur son passé. Cette façon qu'il avait de la regarder – de la jauger – lui donnait envie de se terrer dans un trou de souris. Heureusement, le soldat qui se tenait à côté du colonel prit la parole, et ce dernier se tourna vers lui.

— Vous parlez d'après expérience, mon colonel ?

Le jeune soldat ne devait pas avoir plus de vingt ans, et l'expression de son visage disait combien il brûlait d'entendre la réponse du colonel. Si les hommes se préparaient à défendre la forteresse, personne ne semblait vraiment inquiet de l'apparition de ce dirigeable. Peut-être cela arrivait-il fréquemment.

— J'ai bien déclenché quelques avalanches, répondit Zirkander.

— Depuis votre aéro ? Avec des explosifs ?

— Payez-moi une bière plus tard, et je vous raconterai.

— Comptez sur moi, colonel !

Le jeune soldat se dépêcha d'aller aider ses deux camarades qui manœuvraient le lance-harpon.

— C'est l'avantage d'avoir dans les journaux son nom associé à toutes sortes d'exploits de guerre : vous n'avez jamais à payer vos verres.

Sardelle étant la seule assez proche du colonel pour entendre ce commentaire, il s'adressait forcément à elle, mais elle fut surprise de sa désinvolture. Un instant, il semblait la considérer comme une espionne, et l'instant d'après il bavardait avec elle ?

— *Peut-être qu'il cherche à te déstabiliser ?*

— *J'ai l'impression qu'il déstabilise beaucoup de monde.*

— Enfin, je préfère de loin être celui qui attaque que celui qui défend. (Zirkander leva une longue-vue.) Il se contente de rester à distance. Une mission de reconnaissance ?

Il semblait réfléchir à haute voix, mais Sardelle décida néanmoins de répondre.

— Viennent-ils souvent par ici ?

Plus il parlait avec elle, plus il aurait du mal à ordonner son exécution.

— *Je ne parierais pas là-dessus. Pour avoir assisté à la mort de cette fille, condamnée à la noyade pour sorcellerie, quand il s'agit de magie, ces gens tuent leurs semblables sans la moindre hésitation.*

Sardelle se concentra sur la réponse de Zirkander plutôt que sur le commentaire de Jaxi.

— En tout cas, ça ne devrait pas arriver. Cet endroit est censé être un secret militaire absolu. (Zirkander abaissa sa longue-vue et la dévisagea avec ce même regard inquisiteur, avant que ses yeux ne se portent derrière elle.) Capitaine, lança-t-il à l'homme qui arrivait en courant sur le chemin de ronde.

Il s'agissait de l'aide de camp qui l'avait accueilli à son arrivée au fort. Et n'était-ce pas aussi lui qu'il avait chargé de remettre de l'ordre dans les archives ?

Si le capitaine pensait à sa tâche, Sardelle pourrait sonder son esprit et y trouver l'emplacement exact de la salle des archives, ainsi qu'apprendre où étaient conservés les dossiers vierges afin de s'en créer un de toute pièce. Elle grimaça à l'idée de s'insinuer dans l'esprit d'autrui, et ce pour la deuxième fois de la journée. Il existait aussi un risque qu'il sente son intrusion. Pour le moment, elle décida simplement de garder ses perceptions ouvertes. Ils allaient peut-être évoquer les archives, et alors leurs pensées à ce sujet remonteraient à la surface de leurs esprits, là où elles lui seraient plus facilement accessibles.

— Oui, mon colonel ? demanda le capitaine.

— Est-ce déjà arrivé ?

Zirkander tendit le doigt en direction du dirigeable.

— Non, mon colonel. Depuis que je suis en poste ici, aucun appareil ennemi n'est jamais apparu dans notre espace aérien. C'est sacrément audacieux de leur part ; ils sont à plusieurs centaines de kilomètres de la côte. Je me demande comment ils ont réussi à passer nos patrouilles.

— Moi aussi, capitaine, moi aussi, opina Zirkander, les mâchoires serrées.

Il aurait voulu être en l'air. Sardelle avait déjà compris que c'était un pilote, et elle aurait pu deviner ses pensées sans même chercher à les percevoir. Elle reçut cependant de lui une puissante image mentale, l'image d'un engin volant à forme de dragon, assez semblable à celui qui l'avait déposé ici. Mais là, il s'agissait du sien, et il ne volait pas seul dans le ciel. Il menait une escadrille d'autres appareils le long des côtes de l'Iskandoth septentrional – Sardelle avait passé assez de temps dans ces fjords aux plages de sable gris pour reconnaître les lieux, même si elle ne les avait jamais vus depuis le ciel. Zirkander repensait à l'attaque d'un dirigeable semblable à celui-là au large des côtes, quand ses tirs avaient détruit le moteur de l'appareil ennemi qui s'était abîmé en mer.

Sardelle aurait dû se sentir rassurée de constater que le colonel et elle étaient a priori du même bord, ayant tous deux combattu pour protéger le continent d'Iskandia – même si les gens lui donnaient aujourd'hui un autre nom –, mais elle envisagea pour la première fois qu'il était possible qu'il soit le descendant de ceux qui avaient détruit sa montagne… et annihilé son peuple.

Zirkander l'observait, le front plissé. Il n'avait pas pu deviner ses pensées, mais peut-être l'avait-il sentie s'aventurer à la surface de son esprit.

Sardelle tendit le doigt vers le dirigeable.

— Vos armes sont-elles capables de l'atteindre à cette distance ?

— Aucune chance, répondit le capitaine. Ni les canons ni les lance-roquettes n'ont cette portée.

Des lance-roquettes ? Sardelle n'avait jamais entendu parler de cette arme, mais en la regardant plus attentivement, elle vit que c'était un projectile plus sophistiqué qu'un harpon qui pointait de la pièce d'artillerie. Zirkander et le capitaine l'observaient, et elle surprit le regard qu'ils échangèrent.

— Madame Sordenta, dit Zirkander, je crois qu'il est temps pour vous de retourner au travail qui vous a été assigné. Nous nous chargerons de ces intrus.

— Je comprends, acquiesça Sardelle.

Il aurait été suspect qu'elle cherche une excuse pour rester avec eux.

Toutefois, elle repartit sans presser le pas et, grâce à son ouïe que sa magie rendait excellente, elle parvint encore à capter quelques phrases alors qu'elle revenait à l'escalier donnant dans la cour.

— Trouvez-moi son dossier, capitaine. Et aussi quelques témoins parmi les prisonniers arrivés hier sur ce vaisseau d'approvisionnement. Si personne ne se souvient d'elle…

— Vous pensez que c'est une espionne, mon colonel ?

— Nous verrons bien.

— *Je vais peut-être devoir m'échapper et revenir te chercher plus tard, Jaxi.*

Sardelle s'arrêta au pied de l'escalier, ne sachant trop où aller. On ne lui avait pas encore assigné de travail, alors comment faire pour obéir à l'ordre du colonel ?

— *Je comprends.*

Jaxi comprenait vraiment, mais elle ne put dissimuler sa tristesse à l'idée de rester seule ici, ce qui déchira le cœur de Sardelle.

Mais il y avait d'autres enjeux, plus importants encore. Si l'ennemi – était-ce toujours les Cofah qui s'attaquaient au continent, comme à son époque ? – détruisait cette forteresse ou provoquait l'effondrement des montagnes qui l'encerclaient, serait-elle seulement capable de revenir ici ? Si la mine était abandonnée, qui l'aiderait à retrouver Jaxi ? Et, plus largement, qui l'aiderait à retrouver les biens – les reliques – de son peuple ? Si elle était vraiment sa dernière représentante, n'était-il pas de son devoir de sauver et préserver quelques souvenirs de son héritage ?

Sardelle courba la tête, une main sur le front. Tant de choses perdues, et elle s'inquiétait d'être prise pour une espionne ? Quelle importance cela pouvait-il bien avoir ?

Le capitaine descendit l'escalier d'un pas alerte, la salle des archives flottant à la surface de ses pensées. Sans relever les yeux, Sardelle récupéra dans l'esprit de ce dernier la localisation des archives, ainsi que le chemin pour s'y rendre. Le capitaine la toisa d'un air sombre quand il parvint au pied de l'escalier, mais il se contenta de lui désigner le bâtiment de la buanderie.

— Un-quarante-trois t'assignera une tâche. Elle dirige le quartier des femmes.

— D'accord, dit Sardelle.

Faire la lessive ou des travaux de couture serait une activité parfaite pour permettre à son esprit de vagabonder. Elle se refusait à modifier les souvenirs de ceux qui étaient arrivés hier, à supposer qu'elle puisse les localiser tous avant que le capitaine ne les interroge. Créer un faux dossier devrait suffire. Elle leva les yeux vers le rempart où Zirkander avait repris son observation à la longue-vue. Avec un peu de chance, l'apparition de l'ennemi – qui était apparemment une première – allait lui occuper suffisamment l'esprit pour qu'il ne s'inquiète plus de son cas.

Ridge arpentait la mine, guidé par un lieutenant d'infanterie trapu et escorté par deux soldats musculeux portant assez d'armement pour prendre d'assaut une forteresse. Il trouvait qu'il passait un peu pour une mauviette, à se faire accompagner de gardes du corps, mais le capitaine Heriton avait failli tourner de l'œil quand son nouveau commandant avait émis l'idée de descendre seul dans la mine. Et après avoir reçu avec du retard un rapport sur une agression de gardes ce matin dans les niveaux inférieurs, Ridge avait finalement accepté une escorte. Par ailleurs, il avait davantage l'esprit occupé par le dirigeable des Cofah que par cette inspection. L'appareil était reparti sans s'approcher ni tenter quoi que ce soit, mais Ridge avait l'intuition qu'il ne tarderait pas à revenir. Il savait reconnaître une mission de reconnaissance quand il en voyait une. Il ignorait depuis combien de temps ils cherchaient à localiser la mine de cristal, mais à présent qu'ils l'avaient trouvée, il allait y avoir du grabuge. La source d'énergie qui alimentait les aéros Dragon n'était pas un secret, pas plus que le fait qu'il n'en existait aucune autre comparable. Cela viendrait peut-être un jour, mais ce n'était pas encore pour demain. Et sans les aéros, son peuple aurait bien du mal à défendre le continent contre la supériorité des forces navales de l'ennemi.

Ridge avait rédigé un rapport, sans avoir le moyen de le faire parvenir à l'état-major avant l'arrivée du prochain appareil de ravitaillement, dans deux semaines. Quelqu'un avait bien mentionné l'existence d'une passe dans les montagnes, mais elle n'était praticable que durant les mois d'été. Ça lui faisait une belle jambe.

— Qu'est-ce qu'ils regardent comme ça ? marmonna le lieutenant en jetant nerveusement des coups d'œil à la ronde.

Ridge et ses hommes descendaient une large galerie et un groupe de mineurs arrivaient vers eux depuis l'autre bout, ayant sans doute terminé leur journée de travail comme semblaient l'indiquer leurs vêtements crasseux et leurs traits tirés. Un soldat armé les suivait et surveillait son troupeau de près. Il ne salua pas Ridge – il tenait son fusil à deux mains –, mais il lui adressa un signe de tête respectueux. Les mineurs, quant à eux, observaient la petite troupe de Ridge avec insistance.

— Sûrement vous, ou moi, lieutenant, répondit-il. À vous de me dire : lequel de nous deux est le plus beau ?

Le lieutenant lui adressa un regard morose par-dessus son épaule. Son nez avait été cassé une ou deux fois dans sa carrière.

— C'est vous, colonel, pas de doute là-dessus.

Les mineurs ralentirent et certains échangèrent des murmures. Ils n'envisageaient quand même pas de l'attaquer quand il y avait autant d'hommes armés avec lui ? Ils n'avaient que des pics et des pelles. Certes, ces lourds pics de mine pouvaient faire du dégât, mais seulement au corps à corps. Évidemment, dans un tunnel, les deux groupes allaient être amenés à se croiser de près…

— C'est pour ça que le général ne venait jamais ici, marmonna le lieutenant en mettant la main sur la crosse de son pistolet.

Lui aussi devait avoir repéré le danger que posait ce groupe de forçats.

Le premier mineur, un homme crasseux et hirsute vêtu d'une chemise tachée de sang et d'un bandana noué autour du cou, s'avança d'un pas au centre du passage. Il ôta sa casquette moite de sueur, la pressa contre sa poitrine et leva l'autre main, qui ne tenait ni pic de mine ni arme quelconque. Il interpella Ridge :

— Colonel Zirkander ?

— Oui ?

Ridge n'était au fort que depuis quelques heures ; il n'aurait jamais cru que la nouvelle de son arrivée l'ait déjà précédé jusqu'au fin fond de la mine.

— Je, enfin, on voulait vous dire… (Il montra de la main ses compagnons crasseux.) On a entendu parler de vos combats aériens. Des fois, un de nous qui sait lire récupère un journal, et il y a ici un ancien pilote qui raconte des histoires sur vos premières missions ; il prétend qu'il vous a rencontré en personne, mais je ne sais pas si c'est vrai. En tout cas, on les apprécie, ses histoires. Et aussi de savoir que, là-bas, dehors, vous vous battez pour notre pays. (Le mineur glissa un regard aux soldats, qui avaient gardé le doigt sur la détente de leurs fusils.) Voilà, on voulait que vous le sachiez.

Il fallut un moment à Ridge pour trouver une réponse. Il était déjà arrivé que les sujets du roi le remercient de servir son pays à la guerre, et il avait souvent reçu l'admiration béate de jeunes pilotes, mais il ne s'était pas attendu à ce que des criminels se soucient de leur pays ni de ceux qui le défendaient.

Laissant le lieutenant derrière lui, Ridge s'avança au milieu du tunnel, face au mineur, et lui tendit la main.

— Merci… ?

— Un-quatorze, répondit le mineur en lui serrant la main.

Ridge haussa un sourcil.

— Et le nom que vous a donné votre mère ?

Le mineur le dévisagea d'un air surpris.

— Kal.

— Merci, Kal.

Ridge dépassa l'homme pour aller serrer d'autres mains et recevoir d'autres noms et numéros, surpris par la timidité de ces hommes malgré les nez cassés et les dents manquantes chez beaucoup.

— Alors, comment vous êtes traités, ici ? C'est dur, mais juste ? Vous avez assez à manger ?

Ses questions déclenchèrent une avalanche de doléances, qu'il écouta sans faire trop de promesses en retour. Si la forteresse devait subir une attaque dans un proche avenir, il aurait besoin que ces hommes – tous ces hommes – restent dans la mine sans faire d'histoires. C'était beaucoup demandé – il s'était retrouvé une fois prisonnier de guerre, et il avait profité de la première diversion venue pour s'échapper –, mais il risquait de devoir mobiliser les gardes pour renforcer les défenses.

Alors qu'il poursuivait sa visite, il croisa bon nombre de mineurs apathiques qui se souciaient comme des derniers poils d'un yack du changement de commandant et de son identité, mais il en rencontra davantage qui savaient qui il était et qui semblaient le tenir en une certaine estime. Il devait en tirer parti pour essayer de se rallier les prisonniers. Il trouva aussi le « pilote » dont lui avait parlé le premier mineur. Ridge ne l'avait jamais rencontré et, en quelques questions d'ordre personnel, il apprit que le gamin avait été renvoyé de l'école de l'air au bout de trois mois à cause d'une bagarre. Rien de surprenant. Ces hommes étaient des durs à cuire. Ils méritaient tous d'être ici, Ridge n'en doutait pas un instant. Heureusement, aucun d'eux ne lui fit de demande de libération conditionnelle ; de toute façon, il n'avait pas l'autorité pour cela, quand bien même il l'aurait voulu. La plupart de leurs demandes étaient ridiculement simples, et il leur promit d'y réfléchir. Si une table de jeu de la Renverse, un jeu de fléchettes et quelques photos de femmes en tenue légère pouvaient améliorer le moral des mineurs, il n'aurait aucun problème à leur fournir ça.

Alors que la visite touchait à sa fin, un soldat vint trouver Ridge et son petit groupe.

— Colonel ? Quelqu'un a été tué là-haut. Vous voudrez peut-être aller voir ce qui s'est passé.

— Je vous suis, dit Ridge.

Combien de morts pour aujourd'hui ? Ils étaient bien trop fréquents par ici.

Même si personne n'avait eu de geste menaçant à l'égard de Ridge, son escorte l'accompagna jusqu'à la cage d'extraction.

— Que s'est-il passé exactement ? demanda-t-il au soldat alors que la cage remontait en grinçant vers la lumière pâle au bout du puits.

Le crépuscule semblait déjà là, à moins que des nuages ne voilent le soleil.

— Une femme a été pendue pour sorcellerie.

Ridge sentit son estomac se nouer. Était-ce Sardelle, cette prisonnière avec qui il avait parlé ? Elle détonnait dans le paysage, mais il ne pensait pas que ça ait à voir avec de la sorcellerie. Il l'avait soupçonnée d'être une espionne – pas très douée – ou, plus certainement, une voleuse qui s'était infiltrée ici dans le but de dérober un cristal. Au marché noir, un cristal rapporterait gros. Il pouvait s'agir aussi d'une érudite en quête d'un échantillon pour mener des recherches, car l'armée gardait la mainmise absolue sur les cristaux. Ridge avait déjà vu des professeurs d'université se présenter à la base aérienne, les bras chargés de microscopes et d'équipements scientifiques, pour solliciter l'autorisation d'étudier les cristaux. Rares étaient ceux à avoir eu la chance ne serait-ce que de les voir, car ni le roi ni le commandant ne voulaient que des informations circulent en des lieux où l'ennemi y aurait plus facilement accès. Peut-être Sardelle était-elle un de ces savants dévorés de curiosité qui ne se satisfaisaient pas d'une fin de non-recevoir ?

Ou était-ce seulement qu'il refusait de voir en elle une criminelle endurcie qui méritait d'être incarcérée ici ? Enfin, une espionne ou une voleuse ne valait guère mieux. Une voleuse écoperait d'un châtiment moins sévère avant d'être chassée du fort, surtout si elle n'avait pas encore commis son forfait. Une espionne, en revanche… Ridge ferma les yeux. Il serait forcé de faire exécuter une espionne.

Une remarque stérile, si elle a déjà été pendue, se rappela-t-il à lui-même en sentant le nœud dans ses entrailles se serrer plus encore.

— Connaissez-vous le nom – enfin, le numéro – de la victime ?

— Non, mon colonel, répondit le soldat.

Ridge résista à la tentation de lui décrire Sardelle. La cage arrivait au bout de son voyage, le ciel sombre du soir clairement visible à présent. Dans toute la forteresse, les lanternes des allées et des remparts avaient été allumées, mais elles peinaient à repousser les ténèbres de la nuit tombante. Il neigeait abondamment, une averse d'épais flocons tourbillonnants qui réduiraient sérieusement la visibilité de tout appareil en vol. Tant mieux. Ridge espéra que le dirigeable serait contraint de quitter les montagnes pour regagner des cieux où il risquait davantage d'être repéré et abattu.

— Par ici, colonel. (Le soldat ouvrit la porte grillagée de la cage et avança dans la neige.) Ça s'est produit dans le baraquement des femmes.

Ridge lui emboîta le pas ; marchant plus vite que lui, il quitta l'allée pour marcher sur la neige tassée de la cour – de toute façon, avec la chute de neige des dernières heures, les allées n'étaient plus aussi dégagées. Avant sa visite de la mine, il avait trouvé un plan de la forteresse et l'avait mémorisé de son mieux. Il pensait prendre un raccourci pour les baraquements, à moins que ce soit le chemin vers le dépôt de munitions. Quoi qu'il en soit, le soldat remarqua soudain qu'il avait perdu son officier en chef et trottina dans la neige pour le rejoindre.

Heureusement, la mémoire de Ridge ne lui avait pas fait défaut. Il ouvrit la porte principale et lança le cri d'avertissement usuel « homme dans le bâtiment », mais à l'air surpris du soldat il comprit qu'ici personne ne se donnait cette peine. Peut-être les femmes prisonnières étaient-elles habituées à voir des hommes entrer dans le bâtiment où elles vivaient. De ce que Ridge avait vu en parcourant le manuel d'instruction, la courtoisie envers les détenues ne faisait pas partie des sujets que son rédacteur avait jugé bon d'aborder.

— La troisième porte, mon colonel, lui indiqua le soldat.

Ridge aurait pu le deviner au groupe de femmes attroupées sur le seuil, qui parlaient et gesticulaient. La plupart avaient ôté leurs épais vêtements d'extérieur, ayant terminé leur journée de travail. Il n'aperçut pas Sardelle parmi elles.

— Le sergent Benok a donné des ordres pour que personne ne touche le corps, précisa le soldat.

— Très bien, acquiesça Ridge, même s'il n'avait rien d'un expert en médecine légale.

Et il ne connaissait pas grand-chose non plus à la sorcellerie.

— Écartez-vous, aboya le soldat, malgré le fait que les prisonnières avaient déjà commencé à se reculer pour les laisser entrer.

Ridge leur adressa un « Merci, mesdames » plus chaleureux, même s'il brûlait de se ruer dans la pièce pour vérifier si…

Ce n'était pas Sardelle. Ridge se reprocha de ressentir du soulagement ; une femme était tout de même morte, pendue à une canalisation du plafond à l'aide d'une corde fabriquée avec des draps déchirés et tressés. La tête de la victime était penchée en avant, son long visage masqué par le rideau de ses cheveux châtains enchevêtrés qui ne dissimulait pas totalement sa lèvre tuméfiée et l'hématome sur sa joue. Elle portait la robe de grosse laine commune aux prisonnières qui couvrait la majeure partie de son corps, mais des tatouages de nœuds marins et d'ancres décoraient ses doigts, tandis que d'autres symboles maritimes disparaissaient sous ses manches. La première phalange de son petit doigt avait été sectionnée dans le passé, laissant à la place un moignon rose vif. Ses pieds touchaient presque le sol ; Ridge estima qu'elle mesurait un mètre quatre-vingt. Si cette femme-là lui avait raconté qu'elle avait été pirate avant d'échouer ici, elle, il l'aurait crue sans l'ombre d'un doute.

— Son nom ? demanda-t-il à la ronde.

— Six-dix.

— Son nom, j'ai dit, répéta Ridge.

— Oh. Heu…

Les femmes échangèrent des regards.

— La Grosse Bretta, dit quelqu'un à l'arrière de l'attroupement.

— Merci. Soldat, qu'est-ce qui vous a conduit, le sergent et vous, à penser que cette pendaison a quelque chose à voir avec la pratique de la sorcellerie ?

— Le sergent a trouvé des choses dans son lit de camp, des poupées taillées dans des débris de bois et une collection de cheveux de différentes personnes. On dirait qu'elle a été prise sur le fait alors qu'elle cherchait à jeter le mauvais sort sur quelqu'un.

— Elle était de corvée de cuisine avec nous ce matin, dit quelqu'un. Mais elle ne s'est pas présentée aux cuisines cet après-midi.

— C'est moi qui l'ai trouvée, dit une autre femme. J'étais venue chercher les serviettes à laver. J'ai poussé un de ces cris en la voyant ! Et alors les soldats sont arrivés et ils ont pris les choses en main.

— Quelqu'un a d'abord suggéré qu'elle s'était suicidée, ajouta une prisonnière d'une voix indignée. Mais c'était pas son genre, à la Grosse Bretta. Elle nous défendait des sal… de ceux qui croient pouvoir se pointer ici et faire tout ce qu'ils veulent.

— En général, les gens ne se donnent pas de coups de poing avant de se suicider, dit Ridge. Et si effectivement rien n'a été déplacé dans cette pièce, je ne vois ni tabouret ni échelle, ni rien qu'elle aurait pu utiliser pour grimper là-haut et se laisser tomber. Soldat, où est le sergent qui vous a envoyé me chercher ? Et qui se charge habituellement des enquêtes pour meurtres ?

Dans une prison aussi petite que celle-ci, Ridge aurait pu s'attendre à ce qu'il ne s'y produise que peu de crimes – et plus rarement encore des meurtres –, mais étant donné le pedigree des mineurs, cela était certainement inévitable.

— C'était l'heure de la graille, alors le sergent est allé dîner, mon colonel. Il a dit que je pourrai y aller moi aussi une fois que je vous aurai prévenu. (Le soldat haussa les épaules.) Personne ne conduit d'enquête sur les meurtres de prisonniers. Les corps sont portés au crématorium, et pareil pour ceux qui meurent d'un accident de mine.

— Comme c'est pratique.

— Oui, mon colonel. C'est ce que nous aurions fait d'elle normalement, mais le sergent a dit que je devais vous demander, vu que ce serait peut-être une sorcière qui a jeté des sorts avant que quelqu'un lui règle son compte. Même que ça pourrait être elle qui a permis à ce vaisseau ennemi de découvrir l'emplacement de la mine.

À un moment de la conversation, Ridge s'était mis à serrer le poing. Non qu'il ait été pris du désir de frapper le soldat – pas exactement –, mais il avait une furieuse envie de cogner sur quelque chose. D'un côté, il comprenait que pour ceux qui les surveillaient, ces gens n'étaient que des numéros, des numéros qui avaient été condamnés à mort pour leurs crimes, mais d'un autre côté, ils étaient ici : ils avaient choisi cette vie de misère et aidaient leur pays en extrayant de la montagne une ressource indispensable à la guerre. Ne méritaient-ils pas un peu de respect pour cela ? En plus, sans ces cristaux, Ridge n'aurait jamais fait carrière, n'aurait jamais pu voler. Rien que pour cela, il leur devait un minimum de considération.

Le vent fit claquer les volets des petites fenêtres en hauteur, arrachant Ridge à ses pensées.

— Je veux une enquête.

— Sur les faits de sorcellerie, mon colonel ?

— Je veux savoir qui a tué cette femme. (Ridge afficha un sourire dénué d'humour.) Et peut-être que je vous laisserai coller ce gars-là dans le crématorium.

— Ce gars-là ? Comment vous savez que c'est un homme qui a fait le coup ?

— Aussi fortes et habiles que soient ces dames (Ridge désigna de la main l'attroupement à la porte), je doute que l'une d'elles ait pu soulever une femme d'un mètre quatre-vingts et la pendre à ce tuyau.

Le soldat observa la morte en se mordillant l'intérieur de la joue.

— D'accord, mais si c'était bien une sorcière, colonel ? Ce ne serait pas juste de punir quelqu'un pour nous avoir débarrassés d'elle.

Ridge n'avait encore jamais rencontré quelqu'un possédant des pouvoirs magiques, que l'on parle de sorcellerie ou d'autre chose, et il avait toujours eu dans l'idée que la plupart des gens exécutés pour ce crime étaient innocents, mais si cette Grosse Bretta avait effectivement jeté des sorts… Il haussa les épaules.

— Peut-être pas. C'est tout l'intérêt d'une enquête : de déterminer les circonstances pour pouvoir juger en conscience.

— Entendu, mais qui va s'en charger, mon colonel ? Personne ici ne mène d'enquêtes, sauf dans les cas d'accidents dans la mine ou avec des machines.

Ridge était tenté de s'en occuper lui-même, mais sa priorité devait rester le commandement de la forteresse et la gestion des menaces. De toute manière, il n'était pas non plus qualifié.

— Nous avons bien un médecin ou au moins un infirmier, ici ?

— Tout à fait, mon colonel. Le capitaine Orsom.

— Commençons avec lui. Je veux qu'il procède à un examen de la victime pour savoir ce qui est arrivé avant qu'elle ne se retrouve pendue. Qu'il me fasse son rapport, et je déciderai alors à qui confier l'enquête.

Le soldat se gratta la tête d'un air dubitatif, comme s'il ne voyait pas l'intérêt de tout cela, mais il se contenta d'acquiescer d'un « à vos ordres ».

Malgré toutes les fois où Ridge s'était rebellé contre les commandements de ses supérieurs au cours de sa carrière, il devait bien admettre qu'il y avait des moments où il était agréable de donner des ordres en sachant qu'ils seraient exécutés sur-le-champ plutôt que mis au débat dans une commission.

Ridge se dirigea vers la porte.

— Nous la laisserons là le temps que le médecin puisse l'examiner, annonça-t-il aux femmes dans le couloir, puis nous procéderons à ses funérailles demain matin. Si l'une de vous souhaite dire quelques mots avant que…

Il laissa sa phrase en suspens, parce qu'il ne connaissait aucun euphémisme pour « crémation » – les inhumations, en mer ou dans des cimetières, étaient la norme dans le pays –, mais aussi parce qu'il avait remarqué un nouveau visage à l'arrière du groupe.

Sardelle. Elle portait un panier à linge à moitié rempli, ce qui signifiait qu'elle n'avait pas encore terminé sa journée de travail. Elle devait être tombée par hasard sur l'attroupement et était venue voir ce qui se passait. Son expression… Peut-être était-ce parce qu'elle était nouvelle ici, ou alors qu'elle était moins blasée que les autres, mais elle paraissait choquée. Horrifiée, même. Et effrayée.

Ridge songea à dire quelque chose, à essayer de la rassurer, mais elle se reculait déjà, la main tellement crispée sur le panier à linge que ses phalanges en blanchirent. Elle tourna les talons et quitta les lieux précipitamment.

Ridge se retint de courir après elle – le soldat et les prisonnières auraient trouvé ça étrange, ou auraient même supposé qu'il la soupçonnait –, mais comme il avait déjà annoncé qu'il partait, il s'engagea dans le couloir d'un bon pas. Quand il ouvrit la porte, une rafale de neige froide lui cingla le visage; il eut toutefois le temps d'apercevoir Sardelle s'engouffrer dans la buanderie, un peu plus bas dans la cour. Ridge avait un travail à faire, mais il éprouvait également l'envie irrépressible de la suivre pour la réconforter. Il n'avait pas offert de geste de consolation aux autres femmes, qui connaissaient pourtant la victime. Elles n'avaient pas eu l'air d'en avoir besoin. Elles étaient indignées, mais pas effrayées ni horrifiées. Elles en avaient vu d'autres. Sardelle était différente.

— Ouais, et c'est un autre problème que tu dois régler, marmonna Ridge.

Le soldat franchit la porte derrière lui et le dévisagea avec curiosité. *Oui, ton nouveau commandant parle tout seul. Allez, circule, gamin. Circule.*

Le soldat s'éloigna d'un pas traînant. Ridge songea qu'il était trop excentrique pour un poste de ce genre. Enfin, au moins il n'avait pas à rendre des comptes à un plus haut gradé que lui. À bien y réfléchir pourtant, avec tout ce qui s'était déjà passé depuis son arrivée et en pensant à tout ce qui relevait désormais de sa responsabilité, il se dit que ce n'était peut-être pas tant une aubaine que ça.

CHAPITRE 4

SARDELLE ENFOURNA LE linge de son panier dans la machine à laver à vapeur – encore une invention qui n'existait pas à son époque – et s'empara d'un tas de serviettes à plier. Dhasi, la femme chargée de diriger la buanderie, avait dit à Sardelle qu'elle devrait rester tard puisqu'elle avait commencé tard. Après avoir vu cette pauvre femme pendue dans le baraquement, elle en était presque soulagée. Elle préférait travailler et s'occuper l'esprit plutôt que rester allongée sur son lit de camp à essayer d'effacer cette image de sa tête.

— *Tu es bouleversée par la mort de cette prisonnière ou par la prise de conscience que ça pourrait être toi ?*

— *Les deux, Jaxi.* Sardelle s'irrita de l'entendre insinuer qu'elle se moquait du sort de cette malheureuse.

— *Désolée, je voulais juste préciser ce point pour savoir comment je pouvais tenter de te réconforter.*

— *Je n'ai pas besoin d'être réconfortée.* Était-ce la vérité ? Elle avait été choquée par cette mort atroce, mais aussi d'entendre le colonel répondre « Peut-être pas », quand le soldat avait suggéré qu'un homme qui avait tué une sorcière ne méritait pas d'être puni pour ça. Zirkander n'avait pas prononcé cette phrase avec une grande conviction, mais cela lui rappelait tout de même qu'elle ne devait pas laisser cet homme, ni personne d'autre, découvrir ses pouvoirs. Et elle craignait que cette prison ne soit qu'une version miniature du monde tel qu'il était devenu. Allait-elle récupérer Jaxi et s'échapper pour découvrir qu'elle serait traquée où qu'elle aille si elle révélait ses pouvoirs ? Et pourrait-elle les cacher éternellement ? Sa première formation avait été celle de guérisseuse. Comment pourrait-elle rencontrer la maladie ou la douleur et ne pas intervenir si elle en avait les moyens ? Et si elle le faisait, est-ce que la

77

personne qu'elle aurait sauvée s'en prendrait tout de même à elle pour avoir usé de magie ? *Bon, d'accord, j'aurais bien besoin d'être réconfortée.*

— *Il arrive.*

— *Que dis-tu ?*

Jaxi ne répondit pas.

Un courant d'air froid s'engouffra dans la buanderie. Sardelle leva les yeux vers la porte, derrière les cuves d'eau savonneuse et les séchoirs. Zirkander venait d'entrer. La nuit s'était pleinement installée au-dehors, et il ne restait que deux autres femmes dans le bâtiment, blotties près des chaudières pour profiter de leur chaleur. Zirkander posa une question à l'une d'elles, qui lui montra du doigt le coin où se trouvait Sardelle.

— *Oh, oh. Jaxi, j'ai eu un comportement suspect quand il m'a vue ? Il ne croit tout de même pas que j'aie quelque chose à voir avec cette mort, si ? Je ne connaissais même pas cette femme.*

— *Je dirais au contraire que ton expression bouche bée et yeux écarquillés, du genre « je regarde stupéfaite l'avalanche qui m'arrive dessus », plaiderait plutôt pour ton innocence.*

— *Merci. Enfin, je crois.*

— *Je t'en prie. N'oublie pas de lui demander de me déterrer de sous ce tas de cailloux.*

— *Dès que je trouverai comment le faire sans m'incriminer, compte sur moi.*

Sardelle continua à plier les serviettes tandis que Zirkander avançait vers elle entre les cuves et le linge qui séchait devant un ventilateur. Elle ne savait pas si elle devait faire comme si elle ne l'avait pas vu, ou au contraire lui sourire et l'inviter à s'asseoir à côté d'elle sur un autre panier en osier retourné. Elle décida finalement de croiser son regard et de lui adresser un signe de tête, d'un air grave.

— Bonsoir. (Il désigna du geste le tas de serviettes.) Besoin d'un coup de main ?

— Je ne sais pas, répondit Sardelle, surprise par sa proposition. Vous savez faire ?

— Pas du tout. Chez moi, il y a une boutique où je peux déposer un sac entier de caleçons sales et ils me les nettoient pour le lendemain, et ça me coûte à peine deux nucros. Je peux même tout avoir dès le matin si je promets à Mme Mortenstock de lui rapporter des chaussons aux mangues de chez *Palm Flats*. (Rien dans le sourire ou le ton de Zirkander n'indiquait qu'il la soupçonnait, du moins pas plus que d'habitude. Ce qui était déjà un soulagement.) Toutefois, je crois être capable de gérer les subtilités géométriques du pliage de serviettes.

Sardelle savait qu'il avait des choses plus importantes à faire – elle aussi, d'ailleurs –, mais elle s'écarta un peu afin de lui faire une place à la table.

— Si vous vous sentez prêt à relever ce défi. Mais sachez que je vous surveille.

Il haussa les sourcils.

— Oh, vraiment ?

Sardelle rougit. Elle se reprocha de se montrer aussi familière avec lui. Mais c'était de sa faute à lui, décida-t-elle ; c'était lui qui avait donné le ton de leur conversation.

— Je ne serai pas trop exigeante. Moi aussi, c'est mon premier jour ici, après tout.

Naturellement, elle ne pouvait pas mentionner l'appareil magique auquel elle confiait ses dessous, et qui les lavait, les séchait et les pliait sans demander en retour des chaussons aux mangues ni aucune autre forme de rétribution.

— Vous êtes bien aimable, dit-il doucement, puis il ôta sa casquette et sa parka, les posa sur un séchoir et s'empara d'une serviette.

Avec son sourire et son ton amical, il devait être venu pour la réconforter, même si elle ne comprenait pas en quoi cela le concernait.

— *Il est attiré par toi, petit génie.*

— *J'en doute. Je crois plutôt que je représente pour lui une énigme qu'il voudrait résoudre, ce qui n'est pas bon pour moi ni pour toi. Je ne devrais pas l'encourager par mon attitude.*

— *C'est ça, et c'est justement pour ça que tu viens de te décaler afin de te rapprocher un peu de lui.*

— *Je voulais attraper cette serviette, et t'ai-je déjà dit à quel point c'est extraordinaire que tu puisses m'espionner aussi efficacement alors que tu es enterrée sous un kilomètre de roche dure ?*

— *Non, tu ne dis jamais assez à quel point je suis extraordinaire. Écoute, ce n'est pas parce qu'il est juste assez distingué pour regarder tes yeux plutôt que tes seins que ça ne veut pas dire qu'il te trouve attirante. Si j'étais toi, je m'en servirais à mon avantage. Fais en sorte qu'il t'apprécie, comme ça si jamais il vient à découvrir ton petit secret…*

— *Il aura du mal à se décider à me coller une balle dans la tête ?*

— Vous semblez bouleversée par la mort de Bretta, dit Zirkander. Ce qui est tout à fait compréhensible. Je voulais juste m'assurer que vous alliez bien.

— J'ai simplement été surprise par la scène. (Il connaissait le nom de cette femme ? Sardelle l'ignorait, et s'en sentit coupable.) Et j'ai pensé à la souffrance terrible qu'elle a dû éprouver. À une époque, j'ai suivi des cours pour devenir guérisseuse, enfin médecin.

Elle lui glissa un regard au moment où elle se corrigeait, ne sachant pas si le mot de « guérisseuse » relevait toujours du domaine de la magie à cette époque.

Zirkander l'observa pensivement, mais sans suspicion.

— Je crois que c'est peut-être une des premières fois que vous me dites la vérité.

Elle rougit de nouveau et reporta son attention sur les serviettes.

— Je suis sûre que votre capitaine finira par trouver mon dossier et confirmer que je…

— Que vous êtes à votre place ici ?

Voulait-elle vraiment se battre pour ça ? Pour avoir sa place parmi tous ces meurtriers et ces violeurs ?

— Qu'il n'y a rien d'anormal me concernant ou concernant les circonstances qui m'ont amenée ici.

— *Eh ben, pour être vague, c'est vague. Pas étonnant qu'il te trouve énigmatique.*

— *La ferme.*

— Je vois. (Il continua à plier les serviettes en silence, avant de reprendre la parole.) Je me disais… Ce tas commence à être bien haut. Où les serviettes vont-elles ensuite ?

— Dans ce chariot, lui indiqua Sardelle.

Oh. Il pliait vraiment les serviettes, il ne faisait pas juste semblant tandis qu'il lui parlait.

— Donc, je me disais que puisque vous semblez aussi soucieuse du bien-être de ces gens, reprit Zirkander, vous pourriez peut-être garder vos oreilles grandes ouvertes et aider à l'enquête sur la mort de Bretta. Il ne s'agit pas de prendre des risques, juste de me tenir informé si jamais vous entendez quelque chose que personne ne s'aviserait de dire devant moi. Je ne me suis jamais considéré comme quelqu'un de tellement froid et intimidant, mais les soldats ont tendance à se refermer comme des huîtres quand passent les officiers. Et je soupçonne les mineurs d'avoir la même réaction.

Sardelle lui glissa un regard du coin de l'œil. Essayait-il de lui donner quelque chose à faire pour l'empêcher de ruminer sur la mort de cette femme ? Ou voulait-il vraiment qu'elle lui rende ce service ? Malgré ce qu'en pensait Jaxi, elle devait rester loin de lui ; il voyait trop clairement dans son jeu. Le fait qu'elle le trouvait bel homme – surtout sans sa casquette, avec ses cheveux ébouriffés d'une telle façon qu'elle se demandait comment ils étaient, ainsi que le reste de sa personne, d'ailleurs, le matin au réveil… – ne signifiait pas pour autant qu'il ne représentait pas un danger pour elle.

Malgré cela, elle se surprit à demander :

— Vous voulez donc que je vienne vous rapporter chaque matin les dernières rumeurs ?

— Eh bien, les rumeurs en lien avec cette enquête. Ou si vous voyez ou entendez quelque chose suggérant qu'une ou plusieurs personnes entre ces murs pratiquent effectivement la sorcellerie.

Le cœur de Sardelle tressauta. Il lui demandait, à elle, de lui dire si quelqu'un utilisait la magie ? Elle toussa pour couvrir le son étranglé qui lui monta dans la gorge.

— Tout va bien ? s'enquit-il en lui posant une main aimable dans le dos.

Sardelle réussit à acquiescer de la tête, même si le contact de sa main la troubla encore davantage.

— *Voilà ce qui arrive à l'imaginer au saut du lit.*

— Ça va, dit-elle. J'ai juste…

Zirkander l'interrompit en secouant la main.

— Oubliez cette histoire de sorcellerie. Je ne voudrais pas que vous ayez des problèmes à cause de moi. On raconte qu'avant, à une autre époque, ces gens étaient capables de lire dans les pensées.

— C'est ce qu'on dit, acquiesça Sardelle d'une voix éraillée.

— La dernière chose que je souhaite serait qu'on s'en prenne à vous parce qu'on vous aura suspectée d'espionnage. (Il garda les yeux rivés sur la serviette qu'il était en train de plier.) C'était sans doute une mauvaise idée. Même le prisonnier le moins finaud risque de se poser des questions si vous ne cessez de venir dans mon bureau.

— Si j'en crois ce que j'ai vu et entendu aujourd'hui, et ce qu'on m'a proposé, je dirais qu'il risque de penser que je couche avec vous plutôt que de s'imaginer que j'espionne pour vous.

Zirkander se racla la gorge et Sardelle réprima un petit sourire, éprouvant un malin plaisir à l'avoir déstabilisé, lui qui paraissait toujours imperturbable.

— Ce qui poserait d'autres problèmes.

Il glissa un coup d'œil vers les chaudières en se demandant probablement si les deux femmes avaient entendu leur conversation, mais elles avaient disparu dans une autre partie du bâtiment, à moins qu'elles n'aient terminé leur journée de labeur. Les lanternes dans la zone où elles travaillaient avaient été éteintes.

— Je ne suis pas votre genre, c'est ça ?

Sardelle ne savait pas trop pourquoi elle posait cette question ni pourquoi elle le faisait d'un ton léger alors que l'idée avait semblé le perturber.

Dans son esprit, Jaxi sourit.

— *Parce que tu veux savoir.*

— Oh si, vous êtes charmante, mais ce serait déplacé pour un officier – ou plutôt, puisque c'est ce que je suis désormais, pour un gardien de prison – de profiter d'une prisonnière. Et que cela existe réellement ou pas, les apparences seraient… (Ridge souffla dédaigneusement.) Vous n'imaginez pas à quel point c'est ironique, venant de moi, moi et mon dossier rempli de blâmes, mais toujours de blâmes honorables. Enfin, c'est du moins ce que j'ai toujours pu prétendre pour ma défense. Que j'outrepassais le règlement pour la bonne cause. Ou pour agacer des officiers supérieurs bornés qui méritaient d'être un peu bousculés. Je… Oh, et puis peu importe. Ce que ces idiots peuvent penser n'a pas grande importance, au final.

— *Dis donc, tu as vraiment réussi à le troubler.*

— *C'est ce que je vois.*

— *Par contre, je ne suis pas sûre que ce « vous êtes charmante » réponde tout à fait à ta question.*

Sardelle soupira mentalement.

— *Moi non plus.*

— Donc, juste pour préciser les choses, suis-je censée venir demain matin prendre le café dans votre bureau ou pas ?

Zirkander cilla de surprise et la dévisagea ; depuis qu'il était arrivé, il avait à peu près évité de croiser son regard.

— Cela veut-il dire que vous seriez disposée à me rapporter ce que vous entendez ?

— Oui, mais j'estime qu'il serait juste qu'en échange vous me fassiez une petite faveur, puisque je vais vous faciliter la tâche, dit-elle en souriant.

Il sourit à son tour. C'était son sourire habituel, chaleureux et amical, mais il y avait dans ses yeux un éclat intense qui donna à Sardelle l'impression confuse d'avoir mis le pied dans un piège.

— *Il voulait pouvoir t'observer afin de comprendre qui tu es vraiment, et tu viens d'accepter de le voir tous les jours en tête à tête. Et tu es également sur le point de lui dire ce que tu veux en échange, ce qui pourrait lui offrir une autre pièce du puzzle.*

— *On dirait que tu désapprouves. Je manœuvre pour te sortir de là.*

— *Je sais, mais reste prudente. Ce n'est pas un imbécile.*

— *Non, je m'en suis rendu compte.*

— Oui ? demanda Zirkander en se remettant à plier les serviettes. Peut-être avait-il senti que ses yeux en disaient trop.

— Je voudrais consulter un plan de la mine.

— Vraiment ? dit-il d'un ton plus affirmatif qu'interrogateur.

— J'ai vu le plan. Si tu penses pouvoir trouver un endroit où creuser toi-même pour me sortir de là, je peux déjà te dire qu'aucun de leurs tunnels ne passe assez près de moi.

— Je veux quand même l'examiner moi-même. J'ai une idée.

— Elle a intérêt à être bonne, parce qu'il va se demander pourquoi tu veux voir un plan de la mine.

— Oui, j'ai étudié la civilisation qui vivait ici autrefois, à l'intérieur de la montagne. Il est possible que je puisse vous indiquer où creuser pour trouver ce que vous cherchez.

Elle réprima une envie de rire. En dehors de cette vague mention de « cristaux », elle ignorait ce qu'ils cherchaient ici exactement. Ce n'était pas un simple minerai, elle en avait désormais la conviction, parce qu'un vaisseau ennemi n'aurait pas d'intérêt à espionner une banale mine d'argent. Mais elle suspectait un lien avec ce que son peuple avait pu laisser derrière lui.

— Peut-être qu'ils cherchent ta machine à laver magique.

— Très drôle.

Sardelle repoussa mentalement Jaxi pour pouvoir se concentrer, car Zirkander était de nouveau en train de la scruter.

— Une demi-vérité, cette fois, je dirais, hasarda-t-il.

Elle haussa un sourcil dans une expression qui disait « j'ai passé l'âge de ce genre de petits jeux », mais il n'eut pas l'air d'être dupe.

— Je ne répondrai à ça qu'en disant que je commence à croire que s'il y a bien un télépathe ici, ça ne peut être que vous.

Sardelle sourit, mais Zirkander écarquilla les yeux de surprise ; ou plutôt, de colère. Il lui saisit le bras et se pencha sur elle, si proche que son buste frôla le sien.

— Ne dites pas des choses pareilles, murmura-t-il rageusement, en jetant un regard à la ronde sur le bâtiment désert.

— Je suis navrée, bredouilla-t-elle, heurtée par sa réaction. (Et furieuse contre elle-même d'avoir transformé leur conversation enjouée – leur jeu du chat et de la souris – en quelque chose de plus sombre.) C'était une plaisanterie, rien de plus.

Il la fusilla du regard et elle sentit sa respiration tendue, la robustesse de son torse sous sa chemise. Elle ne prépara pas ses défenses, elle sentait que c'était inutile, mais elle était pleinement consciente de la force de sa poigne – de la force qui émanait de lui tout entier. Les yeux sombres de Zirkander plongèrent dans les siens ; il n'y avait en eux plus rien d'amusé ou d'intrigué, mais une intensité, comme s'il essayait vraiment de lire ses pensées, comme s'il espérait y parvenir par le seul effort de sa volonté. Elle lui rendit son regard en s'efforçant de lui montrer qu'elle ne mentait pas, pas cette fois en tout cas.

Zirkander continua à la dévisager puis, se rendant compte qu'il lui tenait toujours le bras, la relâcha. Il leva la main, paume ouverte, et recula d'un pas.

— Ma réaction était disproportionnée. (Il pivota pour se remettre face à la table des serviettes et en saisit le rebord des deux mains, dans une posture encore lourde de tension.) Je vous fais mes excuses. C'est juste que j'ai vu des carrières ruinées par de telles insinuations.

Pas la sienne, sinon il ne serait pas là, mais peut-être celle d'un ami proche.

— Une fois qu'elles ont été proférées, poursuivit-il, même si elles proviennent d'une source à la fiabilité douteuse, eh bien, comme on dit, le mal est fait.

Sardelle aurait dû se sentir furieuse ou au moins contrariée qu'il se soit montré aussi brutal, mais l'expression hantée sur le visage de Zirkander lui donna plutôt envie de le prendre dans ses bras.

— Je comprends. (Avant qu'elle n'ait le temps de réfléchir à la portée de son geste, elle posa une main sur la sienne, désireuse d'apaiser la tension qu'elle voyait dans ses doigts crispés sur le rebord de la table.) Je n'aurais pas dû dire ça.

Zirkander contempla la main de Sardelle sur la sienne avec une expression indéchiffrable. Sardelle ôta sa main, un peu déçue par sa réaction, mais elle n'aurait pas dû se montrer aussi présomptueuse.

Il récupéra sa parka et l'enfila.

— Je devrais y aller. J'espère que mon aide avec ces serviettes aura au moins allégé un peu votre fardeau.

Il lui adressa un sourire, mais qui n'alla pas jusqu'à ses yeux, et la salua en s'inclinant légèrement.

Quand il se détourna, Sardelle l'interpella :

— Devons-nous toujours… heu, dois-je venir au rapport demain matin ?

Comme il hésita un long moment, elle craignit de l'entendre répondre « ne vous souciez plus de ça ». Il jeta un regard vers une fenêtre, et la nuit noire au-delà.

— Si vous apprenez quelque chose qui le mérite, je serai à mon bureau jusqu'à neuf heures.

Alors qu'il s'éloignait, Sardelle eut la certitude qu'il pensait qu'elle ne trouverait rien ce soir et qu'il n'aurait pas à la revoir dès le lendemain matin. Il n'avait pas envie de la revoir ; pas besoin de télépathie pour comprendre ça à la manière froide dont il l'avait quittée. Sa stupide réflexion avait changé quelque chose.

Eh bien, tant pis.

Car elle voulait à tout prix examiner ce plan de la mine. Et pour cela, il lui faudrait trouver une information utile à lui rapporter.

Il avait failli l'embrasser. Le souvenir de la soirée d'hier était encore vivace dans son esprit. Bon sang, qu'est-ce qui lui était passé par la tête ? Elle avait fait cette plaisanterie, et après sa réaction – sa réaction exagérée – il avait compris que ce n'était qu'un trait d'esprit, mais alors il se tenait si près d'elle, à la regarder dans les yeux… et il avait eu l'impression d'être un détenu affamé sexuellement, incapable de se contrôler.

— On ne peut pas dire que j'aie passé encore assez de temps ici pour me sentir à ce point en mal de compagnie féminine. (Ridge souffla sur son mug de café fumant, qu'il venait de se servir dans la salle de repos, au rez-de-chaussée.) Mais apparemment, je suis déjà ici depuis assez longtemps pour commencer à parler tout seul.

Au moins, cette fois la porte était fermée ; aucun soldat ne surprendrait sa conversation solitaire.

Ridge avala une gorgée de café et reprit son stylo. Il avait devant lui le manuel d'instructions ainsi que le tableau de service et travaillait à une liste de changements destinés à améliorer l'organisation et à libérer des hommes supplémentaires pour la défense. À neuf heures, il ferait le tour des puits d'entrée de la mine, accompagné cette fois d'un ingénieur. S'il aurait aimé croire que les prisonniers ne chercheraient pas à tirer parti d'une attaque ennemie par respect pour lui et ses exploits aériens, il ne pouvait pas se permettre de faire preuve de naïveté. Il voulait que de lourdes portes blindées soient installées au-dessus des puits d'accès, des portes pouvant être fermées de l'extérieur si les soldats devaient se consacrer à la défense du fort. Réveillé tôt, il avait déjà établi des croquis de ce qu'il souhaitait commander à l'ingénieur.

En réalité, il avait mal dormi à cause de ses pensées dignes d'un prisonnier en rut. Et même s'il s'était contraint à faire son travail, son regard avait souvent dérivé vers le rouleau de plans posé au bout de son bureau. Quand il était arrivé, plusieurs heures avant l'aube, c'était la première chose qu'il avait entreprise : chercher le plan de la mine pour être paré, au cas où. Si elle voulait vraiment y jeter un coup d'œil, elle viendrait. Il faudrait qu'il s'assure qu'elle ne lui mentait pas, qu'elle n'avait pas inventé un bobard quelconque sur la mort de Bretta pour gagner le droit d'examiner le plan. Ce n'était pas une très bonne menteuse, ou en tout cas ce n'était pas l'impression qu'elle donnait. Il devait accepter l'idée qu'elle allait venir pour essayer d'obtenir l'accès à ce plan et qu'elle jouait peut-être les maladroites pour le prendre à revers.

Accepter de lui montrer le plan… voilà qui frôlait la trahison, il le savait. Le plan des galeries ne faisait pas mention des cristaux ni des endroits où l'on en avait trouvé ; il possédait un autre plan sur lequel figuraient ces données, mais qu'il ne comptait pas lui montrer. Pour autant, le plan pouvait sans doute lui révéler une autre information. Une information qu'elle recherchait. De quoi s'agissait-il ? Mystère. Et c'était justement pour cette raison qu'il avait accepté le marché. Il pourrait l'observer pendant qu'elle étudierait le plan, voir ses réactions, et peut-être en déduire quelque chose.

— Par les sept dieux, Ridge, si c'était un homme, tu te contenterais de l'interroger !

Il se frotta les tempes, contrarié parce qu'il savait que c'était vrai, et plus contrarié encore parce qu'il lui était impossible d'envisager de lui faire subir un interrogatoire en bonne et due forme. Cela faisait à peine une journée qu'il la connaissait ; comment avait-elle pu s'insinuer à ce point dans sa tête ? Peut-être était-elle une sorte de redoutable séductrice. Mais elle avait eu l'air surprise hier soir quand il s'était rapproché d'elle; déstabilisée, même. Si elle avait senti chez lui ce moment où sa colère l'avait abandonné pour laisser place à d'autres sentiments, elle n'en avait rien laissé paraître. Ce geste quand elle avait posé sa main sur la sienne – ce contact qui avait provoqué en lui une décharge électrique – avait été de la plus pure innocence, l'expression de sa sollicitude. Une séductrice de talent aurait sûrement profité du moment pour glisser une main derrière sa nuque et l'attirer à elle pour l'embrasser, et…

Il grommela.

— C'est pas d'un café dont j'ai besoin, mais d'une douche froide.

On frappa à la porte et Ridge maudit sa distraction. Il avait été si absorbé par ses pensées qu'il n'avait pas entendu quelqu'un approcher dans le couloir.

— Oui ? lança-t-il en se demandant si son visiteur l'avait entendu parler tout seul… et si ce visiteur était une visiteuse.

Le capitaine Heriton passa la tête par l'entrebâillement de la porte.

— Colonel, je ne sais jamais si c'est une invitation à entrer ou pas.

— Je suis rarement occupé à faire quelque chose de si extraordinaire que je ne doive être dérangé sous aucun prétexte.

— Entendu, mon colonel. (Heriton ouvrit plus grand la porte, avant de s'immobiliser de nouveau.) Je ne sais pas si c'est une invitation à entrer non plus.

Ridge lui adressa un clin d'œil.

— Vous aurez peut-être répondu à cette question d'ici à ce que je sois relevé.

— J'espère pouvoir partir moi-même avant cela, mon colonel. Selon mes ordres, il ne me reste que six mois à faire ici.

Heriton glissa un regard plein d'espoir vers la fenêtre. On ne peut plus compréhensible.

— Entrez donc, capitaine. Qu'est-ce que vous avez pour moi ?

Heriton jeta un regard derrière lui, haussa les épaules, et entra avec une liasse de feuilles à la main.

— En fait, la question est plutôt de savoir ce que vous avez pour moi, mon colonel. Ai-je bien compris votre mémo ? Vous souhaitez que ces… listes de lecture soient distribuées aux gardes afin qu'ils les affichent pour les mineurs ?

— C'est ça.

— Oh. Je pensais que vous vouliez plutôt dire pour les soldats.

— J'ai dans l'idée que vous autres, vous possédez déjà une bonne éducation. (Ridge désigna la liasse de la main.) Je veux essayer d'améliorer le moral des prisonniers, de les inciter à se cultiver.

— Se cultiver, mon colonel ? Dans quel but ?

— Celui de travailler plus efficacement pour nous.

— Et, heu, vous pensez que la lecture de classiques aura cet effet ?

— Appelez ça l'expérience débile du colonel. (Ridge savait bien que les tables de jeu seraient bien plus populaires, mais si au moins certains prisonniers se mettaient effectivement à lire…) Ceux qui manifesteront de l'intérêt pourraient se révéler dignes de recevoir davantage de responsabilités. Mon espoir est que ces changements nous donneront à terme quelques individus de confiance qui pourraient nous aider, ou au moins empêcher les autres de nous poignarder dans le dos, si jamais nous devions concentrer tous nos moyens à la défense du fort.

Et si cela ne marchait pas, Ridge avait son plan de secours. Les portes.

— Ah, je comprends, mon colonel. (Heriton avait effectivement l'air un peu moins perplexe. Ou du moins, il avait décidé de s'accommoder des excentricités de son officier supérieur. Il pointa le doigt sur le bas d'une page.) Et vous voulez donc leur accorder un jour de repos s'ils finissent la lecture d'un livre ?

— S'ils sont capables de prouver qu'ils l'ont lu en faisant un résumé de l'histoire et en répondant à quelques questions. Ce sont de gros pavés, et ces hommes n'ont pas beaucoup de temps libre. Il faut bien leur offrir une incitation.

— Je crois que je comprends, mon colonel. Mais, heu, qui va interroger les mineurs sur leurs lectures ?

— Quel est le problème, capitaine ? Vous ne les avez pas lus ? Ce sont des classiques.

— Je, heu, j'en ai lu quelques-uns.

Ridge lui adressa un grand sourire.

— Je vais me familiariser avec ces livres, dit Heriton, non sans une lueur d'appréhension dans le regard.

— Parfait. Vous pouvez disposer.

— Merci, mon colonel. Oh, j'allais oublier. Vous avez de la visite.

Heriton ouvrit la porte en grand, révélant Sardelle qui se tenait derrière lui dans le couloir, sa chevelure abondante retombant librement sur ses épaules, un sourire timide aux lèvres.

La veille au soir, Ridge avait eu la conviction qu'il valait mieux pour sa santé mentale qu'elle ne vienne pas ce matin, mais à la voir apparaître devant lui, il sentit son cœur s'envoler. Et ses joues s'empourprer quand ses pensées nocturnes envahirent de nouveau son esprit. Les dieux en soient loués, cette robe de prisonnière austère n'avait rien pour accroître son trouble. Conscient que le capitaine l'observait, Ridge s'efforça de conserver une expression neutre.

— Elle m'a affirmé qu'elle était attendue, précisa Heriton d'un air perplexe.

— Oui, elle me renseigne dans le cadre de l'enquête sur d'éventuelles pratiques de magie.

Ridge avait choisi de parler de magie plutôt que de meurtre, attendu que personne ici ne semblait se soucier outre mesure de la mort d'une prisonnière. Tous pouvaient au contraire comprendre la nécessité d'enquêter sur des soupçons de sorcellerie.

Heriton écarquilla un peu plus les yeux.

— Ah, vraiment ? Cela veut-il dire que je n'ai plus besoin de chercher son dossier ?

— Si, j'attends toujours de vous que vous me le trouviez, répondit Ridge en souriant, avant de congédier le capitaine d'un geste.

Sardelle entra dans le bureau.

— Et vous, vous avez lu tous les livres de cette liste ?

Ridge haussa le menton.

— J'en ai lu une bonne partie.

— Combien ? Plus de trois ?

— Au moins cinq, je vous l'assure.

Elle émit un petit ricanement, puis sembla réfléchir un instant.

— Un jour de repos pour quiconque peut résumer un de ces livres ? Un jour de repos par livre ?

— C'est le marché que j'offre, oui.

— Quand peut-on passer l'examen ?

— Quoi, après seulement un jour de travail à la buanderie, vous êtes déjà prête à prendre la tangente ?

— Oh, plus que prête. (Sardelle se frotta les mains.) Avez-vous une copie de cette liste ? Je suis disposée à faire ça tout de suite. Je suis même disposée à me restreindre aux livres que vous avez lus.

— Comment savez-vous que vous avez lu les mêmes que moi ? Il y a plus d'une centaine de titres sur cette liste. (Tous les classiques que comprenait leur maigre bibliothèque de prison avaient terminé sur la liste. Certains étaient aussi vieux et poussiéreux que la montagne elle-même.) Je doute que vous ayez pu tous les lire.

— J'en ai lu suffisamment pour un jour de repos. Ou cinq.

— Très bien. (Ridge sortit un dossier d'un tiroir de son bureau et produisit l'original de la liste.) Et si nous parlions de *Théories sur l'aérodynamique et le vol aérostatique* de Denhoft ?

Sardelle croisa les mains derrière le dos.

— Écrit il y a approximativement quatre cents ans, il s'agit davantage d'un texte théorique que d'expériences scientifiques démontrées. Denhoft y formule l'hypothèse de deux catégories de machines volantes susceptibles de s'affranchir de la gravité…

Ridge dut faire un effort pour ne pas la dévisager bouche bée alors qu'elle lui délivrait un résumé très exact du contenu du livre. Il lui posa ensuite quelques questions, auxquelles elle répondit convenablement, avec toutefois de petits moments d'hésitation.

— L'histoire est davantage ma spécialité, dit-elle avant qu'il ne puisse la complimenter. J'ai lu à l'école bon nombre des livres figurant sur la colonne de gauche de votre liste.

Parmi ceux-là, Ridge n'en avait lu que deux. Il commença donc par ces titres. Sardelle était plus animée et confiante dans son résumé de ces deux ouvrages, ajoutant des réflexions personnelles et agitant les mains alors qu'elle décrivait l'apogée et la chute des dynasties impériales qui avaient régné sur ce continent avant que les tribus indigènes ne se rebellent, déclarent leur indépendance, se constituent en nation souveraine et luttent contre tout pouvoir extérieur cherchant à leur imposer son joug.

Après lui avoir fait un résumé des deux livres qu'il connaissait – et de cinq autres qu'il n'avait jamais lus –, elle se pencha de nouveau sur la liste.

— Oh, Dusmovan. L'avez-vous lu ? C'est un récit de fiction, mais incroyablement détaillé, racontant le voyage qu'entreprit l'archéologue pour découvrir ce qui était advenu des dragons. Il chercha partout dans le monde des fossiles pouvant expliquer leur brutale disparition.

Ridge leva la main. Cela semblait intéressant, effectivement, et il comptait le mettre sur sa propre liste de lecture – si tant est que son travail lui en laisse le loisir –, mais…

— Restons-en là. Vous avez déjà gagné huit jours de repos, et j'imagine que si vous êtes venue ce matin, c'est que vous aviez quelque chose pour moi ?

— Oh.

Sardelle rougit, et la couleur qui envahit ses joues rehaussa le bleu de ses yeux.

Cela n'aurait pas dérangé Ridge de la laisser continuer, mais il était temps de passer au véritable sujet de cette rencontre. Toutefois, cet interlude s'était révélé étonnamment instructif. L'idée que Sardelle était une sorte de professeur fantasque venue ici pour chercher des cristaux ou, pourquoi pas, d'autres artefacts, lui revint à l'esprit. Une espionne militaire pourrait-elle être aussi bonne connaisseuse des classiques ? Et des classiques de son continent à lui, de surcroît ? Et puis, elle était également passionnée d'histoire.

— Une dernière question, cependant, dit Ridge. Cette école où vous avez lu tous ces livres… Était-ce avant ou après que vous avez quitté votre famille de bergers pour devenir pirate ?

Elle sourit, un sourire timide qui disait « prise la main dans le sac » et creusait des fossettes sur ses joues.

— Avant.

— Je n'aurais jamais pensé qu'il était possible de recevoir à la campagne une éducation aussi soignée. Votre professeur mérite des félicitations.

Le sourire disparut et une lueur brilla dans ses yeux. De la douleur ?

— Oui, acquiesça Sardelle d'un ton plus grave. Elle était formidable.

Ridge hésita à s'excuser pour avoir ranimé involontairement un souvenir pénible, mais elle reprit la parole la première.

— Le meurtre. Il semble qu'il n'ait absolument rien à voir avec la magie. (Sardelle croisa un instant son regard.) Ou plutôt cette femme, Bretta, n'a jamais fait de magie, devrais-je dire. J'ai examiné les prétendus instruments de magie qui, je crois, ont dû être cachés sous la couverture de son lit pour l'incriminer. Selon le *Précis sur les mages et les objets magiques* de Braytok – un livre qui n'est pas sur votre liste mais devrait l'être, car il dissiperait certaines idées fausses dues à l'ignorance –, les objets conçus pour stocker de la puissance, emprisonner des âmes, produire des effets ou accroître des pouvoirs doivent être fabriqués dans un matériau assez robuste pour supporter les énergies magiques. Généralement un alliage métallique, ou une gemme. Certains minéraux aussi, à l'occasion, mais pas du bois. Le livre explique qu'un objet en bois se consumerait dès que l'on tenterait d'y insuffler de l'énergie magique.

Ridge l'écouta attentivement, mal à l'aise cependant de l'entendre parler aussi librement de magie. Ce livre qu'elle mentionnait… personne en dehors des cercles académiques n'oserait prendre le risque d'être surpris à consulter un tel ouvrage. Et même parmi les érudits, le sujet rendait les gens nerveux. Il le rendait nerveux, lui aussi. Ridge ne s'était jamais vraiment préoccupé de tout ça jusqu'à ce que les Cofah se soient mis à recruter ces sorciers – ou ces magiciens, peu importe le nom qu'ils leur donnaient – et à les envoyer dans les airs, où son escadrille et lui avaient commencé à les rencontrer. Depuis ce moment, il avait perdu… trop souvent.

— Pardonnez mes divagations, dit Sardelle, et Ridge se demanda si elle avait remarqué sa réaction, malgré le soin qu'il prenait à conserver un visage neutre. Tout ce que je veux dire, c'est que ces poupées fabriquées à partir de morceaux de bois sont des faux. Quelqu'un les a cachées dans son lit de camp pour faire croire qu'elle s'adonnait à la sorcellerie – ou pour justifier ce qu'il allait faire –, puis il s'est glissé dans le baraquement quand il était presque désert et il l'a tuée.

— Une idée sur son identité ?

Ridge ne s'attendait pas vraiment à ce qu'elle ait découvert le meurtrier en si peu de temps, mais quand elle détourna la tête vers la fenêtre, il comprit qu'elle le savait. Mais alors, pourquoi hésiter? Il tenta de déchiffrer l'expression de son visage. Elle semblait concentrée, comme si elle luttait intérieurement.

— Avez-vous peur qu'il s'en prenne à vous si vous me parlez ? demanda Ridge.

— Je crains qu'il puisse avoir cru de bonne foi que Bretta était une sorcière et dans votre… dans notre culture, cela justifierait son meurtre, non ?

Ridge se carra dans son siège et sentit la dureté du dossier contre ses omoplates. Il avait relevé le lapsus de Sardelle, et cela remettait de nouveau en question ses hypothèses la concernant. Et plus encore, il avait le sentiment qu'elle lui mentait.

— Qui est-ce ? demanda Ridge. Nous l'interrogerons et déciderons du reste.

« Nous » ? Il était seul ici, à devoir jouer à la fois le rôle de juge et de juré. Un fait qui n'était pas mentionné sur son ordre d'affectation.

— Ce n'est pas une certitude, dit lentement Sardelle. Ce sont plus des ouï-dire et des rumeurs, vous comprenez, qui a vu quoi et quand.

— Je comprends.

— Mais disons que si vous avez la confirmation qu'un dénommé Tace n'était pas à son poste hier après-midi, vous pourriez avoir votre réponse. Il a peut-être reçu l'aide d'un complice. Mais je n'ai pas entendu le nom de ce deuxième homme.

— Je vous remercie, dit Ridge en notant le nom. Je vais le retrouver et l'interroger.

Pour une fois, il aurait été plus pratique d'avoir un numéro, mais le capitaine Heriton devait commencer à avoir une bonne connaissance des archives. Sans doute serait-il en mesure de savoir de qui il s'agissait.

Sardelle acquiesça d'un petit signe de la tête. Elle avait toujours les yeux tournés vers la fenêtre. Ridge attendit qu'elle demande à voir le plan – elle devait avoir remarqué le rouleau posé sur son bureau –, mais quelque chose la troublait. Tout l'enthousiasme qu'elle avait manifesté à résumer le contenu de ces livres avait disparu. Ridge éprouva de nouveau l'envie de la réconforter, comme il l'avait déjà ressentie dans la buanderie la veille au soir. Mais cette fois, il se força à n'en rien faire.

— Y a-t-il autre chose que je devrais savoir ? s'enquit-il.

Sardelle secoua la tête et ramena les yeux sur lui.

— Non, c'est juste que… que c'est un drame affreux.

— C'est vrai. (Ridge pointa son stylo vers le plan.) Nous avions un accord. Voici le plan de la mine. Il n'existe pas beaucoup de copies à jour de ce plan, aussi comprendrez-vous que je ne puisse le laisser quitter cette pièce.

Sans parler du nombre de taches de vomi et de moutons de poussière qu'il avait dû nettoyer avant de trouver le rouleau sous le canapé, coincé tout au fond, contre la plinthe.

— Je comprends.

Sardelle s'avança jusqu'au bureau et déroula le plan, le visage encore sombre.

Ridge écarta ses papiers afin de lui permettre d'étaler le plan, ce qu'elle fit en se servant de deux presse-papiers pour en tenir les coins. Elle l'examina pendant à peine trente secondes, afin d'émettre un éloquent :

— Hum.

Ridge n'avait pas imaginé ce genre de réaction, même s'il n'avait pas su à quoi s'attendre.

— C'est ici que se trouve le minerai ?

Sardelle désigna une partie du plan où différents niveaux de galeries serpentaient dans les entrailles de la montagne.

Ridge ne répondit pas. Il avait accepté de la laisser voir le plan, pas de lui fournir en plus des informations. Il s'inquiétait déjà du risque que sa générosité – ou sa stupidité – ne se transforme un jour en regret. Il avait conclu ce marché dans l'espoir qu'en l'observant pendant qu'elle étudiait le plan il en découvrirait plus sur elle qu'elle n'en apprendrait sur la mine.

— Tous les mineurs parlent de cristaux, ajouta-t-elle en relevant les yeux sur lui.

Elle semblait curieuse et un peu perplexe. Était-ce de la comédie ? N'était-ce pas pour les cristaux qu'elle était ici ? Qu'elle soit une espionne ou une sorte de chasseuse de trésors archéologiques, Ridge était parti du principe qu'elle était venue pour les cristaux. Qu'y avait-il d'autre de précieux dans cette montagne ? Le minerai d'argent avait certes de la valeur, mais ce n'était pas un métal rare. Même si elle n'était pas ici pour les cristaux, il trouvait curieux qu'elle soit capable de dénicher le nom d'un meurtrier en une seule nuit, mais qu'elle ne sache rien d'une chose connue de tous les mineurs. D'accord, les femmes restaient à la surface et s'occupaient des tâches domestiques, mais Ridge n'avait pas la naïveté de croire qu'elles ne savaient rien de ce qu'il y avait sous leurs pieds, dans la montagne.

— La disposition des galeries vous surprend ?

Peut-être parviendrait-il à lui soutirer une information ou deux, même s'il ignorait ce qu'il cherchait exactement à apprendre.

— D'après les livres que j'ai lus, les gens qui vivaient ici avant… avant d'être annihilés, avaient leur foyer dans cette partie de la montagne. (Sardelle indiqua une zone qui était en grande partie inexplorée par les galeries de la mine.) Il y avait quelques tunnels par ici, je pense, mais ils étaient davantage tournés vers – enfin, je me trompe peut-être – l'ancienne route menant au col qui sortait par l'autre côté de la montagne. C'était l'axe de circulation le plus fréquenté. Il n'y avait pas grand-chose de ce côté-ci, hormis quelques étals durant l'été, ainsi qu'une zone réservée à la pratique de… différentes disciplines.

Surpris par son discours, Ridge eut toutes les peines du monde à se contrôler pour éviter de lui demander de quoi elle parlait. Les gens qui vivaient ici avant ? Peut-être était-ce lui qui devait aller parler aux mineurs. Mais non, il avait parcouru l'essentiel du manuel d'instructions, et ce dernier ne faisait aucune référence à d'anciens habitants des lieux. Il mentionnait clairement que les cristaux étaient un phénomène inexpliqué de cette montagne, qui n'avait jamais été constaté ailleurs.

— Dans quel livre avez-vous appris cela ? Parce que je suis sûr qu'il n'est pas sur ma liste.

— Non. J'ai lu ça je ne sais plus trop quand. Et je ne me souviens plus de son titre.

Après cette démonstration de mémoire à laquelle il avait eu droit, Ridge doutait qu'elle l'ait réellement oublié. Est-ce qu'il existait une université qui en savait plus que l'armée sur ce secret aussi jalousement gardé ? À moins que ses supérieurs n'aient oublié de l'en informer avant de l'envoyer ici. Belle négligence, si c'était le cas.

— Et qui étaient ces gens qui, selon cette source que vous avez oubliée, vivaient ici ? demanda-t-il.

Sardelle ouvrit aussitôt la bouche pour répondre, mais marqua une pause et scruta son visage un instant, avant finalement de hausser les épaules.

— Les Referatu.

Un frisson parcourut Ridge.

— Les mages.

Les mages qui avaient voulu s'emparer du continent et réduire en esclavage tous ceux qui n'avaient pas leurs pouvoirs. Il connaissait l'histoire de la purge, de la guerre menée contre eux trois cents ans auparavant, mais il n'avait jamais entendu dire qu'ils étaient sortis d'une cité sous la montagne. Ni qu'il s'agissait de cette montagne. À la vérité, Ridge n'était pas un homme très cultivé – enfant, il ne s'était pas intéressé à grand-chose d'autre qu'à l'armée et au pilotage – mais il n'était pas non plus ignorant. Il ne s'agissait décidément pas de connaissances courantes. Comment cette petite espionne – ou voleuse – pouvait-elle en savoir autant ?

Sardelle ouvrit les mains.

— Je pensais que vous le saviez. Ou au moins que ceux qui avaient décidé de creuser ici le savaient.

Se montrait-elle honnête, ou était-ce un autre de ses mensonges ?
Il commençait à avoir mal à la tête. Il n'était même pas neuf heures
du matin ; trop tôt pour les migraines.

— Ces cristaux, dit-elle, sont-ils…

Un bruit de pas résonna dans le couloir, des pas pressés.

— Mon colonel ! (On frappa à la porte, mais Ridge s'était déjà
levé pour aller ouvrir et il se retrouva devant le capitaine, surpris
dans son mouvement, le poing levé pour frapper de nouveau.) Le
dirigeable est de retour, annonça-t-il. Et il se rapproche, cette fois.

Ridge poussa un juron, récupéra sa parka et l'enfila tout en
dévalant le couloir au pas de course.

— Il neige toujours, n'est-ce pas ? J'aurais cru que ça les tiendrait
éloignés.

— Oui, il neige toujours. Et non, ça ne les a pas empêchés de
revenir.

— Formidable.

CHAPITRE 5

Restée dans le bureau du colonel, Sardelle hésita entre courir le rejoindre dehors ou profiter d'être seule pour examiner le plan en paix. Un premier coup d'œil lui avait appris que les galeries passaient à plusieurs centaines de mètres de l'endroit où se trouvait Jaxi ; et ce n'était que par un pur hasard que ces mineurs étaient tombés sur elle. Les alcôves de secours avaient été installées dans les profondeurs du complexe, au cœur de la montagne. Ce qui s'était révélé une erreur fatale, puisque si peu de gens avaient pu les rejoindre à temps.

— *Tu es la seule à y être arrivée.*

— *Je sais.* (Sardelle toucha le plan, suivant du doigt les galeries les plus profondes.) *Je crois que c'est par là que j'ai été trouvée, même si le plan n'a pas encore été mis à jour pour inclure le tunnel que Tace et son compère étaient en train de creuser.*

Repenser à ces hommes la fit grimacer. Elle avait accepté d'aider Zirkander dans son enquête sur une impulsion, parce qu'elle y avait vu une chance d'obtenir le droit d'examiner le plan de la mine. Elle n'avait pas prévu de découvrir que Tace était le meurtrier ni que Bretta avait refusé de coucher avec lui et avait également usé de sa force pour protéger les autres femmes de ses appétits. Sardelle n'avait évidemment pas pu prévoir l'enchaînement des événements qui avait conduit Tace à penser que Bretta était responsable de cette soudaine éruption de boutons qui l'affligeait. Sardelle ne regrettait pas de s'être défendue, mais elle aurait aimé avoir eu une autre idée. Ou, au moins, elle aurait dû chercher plus tard à le retrouver et, à bonne distance, le soigner du mal qu'elle lui avait causé.

Les conséquences imprévisibles… Les anciens étaient bien conscients de ce risque, et c'était pour cela que les membres du Cercle avaient toujours refusé de s'estimer supérieurs aux autres et imposé que les Referatu soient soumis aux mêmes lois que tout le monde. Jusqu'à ce qu'une poignée de mages se considèrent justement au-dessus des lois et décident de faire sécession. Ce furent eux qui firent naître dans la population la peur de la magie, une peur qui eut pour résultat de… Sardelle regarda la montagne par la fenêtre, la poitrine serrée par une émotion qu'elle n'avait cessé d'essayer d'étouffer. Mais parler à Zirkander et découvrir que personne ne se souvenait que les Referatu avaient vécu ici autrefois… *Quelques conséquences imprévisibles, et me voilà la dernière représentante de mon peuple.*

Remarquant que Sardelle ne pensait à rien de constructif, Jaxi s'efforça de la ramener à des considérations actuelles.

— *Si tu parviens à convaincre les mineurs de prolonger ce puits à quatorze degrés d'inclinaison vers le bas, tu pourras arriver jusqu'à moi.*

— *Et comment puis-je les convaincre de faire ça ?*

— *Continue à travailler le colonel au corps.*

— *Le colonel a autre chose à faire que de…*

Une explosion retentit au loin.

— Il avait dit qu'il n'utiliserait pas les canons.

Alors même que Sardelle s'étonnait à haute voix, elle étendit ses perceptions au-delà des murs du bâtiment et confirma ce que ses oreilles auraient dû lui dire. L'explosion provenait de beaucoup plus loin. Du dirigeable, assurément.

Laissant le plan sur le bureau, Sardelle partit au pas de course et sortit du bâtiment. Le soleil était monté au-dessus des cimes, mais les nuages épais et la neige qui tombait plongeaient le paysage dans un demi-jour. Fouillant le ciel à la recherche du dirigeable, elle ne l'aurait pas repéré si elle n'avait pas vu un harpon – non, Zirkander avait appelé ça une roquette – s'élever dans les airs depuis le rempart. Le projectile disparut dans la blancheur du ciel, mais en suivant sa trajectoire, Sardelle finit par apercevoir l'appareil ennemi. Celui-ci se trouvait près du sommet d'une corniche chargée de neige et y larguait des explosifs. C'était la corniche que Sardelle avait remarquée la veille, et sa crainte d'une avalanche rejaillit aussitôt.

La roquette explosa dans le ciel sous la coque en bois du vaisseau. L'onde de choc le fit gîter et il s'inclina sur le flanc un instant, mais l'énorme ballon oblong le stabilisa. Son capitaine devait connaître la portée exacte des roquettes et il avait pris soin de rester à bonne distance.

Mais il ne connaissait pas sa portée à elle.

Sardelle se dissimula dans l'ombre d'un bâtiment et jeta un regard à la ronde pour s'assurer que personne ne lui prêtait attention. Les mineurs se trouvaient dans la mine et tous les soldats du fort étaient occupés à s'armer et à courir prendre position sur les remparts. Néanmoins, cette bataille ne serait pas gagnée avec des fusils.

Furieuse de devoir d'abord penser à elle, à veiller à ne pas être démasquée, Sardelle attendit de longues et pénibles secondes afin de pouvoir synchroniser son attaque avec le tir suivant. Tandis qu'une deuxième roquette était chargée, le dirigeable largua une nouvelle bombe.

— Dépêchez, murmura-t-elle.

Enfin, la roquette jaillit dans les airs. Sardelle se força à attendre qu'elle explose, pour voir si elle était arrivée suffisamment près pour que l'on puisse croire que c'était ses éclats qui…

Là. Une lueur orange s'alluma dans le ciel gris. La deuxième roquette avait explosé encore plus près du vaisseau que la première. Des éclats frappèrent la coque, mais sans y faire plus que quelques entailles.

— Ça suffira, murmura Sardelle, puisant l'énergie en elle pour ouvrir une longue balafre dans le ballon dirigeable.

L'enveloppe était plus épaisse qu'elle ne l'aurait cru – elle aurait peut-être résisté aux éclats des roquettes même si elles avaient explosé plus près –, mais elle n'était pas de taille à résister à son pouvoir. Ne sachant pas le temps qu'il faudrait au ballon pour se dégonfler, elle perça d'autres trous, petits et dispersés pour simuler des dégâts provoqués par les éclats de la roquette. Si le temps avait été de son côté, elle se serait assurée que l'aérostat s'écrase, mais un grondement inquiétant se fit entendre. Il provenait de la montagne, pas de l'appareil. De la neige.

Un hurlement strident jaillit d'une sirène au coin du fort.

— Avalanche ! hurla quelqu'un.

— *C'était ce que je craignais.*

— *Ne te fais pas prendre par l'avalanche,* la prévint Jaxi. *La neige est aussi fatale que la roche quand on se retrouve enterrée dessous.*

— *Je sais. J'ai grandi ici, tu te souviens ?*

Sardelle ne prêta pas attention à la réplique narquoise de Jaxi. Elle prit quelques grandes inspirations et fléchit les doigts, comme une athlète avant une course. Percer un trou dans un ballon était aisé, mais ça ?

Une lame-sœur à la main, avec le pouvoir de Jaxi s'associant au sien, elle aurait pu gérer le problème, et même dans ce cas, il lui aurait fallu du temps pour préparer son action. L'avalanche dévalait déjà la pente abrupte en prenant de la vitesse et du volume. À cette altitude, il n'y avait aucun arbre pour ralentir sa course. Sardelle essaya de créer des barrières invisibles pour la freiner, mais c'était comme d'enfoncer les doigts dans les trous d'un barrage alors que d'autres brèches ne cessaient d'apparaître. Puis une plaque de neige se décrocha d'un bloc et se précipita vers la vallée trop rapidement, trop puissamment. Sardelle put seulement dévier partiellement sa course, tenter de l'orienter de biais, mais la forteresse se trouvait au fond de la vallée, et même un mage ne pouvait défier éternellement la gravité.

La queue de l'avalanche frappa le rempart est, renversant les soldats et les engloutissant. Le lance-roquettes disparut lui aussi, ainsi que – Sardelle hoqueta en murmurant un « non » plaintif – Zirkander, qui s'efforçait alors de faire partir ses hommes, de les pousser vers l'arrière du fort. La vague de neige monta à l'assaut des tours et s'écrasa en recouvrant la moitié de la cour, avalant le mur d'enceinte est et deux puits de mine, avant de s'immobiliser enfin.

Prenant vaguement cosncience que le dirigeable endommagé s'éloignait péniblement en perdant de l'altitude, Sardelle courut jusqu'à la montagne de neige dans la cour.

— *Prends une pelle,* lui conseilla Jaxi.

— *Quoi ?*

— *Tu dois avoir un outil. Ne fais rien qui risquerait de te trahir.*

C'était un bon conseil, même si elle n'avait pas envie de le suivre. Elle avait déjà hésité à agir en pensant d'abord à se préserver plutôt qu'à attaquer dès qu'elle en avait eu l'occasion. Si elle n'avait pas tardé ainsi, elle aurait pu frapper le dirigeable avant qu'il ne largue sa dernière charge explosive.

— Des pelles ! cria quelqu'un. Il faut sortir ceux qui sont là-dessous !

Sardelle grimpa sur le tas de neige au milieu de soldats qui glissaient et trébuchaient dans leur empressement à sauver leurs camarades.

— Le colonel a été englouti par ici! appela-t-elle. Je l'ai vu.

Elle ne comptait pas vraiment qu'on l'écoute – Zirkander était le seul qui la traitait autrement qu'une simple prisonnière –, pourtant l'assurance dans sa voix sembla les convaincre. Trois soldats se hâtèrent de la rejoindre. Elle leur montra l'endroit puis s'empara d'une pelle supplémentaire apportée par l'un des hommes. Elle avait bien vu Zirkander se faire emporter par l'avalanche, et surtout elle pouvait sentir sa présence, ici, sous plusieurs dizaines de centimètres de neige. Il était vivant et indemne, mais il était désorienté et cherchait à distinguer le haut du bas tout en se demandant combien de temps il réussirait à respirer encore.

Sardelle se mit à creuser. Elle ne s'était jamais retrouvée prise sous une avalanche, mais elle avait entendu le témoignage de rescapés. La neige devenait aussi dure que du ciment en se compactant au-dessus d'une personne, et il était impossible de se dégager par soi-même ; il fallait qu'on vienne vous sauver de l'extérieur. Et c'était exactement ce qu'elle comptait faire, se dit-elle en envoyant de côté une pelletée de neige.

— Tu es sûre qu'il est bien là ? lui demanda un soldat.

— Oui, répondit-elle sans lever les yeux.

Ils avaient à peine creusé sur une dizaine de centimètres. Ils devaient descendre encore vingt centimètres de plus, mais elle se retint de le leur expliquer. Il fallait éviter que l'un d'eux se souvienne après coup d'une précision aussi étonnante.

— Non, parce que la neige a pu l'emporter plus loin, dit le soldat.

— Je le sais bien. J'ai déjà pris ça en compte. Il existe une… un modèle mathématique que j'ai étudié.

Voilà une explication plausible, non ? Pour autant qu'elle sache, il existait vraiment une modélisation de ce genre.

— Continue donc à creuser, Bragt, grogna un autre soldat.

Les mains de Sardelle commençaient déjà à avoir des ampoules, mais elle ne ralentit pas la cadence. Encore dix centimètres. Ils étaient proches, ils allaient bientôt percevoir quelque chose. Zirkander allait les entendre et donner de la voix pour leur faire savoir qu'il était là.

— Restez dans la mine, cria un homme à l'autre bout de la cour. Restez en bas. Nous vous informerons quand ce sera sûr pour vous de sortir.

Le soldat à côté de Sardelle grommela.

— Si les prisonniers sortent et essaient de profiter de la situation…

— Je les flingue sans avertissement, répondit un autre. Colonel ? Vous êtes là ? Vous nous entendez ?

Un son étouffé monta de la neige.

— Je l'ai entendu ! s'écria un soldat.

— Il est là !

Il y eut bientôt tant de pelles en action que Sardelle ne voyait presque plus la neige. Un homme la saisit et la tira en arrière.

— Écarte-toi, femme, on s'en occupe.

Elle trébucha et manqua de tomber. Elle n'avait pourtant pas ménagé sa peine ; il n'y avait aucune raison de l'écarter.

— *Et comme ça, tu aurais pu être le premier visage qu'il voie ?* (Jaxi haussa mentalement un sourcil.) *Et il aurait su que c'était grâce à toi qu'il avait été sauvé ?*

— *Non, ça n'a pas d'importance.* Sardelle fusilla du regard le dos du soldat qui avait pris sa place. Elle en avait fini avec les crises d'urticaire, mais ce malotru aurait eu l'air fin avec la ceinture défaite et le pantalon sur les chevilles. *Bon, un peu peut-être*, admit-elle à Jaxi.

— *Il vaut mieux ne pas lui donner une raison de s'interroger sur ta capacité surnaturelle à le localiser.*

Une exclamation s'éleva, provenant du groupe de soldats, alors qu'une main jaillissait de la neige.

— C'est bien le colonel !

Tout le monde s'était attroupé pour le tirer de là. Même si cela ne faisait pas longtemps que Sardelle était ici – et Zirkander n'était pas ici depuis plus longtemps qu'elle – elle se dit qu'elle le connaissait suffisamment pour savoir qu'il serait contrarié de constater qu'ils avaient cessé de chercher les autres pour se concentrer sur lui.

La main fut suivie d'un bras, que pas moins de quatre hommes s'empressèrent de saisir. Ils tirèrent et la tête de Zirkander apparut, les cheveux couverts de neige et les sourcils blancs de givre. Avec leur aide, il s'extirpa de son trou puis s'effondra sur la neige à quelques pas de Sardelle. Il sortit quelque chose de sa poche, un petit objet sculpté en bois, et l'embrassa avant de le ranger.

— Vous allez bien colonel ? lui demanda un soldat.

— Vous voulez qu'on appelle l'infirmier ?

— Un sacré tir de lance-roquettes, mon colonel ! Vous avez vu ? Leur ballon a été touché et ils ont commencé à tomber.

— Ah, ouais. (Zirkander avait l'air hébété, mais il brossa la neige dans ses cheveux et retrouva suffisamment ses esprits pour pointer le doigt sur la coulée de neige.) Il y a d'autres hommes là-dessous ?

— Oui, mon colonel. Plusieurs soldats qui étaient avec vous sur le rempart et…

— Alors pourquoi vous vous arrêtez de creuser ? Sortez-les de là !

— À vos ordres, mon colonel !

Les soldats se tournèrent pour observer la vaste étendue de neige avec hésitation. L'un d'eux pivota vers Sardelle.

— Elle savait où se trouvait le colonel.

— C'est vrai. Tu en as vu d'autres ?

Cela attira pour la première fois l'attention de Zirkander sur Sardelle. Elle se demanda jusqu'où elle pouvait se permettre de les aider, jusqu'où ils croiraient à son histoire de modèle mathématique. Puis elle secoua la tête ; il y avait des hommes dont la vie était en jeu. Elle serait bien lâche de faire passer sa sécurité avant la leur. Et elle avait déjà la mort de Bretta sur la conscience.

Sardelle ferma les yeux, explorant les profondeurs de la coulée de neige avec ses autres perceptions, estimant quel homme avait le moins d'air et nécessitait d'être secouru le premier.

— Un des soldats est tombé par là.

Elle alla jusqu'à l'endroit et traça un grand X dans la neige, puis se recula, heureuse de les laisser creuser. Elle examina ses mains. Elle aurait quelques cloques à guérir quand elle serait à l'abri des regards.

Une main lui saisit le poignet. Zirkander s'était relevé et se tenait près d'elle. Il fronça les sourcils au spectacle de ses paumes abîmées. Oh, finalement ces cloques n'étaient pas si mauvaises si elles permettaient à Zirkander de comprendre qu'elle avait aidé à le sauver.

— Personne d'autre que vous n'est au courant des jours de repos que j'ai gagné, dit Sardelle en réponse à son regard. J'avais une bonne raison de m'assurer que vous sortiez de là.

— Évidemment. Très judicieux de votre part.

Elle baissa les yeux sur sa poche.

— Vous avez un porte-bonheur ?

Zirkander releva le menton.

— Oui, et c'est une bonne chose. J'avais bien besoin de chance aujourd'hui.

Sardelle haussa un sourcil. Elle n'aurait pas cru qu'il puisse être superstitieux.

Il lui glissa un regard en coin.

— C'est fréquent chez les pilotes. Nous risquons notre vie à chaque sortie. Quand, comme moi, vous avez survécu à une multitude de tirs vous ratant d'un cheveu, vous avez tendance à vous en remettre à vos petits rituels et superstitions, à n'importe quoi pour vous raccrocher à l'idée que les choses ne vont pas mal tourner. Vous savez que c'est irrationnel, mais en même temps vous ne voulez pas tenter le sort. (Il haussa les épaules.) Un des gars de mon escadrille embrasse les six canons de son appareil avant de monter dans le cockpit, même en cas d'un décollage d'urgence sous le feu ennemi. Un autre renifle de l'huile essentielle de menthe verte parce qu'il prétend que ça lui clarifie l'esprit. Moi, j'ai une petite figurine que mon père a sculptée pour moi. Cela n'a rien de bien farfelu.

— Je ne vous jugeais pas, colonel.

— Vous m'avez lancé votre regard, le sourcil haussé comme vous savez le faire. Et je commence à comprendre ce que cette expression veut dire chez vous.

Oh, Sardelle ignorait qu'elle avait une mimique aussi caractéristique.

— En réalité, je trouve que c'est touchant de voir que vous gardez sur vous un souvenir qui vous vient de votre père.

— Oui, oui, c'est ça.

— Colonel, appela un homme derrière lui, qui grommela un juron en glissant sur la pente de neige.

— Oui, capitaine ? répondit Zirkander en relâchant le poignet de Sardelle.

Le capitaine portait une sacoche en cuir.

— Êtes-vous blessé ?

— Je vais bien. Je ne suis pas resté enseveli bien longtemps. Mais restez dans le coin. D'autres n'auront peut-être pas eu autant de chance. (Zirkander montra la pelle de Sardelle.) Vous permettez ?

Le capitaine – qui devait être l'infirmier – fit la moue. Sardelle aurait préféré elle aussi le voir s'allonger et se reposer, mais il ramassa la pelle et alla rejoindre les autres.

Un tir de fusil claqua derrière eux, la faisant sursauter. Une volute de fumée s'élevait du canon de l'arme d'un soldat gardant l'une des deux entrées de mine qui n'avaient pas été enterrées sous l'avalanche.

— On vous a dit de rester à l'intérieur en attendant qu'il n'y ait plus de danger ici, grogna l'homme.

Zirkander se retourna d'un air pensif, puis appela le lieutenant.

— Dites aux mineurs que ceux qui veulent bien sortir pour nous aider à creuser auront quartier libre pour le reste de la journée une fois que nous aurons retrouvé tous nos hommes.

— À vos ordres, mon colonel.

— Eh toi, femme ! cria un soldat depuis le sommet de la coulée de neige. Tu sais à quel endroit d'autres se sont fait enterrer?

Sardelle grimpa la pente et regarda autour d'elle pensivement. Elle savait exactement où les autres victimes se trouvaient et sous combien de mètres de neige, mais elle ne voulait pas paraître trop sûre d'elle, en espérant que les soldats se diraient simplement qu'elle avait un excellent sens de l'observation et une bonne compréhension des mathématiques, sans soupçonner autre chose.

Elle était en train de marquer un autre endroit où creuser quand un frisson la parcourut, qui n'avait rien à voir avec la température. Une présence descendit des montagnes, quelque chose qu'elle reconnut mais qu'elle ne s'était pas attendue à ressentir ici. Elle leva les yeux dans la direction où le dirigeable avait disparu. Elle ne vit rien hormis l'averse de neige et les contours estompés du sommet le plus proche, mais le doute n'était pas permis : elle n'était pas la seule magicienne dans le coin.

Le capitaine Heriton pressa un mug d'un liquide marron fumant dans la main de Ridge.

— Café ? demanda ce dernier.

— Presque, un peu plus corsé. Vous avez la tête de quelqu'un qui serait passé dans une lessiveuse.

Ridge serra la couverture sur ses épaules et ne protesta pas. Ils avaient été nombreux à l'inciter à rentrer se mettre au chaud, mais il n'avait pas voulu partir tant que d'autres restaient enfouis sous la neige. Tous avaient été retrouvés à présent, et il ne restait plus qu'à dégager les entrées de la mine. Il but une gorgée, puis leva un regard interrogateur vers le capitaine.

— Par plus corsé, vous voulez dire alcoolisé ?

— Oui, c'est l'ingrédient secret. C'est une boisson locale.

La consommation d'alcool en service n'était pas autorisée, et encore moins quand il n'était même pas midi, mais le breuvage avait un effet réconfortant et le réchauffait de l'intérieur, ce dont il avait bien besoin. Il n'avait pas dû rester enterré sous l'avalanche plus d'une dizaine de minutes, mais cela lui avait semblé une éternité. Une éternité d'impuissance, de solitude et de ténèbres. Quand le bruit des pelles s'était fait entendre, il aurait pu danser et hurler de joie, s'il n'avait pas été complètement bloqué sous la neige, face contre terre.

Il savait qu'il devait remercier Sardelle de lui avoir porté secours aussi rapidement, même s'il ne comprenait pas comment elle avait pu le retrouver – et retrouver tous les autres ensuite. Oh, il l'avait bien vue arpenter la coulée de neige, griffonner des équations sur un carnet et faire des mesures à partir d'endroits du rempart qui n'avaient pas été engloutis par la neige, mais il n'était pas bien sûr de croire à son jeu. Oh, peu importe. Pourquoi s'en plaindre si cela avait permis de les sauver, ses hommes et lui ?

Après que le dernier soldat avait été secouru, Ridge avait observé Sardelle s'écarter et aller s'adosser au mur du bâtiment le plus proche. Le regard tourné vers le nord, elle semblait absorbée dans ses pensées. C'était dans cette direction que le dirigeable avait disparu, non ? Étant enterré sous la neige à ce moment-là, il n'avait pas pu le voir s'enfuir. Quelqu'un l'avait félicité de l'avoir touché avec la seconde roquette. Mais l'avait-il vraiment touché ? Il avait estimé que l'appareil était largement hors de portée et il avait ouvert le feu dans l'espoir ténu qu'une explosion fasse paniquer le pilote et que celui-ci aille percuter la montagne.

— Capitaine, dans quel état était le dirigeable ? demanda Ridge.

— Son ballon a été percé par les éclats de la roquette. Il a battu en retraite en direction du nord et perdait de l'altitude.

— Vraiment ? Quelqu'un l'a vu s'écraser ?

Heriton secoua la tête.

— L'averse de neige était trop dense. Et puis, il se trouvait à haute altitude. S'il s'est écrasé, il a probablement parcouru plusieurs kilomètres avant de toucher le sol.

— Donc il pourrait être éparpillé sur le flanc d'une montagne à l'heure où nous parlons ?

— Vous souriez, colonel. Vous avez l'intention d'envoyer une patrouille à la recherche de rescapés ?

— Des rescapés ? J'imagine que ce serait intéressant de pouvoir les interroger, mais je pensais plutôt réparer leur vaisseau et me l'approprier.

— Dans quel but ?

— Récolter des renseignements pour commencer. Nous sommes à la merci de l'ennemi, à rester cloués au sol. Si nous avions un aéronef, nous pourrions au moins aller le défier sur son terrain. Pour l'heure, ils n'ont qu'à se contenter d'éviter d'approcher à portée des batteries de nos remparts.

Et cela permettrait à Ridge de reprendre les airs. Évidemment, un dirigeable était lourd et peu manœuvrable en comparaison de son Dragon, mais s'il pouvait s'échapper dans le ciel une fois de temps en temps, cela l'aiderait à supporter d'être coincé ici. Pour effectuer des missions de reconnaissance, rien d'aussi frivole qu'une petite balade dans les nuages, bien sûr.

— Si l'état-major avait la moindre suspicion de la présence d'appareils cofah dans le coin, il enverrait une escadrille pour défendre l'endroit, mais jusqu'à ce que l'on puisse l'en informer, s'emparer d'un dirigeable ennemi reste le mieux que l'on puisse faire.

— Et s'ils ne veulent pas nous le céder gentiment ?

— Nous verrons bien à ce moment-là. S'ils se sont écrasés, il est possible qu'ils soient dans un sale état. Et s'ils ne se sont pas écrasés, ou si leur appareil n'est que légèrement endommagé, nous pouvons nous attendre à ce qu'ils reviennent à la charge.

— C'est plus que probable.

Heriton tourna les yeux vers les cimes. Malgré les nuages qui s'accrochaient aux sommets, l'épaisse couche de neige qui couvrait déjà les hauteurs était clairement visible, encore alimentée par les flocons qui continuaient de tomber. Dès à présent, il y avait assez de neige pour pouvoir déclencher d'autres avalanches.

— J'imagine qu'il n'y a ici aucun aéro caché dans un hangar ?

Ridge aurait préféré chercher le dirigeable depuis les airs plutôt que de devoir y aller à pied, d'autant plus qu'ils ignoraient l'endroit exact d'une éventuelle chute – ni même, d'ailleurs, s'il s'était écrasé–, mais il savait déjà en posant la question que c'était hautement improbable.

— Non, mon colonel… Je crois me rappeler avoir entendu quelque chose à propos d'un aéro qui se serait crashé de l'autre côté du mont Galmok, il y a dix ans de ça. (Le capitaine fit un geste vague.) Ils n'avaient pas pu lui faire reprendre les airs; ils avaient juste récupéré son cristal et abandonné l'appareil.

Une option pas très encourageante.

— Je vais plutôt commencer par chercher ce dirigeable.

Ridge se détourna, d'ores et déjà en train de réfléchir à combien d'hommes il pourrait mobiliser pour l'accompagner dans une expédition.

— Vous, mon colonel ? demanda Heriton, interrompant le cours de ses pensées.

— Je ne fais rien de particulièrement utile ici. (Ridge leva son mug.) Je crois que le fort pourra très bien se débrouiller quelques heures sans un commandant qui sirote de l'alcool emmitouflé dans une couverture.

— Je ne trouve pas que ce soit une bonne idée, colonel. S'ils se sont écrasés et qu'ils ont survécu, ils ne vont pas se réjouir de leur situation, et on peut parier qu'ils sont armés. Pourquoi ne me laissez-vous pas plutôt demander au sergent Makt et à son escouade de s'en charger ?

— Il y a des pilotes parmi eux ?

Ridge savait que ce n'était pas le cas ; ici, tout le monde ou presque appartenait à l'infanterie. Il était logique qu'il prenne part à une expédition destinée à récupérer un dirigeable, si celui-ci était encore en état de voler.

Heriton fit la moue.

— Non, mon colonel, cependant…

Ridge leva une main.

— Je serai prudent, capitaine. Mais votre inquiétude pour moi est touchante.

— C'est que je n'ai aucune envie de me retrouver à devoir assurer le commandement du fort, grommela Heriton. Et puis ça va me détourner du rangement des archives.

Ridge sourit.

— Je prends bonne note de votre mécontentement. Je vais aller me changer et voir si je peux me dégotter une paire de raquettes. Et envoyez à mon bureau cette escouade dont vous me parliez dès que possible. J'aime autant pouvoir me planquer derrière de jeunes costauds si la situation tourne au vinaigre.

Heriton tourna le regard vers le mur d'enceinte couvert de neige, là où se trouvait le lance-roquettes.

— Permettez-moi d'en douter, colonel.

Ridge repoussa son commentaire d'un geste négligent, puis traversa la cour pour rejoindre son bureau. À présent qu'il avait pris sa décision, il souhaitait partir le plus tôt possible, dans l'espoir de pouvoir revenir avant la nuit. Son entraînement à la survie en montagne à Fort Brisklebell – Fort On-se-les-gèle, comme le surnommaient les hommes – remontait à plusieurs années.

La silhouette familière d'une femme aux longs cheveux noirs trottina pour le rejoindre et marcher à côté de lui.

— Vous allez effectuer une sortie pour retrouver le dirigeable ?

— Alors comme ça, on espionne les conversations des autres ? demanda Ridge.

Sardelle prit un instant pour réfléchir à sa réponse – elle faisait ça souvent –, puis dit :

— J'étais dans les parages quand vous avez évoqué votre projet. Vous étiez dans la cour et vous n'avez pas pris la peine de baisser la voix.

— La réponse est donc non ?

— Exact.

— Si nous avions baissé la voix, aurait-on pu considérer que vous avez espionné notre conversation ? demanda Ridge.

— C'est possible. (Sardelle tourna la tête vers lui. Ils étaient presque arrivés au bâtiment administratif.) Je souhaiterais vous accompagner.

Ridge s'immobilisa, la main sur la poignée de la porte d'entrée.

— Pourquoi ça ?

Il se serait plutôt attendu à ce qu'elle compte profiter de son absence pour fouiner partout, et peut-être étudier plus longuement le plan.

— Je crois que cela risque d'être encore plus dangereux que vous ne le pensez, répondit Sardelle.

— Vraiment ?

Ce qui rendait d'autant plus étrange son souhait de l'accompagner.

— Ce n'est qu'une intuition. (Elle haussa les épaules.) Un mauvais pressentiment, si vous voulez. Ça ne vous arrive jamais avant de monter dans votre appareil ?

— Si. Et il m'arrive aussi d'avoir des pressentiments quand je suis confronté à d'énigmatiques femmes aux yeux bleus indéchiffrables. (Ridge posa une main sur le bras de Sardelle avant qu'elle ne puisse ajouter quelque chose.) Restez ici, là où vous serez en sécurité – (il glissa un regard vers la montagne de neige accumulée dans la cour) – enfin, plus en sécurité.

Sardelle plissa les yeux de… détermination ? Il n'arrivait pas exactement à déchiffrer son expression, mais elle n'insista pas quand il la quitta pour aller s'équiper. Malgré ce que Heriton pouvait croire, Ridge décida qu'il laisserait effectivement ces solides soldats de l'infanterie ouvrir la marche. Il ne comprenait pas pourquoi Sardelle souhaitait l'accompagner, mais après l'avoir vue indiquer les endroits où creuser pour sauver tous les hommes pris par l'avalanche, il considérait que les pressentiments de cette femme méritaient d'être écoutés.

Chapitre 6

Rassembler du matériel n'était pas très compliqué – il suffirait à Sardelle de raconter à ceux qui lui posaient la question qu'elle agissait pour le compte de Zirkander – même si toutes les raquettes étaient conçues pour des hommes et trop grandes pour elle. Sortir du fort… voilà qui serait plus difficile. Il y avait plus de soldats occupés à dégager les entrées de la mine qu'à surveiller les remparts, mais il y avait encore des guetteurs dans les tours encadrant la porte principale, un large portail en fer dont les gonds émettaient un grincement semblable au cri d'un cochon qu'on égorge quand on l'ouvrait.

— *C'est sans doute intentionnel, pour donner l'alerte si jamais quelqu'un essaie de se faufiler dehors.*

— *Je suis sûre de pouvoir les réduire au silence. Et déverrouiller la porte. Mais la partie difficile, c'est de réussir à s'éloigner sous le nez des gardes sans se faire remarquer.*

— *Sans se faire remarquer et sans se faire prendre. Tu n'es pas la personne la plus agile avec des raquettes aux pieds.*

— *Merci, Jaxi.*

— *Tu te rappelles ce concours de sculpture de dragon de glace ? Quand tu as renversé la table, avec toutes les pièces en compétition ?*

— *Non.*

— *Vraiment ? Je peux te rafraîchir la mémoire si tu veux, et t'envoyer les détails de…*

— *Ce ne sera pas nécessaire.*

Sardelle se trouvait au coin du bâtiment administratif et observait Zirkander et son équipe qui quittaient le fort. Ils portaient des raquettes, des bâtons de randonnée et de lourds sacs à dos en plus de leurs fusils en bandoulière ; ils emportaient sans doute de quoi passer la nuit à l'extérieur, en cas de besoin.

Sardelle songea à essayer de se glisser à l'arrière de leur groupe, mais même avec l'averse de neige qui continuait, il était impossible que ces soldats vigilants ne la remarquent pas. Le portail se referma dans un claquement sourd. Elle comptait attendre dix minutes avant de les suivre, afin de leur laisser le temps de s'éloigner du fort et entrer dans la forêt. Et de laisser aux hommes de garde le temps de retourner à leur partie de cartes ou de dés.

— *Ils ne sont pas en train de jouer. Ils sont aux fenêtres et surveillent le paysage attentivement.*

— *Vraiment ?*

— *Oui. Ils sont désespérément rigoureux. Peut-être veulent-ils se faire bien voir du colonel.*

Sardelle fléchit les doigts à l'intérieur de ses moufles et laissa ses perceptions s'étendre jusqu'aux tours de guet. Il y avait un homme dans chacune des deux tours encadrant la porte. C'était d'eux qu'elle devait principalement se méfier. Elle pouvait créer une diversion, ou modifier leurs pensées afin qu'ils ne se rappellent pas l'avoir vue. Mais cela demanderait du doigté, et il était difficile d'influencer deux personnes à la fois, sans même parler du fait que sur le plan moral, ça restait douteux.

— *File-leur juste une crise d'urticaire.*

— *Ça m'a traversé l'esprit. Mais je préférerais quelque chose de moins douloureux cette fois.*

Les yeux fermés, Sardelle étudia l'intérieur des tours de guet. Un escalier en colimaçon montait jusqu'à un étage au plancher de bois, où était posté chaque soldat. Le niveau inférieur de la tour accueillait un poêle en fonte avec une réserve de bûches proprement rangée sous l'escalier. Un peu de fumée ferait l'affaire pour une tour, mais pour les deux ? La coïncidence serait trop grosse. Dans la tour de gauche, une trace de vie autre que le soldat poussa Sardelle à explorer le dessous du plancher. Une famille de rats s'était réfugiée là pour passer l'hiver au chaud. Peut-être les rongeurs aimeraient-ils faire un peu d'exercice?

— *Tu n'es pas une magicienne, tu es une farceuse.*

Sardelle ricana.

— *Tu dis ça comme si tu désapprouvais, mais je suis sûre que tu es en train de te faire griller des noisettes pour grignoter tout en profitant du spectacle.*

— *C'est possible.*

Sardelle commença par obstruer le tuyau du poêle. Elle attendit jusqu'à ce que le soldat de cette tour se mette à tousser, puis incita les rats à sortir du plancher dans la deuxième tour. Bientôt, six rats couraient entre les jambes du soldat qui poussa des jurons et essaya de les chasser à l'aide de son épée, avant de partir en quête d'un balai. Dans l'autre tour, le garde descendit l'escalier précipitamment pour aller voir d'où venait toute cette fumée.

— Il est temps d'y aller, murmura Sardelle en observant la cour pour s'assurer que personne ne regardait dans sa direction.

La neige, qui tombait plus abondamment que jamais, ne permettait pas d'en être certaine. Mais du moment qu'elle obscurcissait la vue des autres aussi…

Sardelle traversa rapidement la cour enneigée. D'un simple geste de la main, elle déverrouilla le portail et étouffa le grincement de ses gonds. Après l'avoir refermé derrière elle, elle se hâta sur la piste tracée par l'escouade de Zirkander, ses raquettes sous le bras. Même avec ces choses encombrantes attachées sous leurs bottes, les soldats s'étaient enfoncés de plusieurs centimètres dans la neige fraîche. Si d'après le calendrier nous étions en automne, une dizaine de centimètres de poudreuse s'entassait déjà au pied des remparts de la forteresse.

Une vérification rapide lui apprit que le soldat dans la tour enfumée avait trouvé que le problème venait du conduit du poêle. Son camarade chassait toujours les rats, mais ne tarderait plus à revenir à son poste. Même en suivant les traces, Sardelle peinait dans l'épaisse couche de neige pour atteindre les arbres avant que les guetteurs ne risquent de la voir. La forteresse occupait le seul espace plat au fond de la minuscule vallée, et elle se retrouvait déjà à grimper la pente d'un versant. Peut-être aurait-elle dû mettre ses raquettes dans la cour, mais cela aurait été difficile à expliquer si quelqu'un l'avait remarquée.

Pataugeant dans la neige à grandes enjambées, Sardelle rejoignit l'orée du bois et laissa encore plusieurs conifères vénérables derrière elle avant de s'arrêter, le temps de chausser ses raquettes. Elle réajusta le sac sur ses épaules et essuya la sueur sur son front.

— Je n'ai fait qu'une centaine de mètres, et j'aurais déjà envie de faire une pause.

— *Hum ? Désolée, je ne t'écoutais pas. Observer ton ami chasser les rats à coups de bala, c'est un spectacle à ne pas rater.*

— *Ta meilleure distraction de ces trois cents dernières années ?*

— *Malheureusement, oui. Le monde est atrocement ennuyeux quand tu n'es pas réveillée.*

— *Je prends ça pour un compliment.*

Un vent froid balaya le versant, glaçant la peau moite de Sardelle. Elle enfonça sa casquette sur son front et remonta son écharpe sur son nez, puis s'arracha à l'arbre auquel elle s'était adossée et reprit sa progression. Les soldats marcheraient sûrement plus vite qu'elle, même en ayant à ouvrir la piste, mais de toute façon elle ne comptait pas essayer de les rattraper ; expliquer sa présence et pourquoi elle avait désobéi à Zirkander ne serait pas une partie de plaisir. Elle voulait seulement être assez près d'eux pour pouvoir intervenir si le mage dont elle avait senti l'aura s'attaquait à la patrouille.

— *Tu es bien certaine de vouloir t'opposer à quelqu'un qui pourrait être un lointain parent ?*

— *Si c'est un Cofah, nous n'avons aucun lien.*

— *C'est fondamentalement inexact. Vous partagez les mêmes ancêtres, si l'on remonte à l'époque où les mages chevauchaient les dragons à travers le monde et le colonisaient aussi facilement que... eh bien, aussi facilement qu'ils peuvent le faire aujourd'hui avec leurs dirigeables, j'imagine.*

— *Je sais bien, Jaxi, mais il y a trois cents ans, les Cofah voulaient déjà conquérir notre terre natale, et apparemment ça n'a pas changé. Je n'ai rien en commun avec celui dont j'ai senti la présence, peu importe de qui il s'agit.*

Rien en commun, hormis la magie. Il viendrait peut-être un temps où elle se sentirait si privée de contact avec des gens de son espèce, de ceux avec qui parler ouvertement des arts psychiques, qu'elle partirait en quête de mages sur d'autres continents, des continents qui n'auraient jamais subi de purge ou qui compteraient plus de rescapés de cette période ancienne. Mais ce jour n'était pas encore venu. Elle n'avait pas l'intention de rester les bras croisés et laisser Zirkander seul avec ses ennuis. Il était… Elle ignorait ce qu'il représentait pour elle exactement, mais elle savait en tout cas qu'elle ne voulait pas qu'il se fasse blesser, ou même tuer.

Sardelle attendit un commentaire narquois de Jaxi, mais celle-ci devait être distraite. Peut-être se concentrait-elle sur la montagne pour voir si le dirigeable s'y était effectivement écrasé – avec un mage à son bord – ou s'il s'était échappé dans les cieux. Sardelle observa plus attentivement la forêt autour d'elle, les sapins immenses dressés vers le ciel, leurs branches ployant sous la neige fraîche. Parfois, un paquet de neige tombait d'une branche surchargée avec un bruit sourd qui la faisait sursauter. En dehors de cela, le silence régnait. Les animaux qui vivaient sur ces versants s'étaient probablement terrés quand l'avalanche avait grondé dans les montagnes.

La piste s'aplanit, offrant un peu de répit à ses jambes – rester debout en longeant une pente toujours plus raide n'était pas de tout repos –, puis elle tourna pour s'enfoncer dans une gorge étroite. Sardelle scruta les parois grises, escarpées, et les hautes corniches au-dessus, en se demandant s'il y avait des lions des montagnes dans le coin. Les yeux levés vers les hauteurs, elle manqua de remarquer un mouvement derrière un arbre, à gauche de l'entrée de la gorge.

Une silhouette sombre bondit sur elle et la saisit avant même qu'elle ne puisse songer à se défendre. Un bras lui entoura la taille et la tira ; déséquilibrée, elle tomba à la renverse avec le…

— Colonel Zirkander, hoqueta-t-elle, heureuse de l'avoir reconnu avant de lancer contre lui une attaque psychique qu'elle aurait eu bien du mal à expliquer ensuite.

Il desserra sa prise, mais ne la lâcha pas pour autant.

— C'est bien vous. Je me disais que ce n'était pas possible… Comment êtes-vous sortie ?

— J'ai seulement attendu le bon moment, quand personne ne regardait.

— À mon retour, j'aurai une petite conversation avec les gardes de la porte. (Zirkander la lâcha et l'aida à se relever ; les raquettes compliquaient la manœuvre. Il tâta son sac à dos.) Je vois que vous vous êtes équipée.

Sardelle décida de ne pas lui rappeler qu'elle avait grandi dans ces montagnes, pas après avoir mentionné devant lui le nom d'un village qui n'existait plus.

— Allez-vous me renvoyer au fort ?

Zirkander regarda la piste dans la neige. S'il l'obligeait à faire demi-tour et la poussait dans le dos pour qu'elle avance, quel choix aurait-elle à part celui d'obéir ?

— Non. Nous avons déjà trouvé des traces.

— Des traces d'hommes ?

Il hocha la tête.

— Deux hommes se sont approchés du fort, sans doute pour vérifier si l'avalanche nous avait tous engloutis ou pas.

— Ce qui signifie donc que le vaisseau s'est posé dans les alentours.

— Ou s'est écrasé. Venez. Nous allons le découvrir.

Il s'engagea dans l'étroite gorge.

— Merci.

— Et pendant que nous marchons, vous pourrez me dire pourquoi vous tenez tant à nous accompagner. (Zirkander lui adressa un long regard par-dessus son épaule.) Je doute qu'il y ait des sites de fouilles archéologiques dans le coin.

Sardelle trébucha. Elle faillit lui demander ce qui lui faisait croire qu'elle était archéologue, mais elle se reprit juste à temps. S'il pensait qu'elle était une sorte de savante intéressée par de vieux vestiges, autant ne pas le démentir. C'était bien mieux que d'être une criminelle. Bien sûr, elle avait déjà mis en place son faux dossier. Ce n'était qu'une question de temps avant que le capitaine ne tombe dessus.

— *Inquiète-toi plutôt du présent,* lui suggéra Jaxi. *Pour autant qu'on sache, ce mage pourrait être un des hommes à avoir laissé ces traces.*

— *Tu as raison.*

Ils franchirent la gorge sans qu'aucun lion ne se jette sur eux et, arrivés de l'autre côté, un jeune soldat athlétique sortit de derrière les arbres pour les rejoindre. Le badge sur sa parka portait le nom de « Oster ».

— Colonel ? s'étonna-t-il en voyant Sardelle.

— C'est elle qui nous suivait, répondit Zirkander.

— Elle vient avec nous ?

— Elle semble de cet avis.

Oster fixa le colonel d'un air perplexe, mais se garda de tout commentaire. Sardelle se demanda si à cause d'elle les soldats allaient commencer à remettre son jugement en question, sans oser encore le faire ouvertement. Elle portait toujours sa tenue de prisonnière, même si pour l'heure elle disparaissait sous plusieurs couches supplémentaires de vêtements. Oui, elle avait aidé à retrouver leurs camarades pris dans l'avalanche, mais il n'était pas dit pour autant que les soldats verraient sa présence d'un bon œil. Elle espéra qu'en lui accordant sa confiance, Zirkander n'allait pas s'attirer des problèmes.

— Vous avez trouvé d'autres traces, caporal ? demanda Zirkander.

— Non, colonel. Les traces de pas que l'on a repérées indiquent que deux hommes sont descendus vers le fort, avant de faire demi-tour. Ils n'avaient pas de raquettes aux pieds, donc il est possible qu'on arrive à les rattraper si on force l'allure.

— Dans ce cas, dites au sergent d'accélérer le rythme. Je vous rattraperai. De toute manière, les jeunes soldats que vous êtes préfèrent sûrement ne pas m'avoir dans les pattes si un combat vient à éclater.

Le caporal hésita.

— On ne voudrait pas que vous soyez la cible d'un tireur embusqué, ou – (il glissa un regard vers Sardelle) – de quoi que ce soit d'autre, mon colonel.

— Je devrais m'en sortir. (Zirkander récupéra le fusil sanglé à son sac et le tint devant lui.) Je suis un bon tireur, à ce qu'on dit.

— À vos ordres, mon colonel.

Oster salua, puis remonta en trottinant la piste ouverte par le groupe de soldats.

— J'ignorais qu'il était possible de courir avec des raquettes, remarqua Sardelle.

— Ça l'est, mais ça demande de la pratique.

Elle aurait parié que Zirkander était capable de suivre le rythme des jeunes soldats et qu'il restait en arrière à cause d'elle. Elle ne savait trop ce qu'elle devait en conclure.

— *Que tu es un fardeau ?*

— *Je n'y avais pas pensé jusque-là. Merci, Jaxi.*

Tout en marchant, Sardelle étendit ses perceptions alentour ; elle n'avait pas été très vigilante avant cela et Zirkander l'avait surprise avec une facilité embarrassante. Il ne fallait pas qu'elle laisse quelqu'un d'autre s'approcher. Ils descendaient une pente en direction d'une nouvelle gorge, plus large que la précédente, assez grande pour contenir l'épave d'un dirigeable. Elle sentit quelque chose en périphérie de ses perceptions. Plusieurs personnes, et une présence particulière… Le mage ? Était-il en train d'accomplir quelque rituel magique ? Il – ou elle – ne semblait pas conscient que Sardelle approchait, mais elle fit tout de même refluer ses perceptions. Ce magicien avait l'air occupé, mais puisqu'elle l'avait senti explorer la forteresse, il était possible qu'il la sente à son tour.

Elle voulait avertir Zirkander non seulement que le vaisseau et plusieurs personnes se trouvaient à l'autre bout du canyon, mais aussi qu'il y avait un mage parmi eux. Comment faire ? Les yeux rivés sur sa nuque, elle aurait aimé pouvoir chasser chez lui les préjugés qu'il nourrissait à l'égard des magiciens. Mais c'était hélas impossible. Elle secoua la tête. Elle devrait se contenter d'aider les soldats quand ils tomberaient sur l'équipage du dirigeable.

Zirkander leva une main.

— Attendez ici, je vous prie.

Il enleva ses raquettes, posa son fusil contre la paroi et se mit à escalader, malgré les prises couvertes de glace et de neige. Ébahie, elle le regarda monter sur une dizaine de mètres aussi facilement que s'il avait grimpé à une corde. Oui, il n'aurait eu décidément aucun mal à tenir le rythme des jeunes soldats de son escouade.

Arrivé au sommet, il s'accroupit dos à un rocher et observa la vallée. L'averse de neige avait diminué, se limitant désormais à quelques bourrasques intermittentes.

— Oui, j'avais bien cru sentir la fumée. Ils sont là. (Il serra le poing.) Apparemment, ils ne se sont pas écrasés dans les arbres, mais l'atterrissage ne s'est pas fait en douceur non plus.

— On dirait que vous le voulez vraiment, ce dirigeable.

— Oh, que oui ! (Zirkander redescendit, pas aussi rapidement qu'il était monté, mais il atterrit dans la neige à côté d'elle sans tomber, et sans avoir donné une seule fois l'impression qu'il risquait de chuter.) Un barman perspicace ferait sans doute remonter ce désir à mon enfance, quand mon père avait refusé de m'acheter cette maquette de dirigeable.

Un barman perspicace ? C'était ce qui passait pour un thérapeute au sein de l'armée ?

— Et pourquoi avait-il refusé de vous l'acheter ?

Zirkander répondit en sanglant les raquettes à ses pieds.

— Il prétendait qu'il ne voulait pas m'encourager – je rêvais déjà de voler à l'âge de cinq ou six ans –, mais ma mère m'a expliqué que nous n'avions pas assez d'argent pour acheter ce genre de jouets. J'ai donc décidé de m'en fabriquer un, avec des bouts de bois. Qui n'avait de dirigeable que le nom.

Il indiqua d'un signe de tête qu'il était prêt, et repartit sur la piste.

— Je suis sûre qu'il était très chouette, dit Sardelle.

Un coup de feu claqua au loin. Zirkander poussa un juron et se mit à courir. Sardelle fit de son mieux pour suivre le rythme. D'autres tirs se firent entendre, en provenance du canyon, et elle se dit qu'il allait foncer sans se soucier d'elle. Mais il jeta un regard en arrière, constata qu'il était en train de la distancer et s'arrêta pour l'attendre, les mains crispées sur son fusil. Il lui fit penser à un chien de traîneau tirant sur son harnais, impatient de repartir.

— Inutile de m'attendre, dit Sardelle. Je vous rattraperai. À moins que je ne traîne un peu en arrière, pour éviter les ennuis.

— Curieusement, je n'en crois pas un mot.

Tant mieux. De toute façon, elle préférait qu'il reste là où elle pourrait avoir un œil sur lui. Elle s'efforcerait de veiller sur les autres soldats aussi, mais Zirkander était… son meilleur espoir de retrouver Jaxi.

— *Mais bien sûr. C'est pour moi que tu le suis dans cette montagne, à travers le blizzard.*

Sardelle montra de la main les flocons qui tombaient.

— *Ça n'a rien d'un blizzard.*

— *Attends encore un peu. Si tu voyais les nuages qui arrivent dans ta direction.*

Sardelle grimaça. Voilà de nouveau une information qu'il aurait été utile de pouvoir partager avec les autres, ce qu'elle ne pouvait malheureusement pas se permettre.

Elle étendit de nouveau ses perceptions pour essayer d'avoir une idée de la situation au-devant et d'aider les soldats si elle le pouvait. Il y avait des gens de l'autre côté du canyon, et certains s'étaient dispersés. À cette distance, il lui était impossible de dire s'il s'agissait des hommes de Zirkander ou de l'équipage du dirigeable. Oster était le seul qu'elle reconnaissait, et il se trouvait en arrière, plus près de Zirkander et d'elle.

La piste des soldats sinuait entre les arbres et les accidents du terrain avant de rejoindre l'entrée du canyon, mais ils finirent par l'atteindre. Une minute ou deux avaient passé depuis le dernier tir. Elle sentit…

— Ils sont en train de partir.

Sardelle posa la main sur sa bouche, inquiète d'avoir donné une information qu'elle ne pouvait pas connaître, mais Zirkander hocha simplement la tête.

— Je le vois.

Il était difficile de distinguer quoi que ce soit avec tous ces arbres, mais Sardelle n'eut qu'à lever les yeux au lieu de regarder droit devant elle. L'énorme ballon était en train de s'élever au-dessus de la cime des arbres. Elle avait réussi à l'endommager une fois ; elle pouvait sans doute le refaire, mais elle percevait un nombre important de personnes à bord. Une vingtaine, peut-être davantage.

— Il n'est pas aussi abîmé que je l'espérais, constata Zirkander.

Disons plutôt qu'un mage avait été capable d'effectuer des réparations en un temps record.

Quelques personnes se déplaçaient sur le pont du vaisseau, sous l'ombre du ballon. De là où Sardelle se trouvait, elle ne voyait que ceux qui se tenaient près du bastingage, mais elle plissa les yeux dans l'espoir d'apercevoir le mage, car elle voulait savoir à qui elle avait affaire. Elle remarqua un homme équipé d'une longue-vue, à côté d'un autre armé d'un fusil, qui regardait dans leur direction.

— Attention ! chuchota-t-elle en se reculant derrière un arbre – ou du moins, en essayant. Elle s'emmêla les pieds dans ses raquettes trop grandes et tomba au milieu de la piste, complètement à découvert pour ceux du dirigeable.

Un coup de feu retentit, elle leva le bras, déployant une barrière invisible devant elle. Un cliquetis résonna – un bruit de rechargement – et un deuxième tir se fit entendre à la suite du premier. Sardelle comprit avec un temps de retard que c'était Zirkander qui tirait, et non ceux du dirigeable. D'ailleurs, un homme avait déjà disparu hors de vue, et le deuxième tomba en arrière en se tenant la poitrine.

Zirkander se pencha vers Sardelle, qui supprima son bouclier magique avant qu'il ne s'y cogne. Il la prit dans ses bras et la porta derrière deux épais sapins, où il la remit sur ses pieds.

— Merci, dit-elle. J'ai oublié que j'avais ces fichues raquettes.

— Oui, elles sont encombrantes, c'est rien de le dire.

Il se tenait près d'elle dans une attitude protectrice, un bras toujours passé dans son dos, mais il gardait les yeux levés vers le ciel. Porté par les courants aériens, le dirigeable avait déjà dérivé hors de vue.

— Je suis désolée que vous n'ayez pu mettre la main dessus, dit-elle.

Mais tout n'était pas perdu. Et si elle déchirait à nouveau le ballon ? Évidemment, il n'y avait aucune roquette pour dissimuler son sabotage, mais avec les arbres qui leur bouchaient la vue, qui pourrait dire ce qu'il s'était passé exactement ?

Elle ferma les yeux, visualisa le ballon et tenta de le percer comme la dernière fois. Elle échoua et en sentit aussitôt la raison : il y avait autour du ballon un film protecteur, guère différent du bouclier qu'elle avait créé un instant auparavant. Le mage. Il savait qu'elle était là, et il ne se laisserait pas surprendre une deuxième fois.

Un cri, perçant et lugubre, retentit dans les profondeurs du défilé. Sardelle déglutit nerveusement.

— C'était un félin ?

De son temps, il y avait des lions des montagnes et des loups dans les Lames de Glace, mais ce cri-là était différent. Il avait quelque chose de… surnaturel.

— Ça ressemble presque à un faucon, dit Zirkander. Un faucon au cri vraiment puissant, et plus glaçant qu'un hurlement de fantôme. Allons retrouver les autres, et rentrons au fort. Nous n'avons plus rien à faire ici.

Le cri strident recommença, plus proche cette fois. Il se réverbéra sur les parois du canyon et s'attarda dans la brise pendant une éternité. Quelque chose dans ce hurlement donnait envie à Sardelle de filer dans la direction opposée et de laisser ces soldats retrouver tout seuls leur chemin jusqu'au fort. Mais Zirkander ne semblait pas intimidé, et elle le suivit.

Elle étendit ses perceptions sur la vallée dans l'espoir de trouver la créature et de l'identifier. Et, si possible, de parvenir à éviter de la croiser. Elle sentit les hommes. Ils s'étaient déployés dans le but de s'approcher discrètement du dirigeable tandis que son équipage terminait les réparations. Ils se repliaient à présent pour se regrouper, mais deux d'entre eux paraissaient avoir perdu leur chemin au milieu des arbres et de la neige, à moins qu'ils ne cherchent intentionnellement l'origine de ces hurlements. Sardelle tressaillit. Elle n'aurait jamais osé faire ça.

Curieusement, elle ne parvint pas à repérer la chose, même avec ses perceptions magiques. Le cri strident retentit une nouvelle fois, ce qui signifiait que le félin ou le faucon n'avait pas quitté le canyon, mais elle ne sentit rien dans la direction d'où provenait le cri. Plutôt, d'où il semblait provenir ; la façon qu'il avait de se réverbérer sur les parois empêchait de déterminer clairement son origine.

Deux coups de feu claquèrent.

— Est-ce qu'ils tirent sur un animal ? s'interrogea Zirkander, qui ne paraissait pas essoufflé malgré leur allure.

Sardelle était trop occupée à haleter pour répondre.

— À moins que le dirigeable n'ait laissé du monde au sol, ajouta Zirkander.

— Je ne pense pas. (Sardelle ne percevait personne dans le canyon en dehors de l'escouade du colonel.) Il semblait y avoir beaucoup de monde à bord, ajouta-t-elle quand il tourna un regard interrogateur vers elle.

Moins les deux hommes qu'il avait abattus. L'équipage devait enrager. Elle espérait que le dirigeable n'allait pas faire demi-tour pour attaquer le fort en représailles. Il était parti dans la direction opposée, mais cela ne voulait rien dire.

— Colonel Zirkander ? appela une voix sur leur gauche.

Des rochers et la paroi abrupte du canyon apparaissaient au-delà des arbres couverts de neige, mais Sardelle ne vit personne.

— J'arrive, répondit Zirkander en quittant la trace. Ils doivent penser que nous sommes seuls s'ils tirent, ajouta-t-il plus doucement. Mais dans ce cas, sur quoi sont-ils en train de tirer ?

Le cri retentit de nouveau, comme en réponse à sa question. Il semblait provenir du ciel plutôt que du fond du défilé, ou peut-être d'une falaise en surplomb. Sardelle essaya une nouvelle fois de trouver sa source, mais la seule présence qu'elle percevait était celle des soldats, et de quelques rongeurs, pour la plupart terrés sous la neige. Elle compta quatre soldats. Ils étaient cinq, non ?

— Combien d'hommes avez-vous ici ? demanda Sardelle.

— Cinq.

Oh, oh. Soit l'un d'eux s'était séparé du groupe, soit…

Les parkas de deux hommes apparurent entre les troncs des arbres. Sans le contraste avec le sol blanc, Sardelle ne les aurait jamais repérés. La lumière commençait à baisser, et l'averse de neige se renforçait.

Un des soldats leva la main d'un geste solennel à leur approche.

— C'est Nakkithor, colonel.

— Que s'est-il passé, sergent ? demanda Zirkander.

— On ne sait pas trop.

— On n'a rien vu, ajouta le second soldat. Nak était derrière nous à, quoi, une dizaine de mètres. Enfin, c'était ce que je croyais. Puis nous l'avons entendu crier. Nous avons fait demi-tour au pas de course et...

Sardelle essaya de voir devant Zirkander sans quitter la piste qu'il ouvrait dans la neige. Les congères accumulées contre les troncs de part et d'autre montaient au-dessus de sa taille. Il lui fallut un moment pour repérer l'homme dont ils parlaient. Il gisait sur le sol au milieu d'une petite trouée entre les arbres, son corps à moitié dissimulé par les branches entremêlées d'un roncier. Des taches écarlates parsemaient la neige. Il n'était pas utile de s'approcher davantage pour comprendre qu'il était mort.

— Je jurerais avoir aperçu quelque chose, une ombre qui s'éloignait en courant, ou en volant, dit le sergent. (Sardelle plissa les yeux pour discerner dans la pénombre les noms sur leurs parkas. Makt.) Je ne sais pas ce que c'était, mais c'était gros et ça se déplaçait rapidement. J'ai tiré deux fois, avant de me dire que ça pouvait être vous.

— Je n'ai pas avancé aussi vite que ça, dit Zirkander en s'arrêtant à côté du corps. Ce n'était pas moi.

— Je crois que je l'ai touché, mais il n'a pas poussé un cri, et il a disparu entre les arbres.

— Rav et Oster sont allés jeter un coup d'œil, dit l'autre soldat, nommé Eringroad. Voir s'ils pouvaient trouver des traces ou la preuve qu'on l'a blessé. Comme vous pouvez le constater, il n'y a rien ici à part nos traces de raquettes.

— Et vous êtes bien sûrs que ce sont toutes les nôtres ? demanda Zirkander. Les Cofah pourraient très bien avoir des raquettes, eux aussi.

— À peu près sûrs, colonel. Nous avons vu l'appareil décoller et avons fouillé les lieux alentour. Ils ne semblent pas avoir laissé du monde au sol.

Tandis qu'ils discutaient, Sardelle prit son courage à deux mains et s'avança jusqu'au cadavre. Elle ne parvenait pas à croire qu'elle avait échoué à repérer une créature assez grosse pour tuer un homme, et pour le tuer aussi rapidement. Le soldat avait le visage labouré par des griffes ou – elle repensa au faucon dont Zirkander avait parlé – par des serres. Ses yeux avaient été arrachés si brutalement que la matière grise s'apercevait au fond des orbites. Le devant de sa parka était en lambeaux, révélant son corps éventré dont les entrailles s'étaient répandues sur la neige.

Sardelle prit une grande inspiration, heureuse que l'air soit si frais et si froid. En tant que guérisseuse, elle avait déjà eu à affronter la mort et toutes sortes de blessures, mais c'était là un spectacle particulièrement atroce. Si elle était arrivée plus tôt, peut-être aurait-elle pu le sauver, mais rien n'était moins sûr. Avec des plaies aussi importantes, il était certainement mort sur le coup.

— On dirait que l'attaque est venue des airs, dit Zirkander.

Il n'était pas insensible au sort du malheureux soldat, sentit Sardelle, mais il parlait d'un ton calme et détaché. Il essayait d'analyser froidement la situation, de ne pas laisser ses émotions prendre le dessus.

— C'est aussi ce que j'ai pensé, mon colonel, acquiesça Makt. Mais je n'en étais pas certain. Je ne voulais pas avoir l'air bête. Je sais qu'il y a dans ces montagnes des aigles et d'autres grands rapaces, mais impossible qu'un aigle puisse faire ça, non ? Et même si c'était le cas, pour quelle raison ?

— Oui, pourquoi ?

Zirkander se tourna vers Sardelle. Pensait-il qu'elle avait la réponse à cette question ? Il ne croyait tout de même pas qu'elle y était pour quelque chose ? Peut-être avait-il compris que ses capacités ne se limitaient pas à des connaissances académiques, ou trouvait-il louche qu'elle ait décidé de suivre le groupe?

— Tout va bien ? demanda-t-il avec un regard entendu vers le corps.

Oh. De l'attention, pas de la suspicion. Pas encore.

Elle le regarda en évitant de baisser les yeux sur le cadavre. Elle en avait assez vu.

— Je vais…

Bien ? Cela semblait ridicule de dire cela avec le corps déchiqueté d'un soldat à ses pieds. Elle se contenta de finir sa réponse en hochant la tête.

Un crissement de neige annonça le retour des deux autres hommes, fusils à la main. Ils secouèrent la tête avant d'arriver jusqu'au colonel.

— Nous n'avons rien trouvé.

— Même pas une touffe de poils. (Oster glissa un regard à Makt.) Ou de plumes.

— Mais il commence à faire sombre. (Le premier homme leva les yeux vers le ciel gris métallique au-dessus des sapins. D'épais flocons continuaient à tomber paisiblement, sans se soucier de la mort qui avait frappé dans la clairière.) S'il y a bien des gouttes de sang, elles sont difficiles à repérer.

— On fait demi-tour, mon colonel ? demanda Oster. Des nuages encore plus lourds arrivent par ici, et le vent souffle fort là-haut. Le dirigeable va devoir lutter pour filer vers le nord.

Zirkander avait les yeux rivés sur le cadavre au sol, un poing pressé contre la bouche.

— Oui, nous n'avons plus rien à faire par ici.

À part résoudre un mystère. Sardelle ne comprenait pas qu'une créature puisse échapper à ses perceptions. Une créature mortellement dangereuse. Était-ce le mage du dirigeable qui avait fait en sorte de masquer la présence de cette chose ?

— Fabriquons un travois pour le ramener, dit Zirkander. Je refuse de laisser son corps ici, à la merci des animaux.

— Entendu, colonel, dit Oster. Rav, tu as une hache ? On va couper ces jeunes arbres et…

Un hurlement strident déchira l'air.

Cette fois, il était proche et provenait d'au-dessus d'eux. Sardelle fouilla les nuages des yeux, les poings serrés, prête à lancer une attaque. Même dans la clairière où ils se tenaient, les arbres les encerclaient et seule une petite portion du ciel sombre était visible.

— À couvert ! ordonna Zirkander.

Groupés par deux, les soldats plongèrent derrière les arbres et mirent un genou à terre, leurs fusils pointés vers le ciel. Zirkander prit d'abord la direction d'un arbre, mais voyant que Sardelle n'avait pas bougé, il revint la chercher. Alors qu'il la tirait par le bras, elle aperçut d'immenses ailes déployées en altitude, une forme noire qui semblait davantage faite d'ombre que de matière, se détachant sur le fond gris des nuages et de la neige.

— Là ! s'écria-t-elle au moment même où deux fusils ouvraient le feu.

Zirkander l'entraîna vers les arbres.

— Restez là, lui ordonna-t-il, alors qu'il s'écartait de deux pas et pointait son fusil vers le ciel.

L'oiseau – non, la créature était trop grande pour être un oiseau – avait glissé hors de vue presque à la seconde où ils l'avaient repéré, mais il revint au-dessus d'eux, encore plus haut dans le ciel. Malgré la mauvaise visibilité, Sardelle aurait cru que les tirs feraient mouche, mais la créature ne tressaillit à aucun moment et continua son vol comme si de rien n'était. Elle grimpa de plus en plus haut, pour se préparer à piquer.

Sardelle ne parvenait toujours pas à la percevoir par ses sens magiques, ce qui la troublait, mais pas au point de l'empêcher de préparer son attaque. Les fusils aboyaient autour d'elle. Le gigantesque volatile replia ses ailes pour fondre du haut du ciel tel un balbuzard plongeant dans un lac pour saisir un poisson, sauf que sa cible était Zirkander. Sardelle puisa dans la force du vent de la tempête en approche, la canalisa et la lança sur la créature qui fondait sur eux. L'impact la projeta de côté contre un grand pin.

Sardelle souffla de soulagement. Incapable de percevoir la créature, elle avait craint de ne pouvoir l'affecter, comme s'il s'agissait d'une sorte d'illusion. Le grand oiseau – son plumage ressemblait plutôt à celui d'un hibou rayé que d'un faucon, mais il était presque aussi grand qu'un homme – se rétablit avant de heurter le sol, rouvrit ses ailes qui battirent furieusement et le firent remonter dans le ciel nocturne.

Durant tout ce temps, les soldats avaient continué à tirer, leurs chargeurs vides et brûlants sautant de leurs fusils pour s'enfoncer dans la neige en y creusant un trou. La créature s'éleva pour un nouveau piqué, sans chercher à fuir les tirs.

— Qui l'a touché ? cria un soldat. Une balle l'a envoyé valser ; où est-ce que tu avais visé ?

— On l'a tous touché, répondit un autre. Les balles ricochent sur lui. J'ai vu la mienne le frapper et rebondir comme sur du métal.

— Pourtant, il en a bien pris une ; il a été déséquilibré. Le tir a dû toucher un point faible. Il faudrait qu'on vise tous là.

— Ce n'était pas un tir, imbécile. C'était le vent.

— *Ce qui n'est pas faux.*

— *Jaxi ! Quelle est cette chose ? Le familier d'un mage ? Enfin, le familier surpuissant d'un mage ?*

— *Je crois que tu es face au compagnon animal d'un shaman dakrovien.*

— *Quoi, des jungles de l'hémisphère sud ? Mais c'est à des milliers de kilomètres des Cofah.*

Jaxi haussa mentalement les épaules.

— *Peut-être sont-ils allés recruter là-bas?*

— Colonel ! Attention ! Il attaque encore !

— Je le vois.

Zirkander se releva et courut jusqu'aux arbres derrière lesquels Sardelle s'abritait.

Il plongea à couvert et mit la main dans sa sacoche à munitions pour recharger son fusil.

Il n'y avait plus dans la petite clairière que le cadavre du soldat, mais cela n'empêcha pas le hibou géant d'attaquer de nouveau. Même si Sardelle savait qu'elle risquait de griller sa couverture en utilisant la magie, elle projeta une nouvelle rafale contre la créature. Les balles ne la blessaient pas ; il fallait bien que quelqu'un se charge de la repousser.

Cette fois, l'oiseau sentit arriver son attaque et l'esquiva. Le coup de vent lui agita à peine les plumes. Il piqua vers le sol puis, à moins d'un mètre du sol, redressa son plongeon au dernier moment en un virage impossible pour filer à l'horizontale, parallèle au sol, droit sur les arbres derrière lesquels deux soldats se cachaient.

— Attention ! cria quelqu'un.

De nouveaux tirs éclatèrent, même si les soldats avaient compris à présent qu'ils ne pouvaient pas le blesser. Zirkander dégaina une dague d'un pied de long et se rua sur la créature. Les soldats bondirent de côté, évitant l'attaque du hibou juste à temps, mais uniquement parce que les sapins massifs l'avaient gêné. L'un des hommes fit le tour d'un arbre et frappa de la crosse de son fusil l'aile du hibou alors que celui-ci se posait, serres grandes ouvertes pour ne pas s'enfoncer dans la neige. L'attaque du soldat n'eut aucun effet. La bête lui asséna un grand coup d'aile et le soldat, balayé par l'impact, vola à trois mètres en arrière.

Zirkander arriva derrière le hibou, suffisamment vite pour le surprendre, malgré ses raquettes. Il sauta sur son dos et tenta de plonger sa longue dague dans son cou. La pointe de la lame rebondit aussi bien que les balles des fusils. Le hibou tourna la tête à cent quatre-vingts degrés. Soudain, il regardait Zirkander face à face, ce qui devait être pour le moins impressionnant, mais ce dernier frappa sans un instant d'hésitation, visant cette fois l'un des gros yeux jaunes de l'oiseau.

Sardelle avait la main levée et réfléchissait à tenter une attaque alors que Zirkander était agrippé au dos du hibou, mais elle n'en fit rien dans l'espoir qu'il ait vu juste, et que les yeux de la bête représentaient un point faible.

La lame de la dague commença à pénétrer. Ou du moins Sardelle en eut l'impression ; c'était difficile à dire. Le hibou secoua vigoureusement la tête. Zirkander ne lâcha pas son arme. Il essaya de l'enfoncer davantage, avant de finir par être projeté en arrière et de retomber lourdement sur le dos. Le hibou sautilla vers lui en se dressant de toute son impossible taille, les ailes déployées.

Sardelle tenta de trouver son cœur, de le serrer d'une étreinte psychique pour arrêter ses battements, mais une fois encore ses perceptions échouèrent à sentir la présence de l'oiseau. Un soldat se précipita, une hache à la main, comme si un outil de fer avait une chance de réussir là où des balles de fusil restaient sans effet. Le hibou l'ignora pour s'attaquer à Zirkander en fondant sur lui, le bec en avant.

Sardelle poussa un juron, sachant qu'elle réagissait trop tard ; elle brisa une lourde branche au-dessus du hibou pour la faire tomber sur sa tête. Zirkander avait déjà roulé sur lui-même et sauté sur ses pieds ; il n'était pas hors de combat, contrairement à l'impression qu'elle avait eue.

La branche s'écrasa au sol dans une grande éclaboussure de neige, surprenant Zirkander autant que la créature. Il réagit néanmoins le premier et lança sa dague. La lame frappa l'œil du hibou, mais son attaque l'avait laissé exposé une seconde de trop. Une serre cingla l'air à la vitesse de l'éclair et déchira sa parka. Il sauta en arrière, mais du sang gicla sur la neige autour de lui.

Sardelle grogna, prête à abattre un arbre entier sur la bête, et tant pis pour la discrétion, mais le hibou agita la tête en tous sens avec un cri déchirant. La dague était plantée dans son œil. Sardelle crut un instant que Zirkander lui avait délivré un coup fatal, ou au moins qu'il l'avait gravement blessé, mais le hibou arracha la dague d'un coup de serre, et l'arme tomba pointe en avant dans la neige. Puis il bondit dans les airs en repoussant de ses serres le soldat à la hache et s'envola à grands coups d'ailes pour disparaître de nouveau.

— Colonel, Rav, ça va ?

Makt surgit des arbres de l'autre côté de la clairière et s'approcha au pas de course.

— Juste une égratignure, dit Zirkander.

Bien sûr, une égratignure, avec tout ce sang sur la neige. Sardelle fit mine de le rejoindre, mais le hibou lança un nouveau cri. Il n'en avait pas terminé avec eux et s'élevait en cercles dans le ciel, en préparation d'une prochaine attaque.

— Fichons le camp d'ici, dit Zirkander en montrant la paroi rocheuse du canyon. Est-ce qu'il y a des grottes ou des fissures dans cette falaise ?

— Aucune idée, colonel.

— Alors, allez voir. Nous n'avons rien à gagner à affronter cette chose.

Et tout à perdre.

— À vos ordres, mon colonel.

— Elle plonge de nouveau ! annonça un des hommes.

— On bouge, on bouge ! ordonna Zirkander en faisant signe aux soldats de partir en avant tandis qu'il tendait la main vers Sardelle.

Elle avait pensé s'attarder un peu afin de faire tomber un arbre sur le hibou quand les autres auraient été hors de vue, mais Zirkander était comme un chien de berger qui rassemblait son troupeau. Rien dans son expression n'indiquait qu'il la laisserait en arrière.

Elle courut pour le rejoindre. De toute façon, un arbre n'aurait pas suffi à tuer cette créature. Pas à moins de pouvoir enfoncer le tronc directement dans son œil.

Arrivé près du sol, le hibou redressa de nouveau son vol pour foncer sur eux à travers la forêt. Zirkander et les soldats zigzaguèrent pour passer par les zones de sous-bois les plus denses. Malgré toute sa puissance, la créature ne pouvait pas déchiqueter les arbres à coups de serres et remonta dans le ciel pour les suivre d'en haut. Une bande de terrain à découvert les séparait encore de la falaise. Ils allaient devoir faire preuve de prudence pour traverser cet espace dégagé.

— Il y a une grosse fissure, là, dit un soldat en pointant le doigt.

— C'est peut-être une grotte ?

— Il y a un autre trou, là-bas. Impossible de savoir sans aller jeter un coup d'œil.

— Il fait trop sombre pour être sûr. À mon avis c'est juste une zone d'ombre.

Zirkander leva les yeux. Oui, la créature était là-haut, à tourner et virer dans le ciel. Elle attendait.

Sardelle parcourut mentalement la paroi rocheuse. Ce creux était peu profond, cette fissure trop étroite pour s'y glisser, cette autre trop large ; le hibou pourrait y pénétrer. À une dizaine de mètres sur la gauche s'ouvraient deux petites grottes qui pourraient faire l'affaire, juste assez grandes pour pouvoir abriter deux ou trois personnes chacune.

— Par là, dit Sardelle en montrant la direction. J'ai étudié la géologie. Ce sont des fissures de Brackenforth. Elles seront étroites, mais suffisamment profondes.

Un des soldats grogna.

— Qu'est-ce qu'elle raconte ?

— L'oiseau s'apprête à plonger, dit Oster en pointant son fusil vers le ciel noir.

Sardelle bondit vers les grottes qu'elle avait repérées. Zirkander poussa un juron et partit à sa suite en criant à ses soldats :

— Trouvez-vous une cachette !

En quelques pas, il avait rattrapé Sardelle et courait juste derrière elle.

— Je devrais vous plaquer au sol, grogna-t-il.

Il n'aurait eu aucun mal à le faire. Elle n'était décidément pas douée pour courir avec des raquettes.

— Ce n'est pas le moment.

Sardelle leva une main vers le ciel sans s'arrêter, puis se lança à l'assaut de la paroi. Du moins, elle essaya. Impossible de grimper avec les raquettes aux pieds. Elle se baissa pour s'en débarrasser le plus vite possible, tout en renvoyant une nouvelle bourrasque contre le hibou qui piquait vers elle, puisqu'elle avait été la première à sortir du couvert des arbres.

Les fusils donnèrent de la voix. Ces soldats n'abandonnaient jamais. Heureusement, l'attaque de Sardelle frappa le hibou de flanc, le faisant dévier de plusieurs mètres et manquant de peu de l'écraser contre les rochers au pied de la falaise. La créature lança un cri retentissant.

Sardelle grimpa sans lui accorder un regard, en se dirigeant vers la plus petite grotte des deux. Zirkander la suivait de près, dans une attitude protectrice. Elle glissa à deux reprises, échouant à s'agripper aux rochers gelés avec ses moufles, mais Zirkander la rattrapa à chaque fois, la soutenant le temps qu'elle trouve une nouvelle prise.

Après avoir manqué de s'écraser contre la falaise, le hibou se rétablit et remonta dans le ciel pour un nouveau plongeon. Les soldats étaient plus bas sur la falaise, partis vers les grottes directement en face de l'endroit d'où le groupe avait émergé de la forêt. Sardelle espéra qu'ils trouveraient là-bas un abri adapté.

— Ici, dit-elle en se glissant à l'intérieur d'une fissure.

La cavité sentait la moisissure et le froid, mais rien de plus inquiétant que cela. Sardelle s'était déjà assurée qu'aucune bête n'y avait fait sa tanière. Elle rampa au fond de l'anfractuosité – profonde d'un peu moins de deux mètres – et s'efforça de se faire la plus petite possible pour laisser de la place à Zirkander.

Il apparut à l'entrée de la grotte, obstruant la pâle luminosité du dehors, et batailla pour y pénétrer dans une série de grognements et de froissements de tissu, tandis que son fusil tintait contre la pierre.

— Vous y arrivez ? demanda Sardelle. (Elle avait cru que l'ouverture était assez large, mais il était plus grand et plus carré d'épaules qu'elle.) Il y a une autre fissure un ou deux mètres plus haut si vous ne pouvez pas entrer, ajouta-t-elle à contrecœur, peu réjouie à l'idée de passer la nuit seule dans ce trou.

— *Disons plutôt que tu n'as pas envie de passer la nuit seule dans cette grotte sans sa compagnie.*

— *Tais-toi donc. Je cherche juste à ce que tout le monde s'en sorte vivant, rien de plus.*

— *Hum, hum.*

— *De toute façon, il n'y a pas assez de place pour autre chose ici.* Sardelle ne pensait d'ailleurs pas que Zirkander envisagerait « autre chose », même si le moment et l'endroit avaient été mieux choisis. Elle n'était qu'une énigme qu'il cherchait à résoudre, rien de plus. Il se serait montré aussi protecteur avec n'importe quelle autre femme.

— C'est bon, j'y suis. (Il se pencha à l'extérieur.) Trouvez-vous un abri, Rav ! Il rapplique !

Sardelle vérifia ce qu'il en était pour les autres. Ils s'étaient réfugiés dans une grotte assez grande pour trois, mais ne parvenaient pas à faire entrer leur dernier compagnon.

— J'essaie, colonel ! vint la réponse lointaine.

Zirkander se contorsionna pour s'emparer de son fusil. Il était posté à l'entrée comme une panthère sur une branche, les muscles tendus, prêt à bondir. Sardelle résista à l'impulsion de lui dire qu'il ne pouvait rien faire pour repousser cette chose. Il n'apprécierait pas. Elle ne pouvait rien non plus si elle ne voyait pas le hibou, ce qui lui était impossible en restant au fond de la grotte. Et même si elle avait pu le voir, elle n'avait jusque-là pas pu faire grand-chose. Il faudrait qu'elle déterre des livres sur ces shamans de la jungle quand elle serait de retour à la maison.

— *À la maison ?*

— *Enfin, à la forteresse. Ils sont bien enterrés quelque part, ces livres, non ?*

— *C'est possible, mais j'ose espérer que je reste ta priorité.*

— *Nous verrons.*

— Il y a de la place par ici, sinon, cria Zirkander.

Sardelle rampa vers l'entrée, trouva un rocher où se tenir et tenta de regarder par-dessus l'épaule de Zirkander. Si elle parvenait à apercevoir le hibou, elle pourrait l'attaquer encore avec une bourrasque et peut-être...

— C'est bon, il a réussi à entrer.

Zirkander se retourna et se cogna contre Sardelle.

Elle tomba du rocher et se rattrapa à ce qui était le plus proche d'elle : l'épaule de Zirkander.

— Désolée, dit-elle en se reculant. J'essayais de voir dehors.

— Et moi qui pensais que, submergée par l'euphorie d'être en vie, vous vouliez me prendre dans vos bras pour m'embrasser.

— Je...

Voulait-il vraiment cela ? Non, son ton était ironique. C'était une plaisanterie, rien de plus.

— Attention ! s'écria-t-elle alors qu'une ombre derrière lui boucha soudain la vue sur la forêt nocturne.

Le cri strident du hibou déferla dans la minuscule grotte, agressant les tympans de Sardelle. Elle trébucha en arrière, en tirant Zirkander, qui ne se fit pas prier pour reculer. Il se pressa au fond de la fissure en grognant sous l'effort pour réussir à se retourner face à l'entrée, en se positionnant entre la créature et Sardelle. Les serres du hibou raclèrent la roche autour de l'ouverture.

Avec ses ailes repliées, il n'était pas plus grand qu'un homme adulte. S'il parvenait à se faufiler...

Sardelle hoqueta, terrifiée à l'idée de les avoir conduits dans un cul-de-sac plutôt que dans un abri. Elle rassembla son énergie pour frapper de nouveau le hibou, mais celui-ci échoua à se stabiliser à flanc de falaise et disparut dans un grand battement d'ailes. Puis il revint aussitôt s'agiter à l'entrée de la grotte. Sardelle scruta le sommet de la paroi, couvert de neige. Elle poussa un paquet de neige par-dessus bord. Cela ne blesserait pas le hibou, mais peut-être...

De lourdes mottes de neige tombèrent sur la créature, qui hurla et disparut.

— Je déteste son cri, dit Sardelle.

Elle espéra que l'entrée des grottes où s'étaient réfugiés les autres était assez étroite pour empêcher le hibou d'y pénétrer.

— Je sais désormais ce que ma mère voulait dire quand elle utilisait l'expression « à vous percer les tympans », dit Zirkander.

— À propos de quoi ?

— De mon apprentissage du trombone, un été. J'avais pourtant l'impression de jouer divinement bien.

Sardelle sourit, en dépit de la situation. Elle ignorait comment ils allaient bien pouvoir échapper à ce hibou, mais en cet instant elle se réjouit d'être piégée ici avec lui plutôt qu'avec n'importe qui d'autre.

CHAPITRE 7

— MON COLONEL ? appela une voix lointaine.

Ridge laissa Sardelle – il l'écrasait de toute façon – et revint à l'entrée de la grotte en grognant après avoir trébuché sur un rocher. Un sol plat ne faisait pas partie des qualités de leur refuge.

— Nous sommes sains et saufs, Rav. Tout le monde a pu s'en sortir ?

— Nous sommes tous à l'abri, mais le hibou… il nous attend dehors, posé sur une branche.

— Avec un peu de chance, il finira par se lasser et s'en ira.

— Oui, mon colonel, répondit le soldat avec optimisme, avant d'ajouter d'un ton plus incertain : mais s'il ne bouge pas de là ?

— Nous verrons ça au matin, répondit Ridge, avant de demander à Sardelle en baissant la voix : les hiboux sont bien des oiseaux nocturnes, non ?

— Les hiboux ordinaires, oui, répondit Sardelle. Mais les hiboux magiques, j'en suis moins sûre.

Ridge réfléchit un instant.

— Donc il s'agit bien d'une créature magique. Je me doutais que ce n'était pas un oiseau ordinaire, mais je n'avais encore jamais entendu parler d'une chose pareille.

Après une pause, Sardelle demanda :

— Il n'y avait rien là-dessus dans le manuel d'instructions du fort ?

— Non.

— Alors, je dirais qu'il doit appartenir à quelqu'un à bord de ce dirigeable.

— Dirigeable qui est désormais libre de faire demi-tour et d'attaquer le fort sans que je sois là pour organiser sa défense.

Ridge frappa de la main sur la paroi. Une escapade insensée, voilà ce que c'était. Il avait perdu un homme, et en plus le fort risquait d'être de nouveau menacé.

— Je suis désolée, dit Sardelle d'une voix faible.

— Ce n'est pas votre faute.

Ridge n'avait toujours pas compris pourquoi elle l'avait suivi ici – ni comment, par tous les niveaux de tous les enfers, elle avait réussi à tromper la vigilance des gardes –, mais elle n'avait pas été un fardeau. Elle avait donné de sa personne pour soutenir le rythme de marche et ne s'était pas plainte une seule fois de l'allure. Elle avait même eu raison pour cette grotte. Il soupira de contrariété. Des fissures de Brackenforth. Il faudrait qu'il vérifie si cela existait vraiment une fois de retour au fort, à condition bien sûr qu'il reste un fort où revenir. Il grogna, furieux envers lui-même. Tout ça parce qu'il avait voulu mettre la main sur ce dirigeable. Que croyait-il donc ? Que son équipage serait mort jusqu'au dernier homme, et qu'il allait pouvoir s'en emparer tout simplement ? À tout le moins, il avait espéré qu'ils ne seraient pas en mesure de leur opposer une forte résistance. Mais cet aérostat avait apparemment un équipage aguerri, qui avait pu le réparer en un temps incroyablement court. Il se demanda…

— Donc, si quelqu'un à bord de ce vaisseau possède un hibou magique géant, cela signifie-t-il que cette personne est douée de pouvoirs magiques ?

Ridge ne savait pas vraiment quand il avait commencé à considérer Sardelle comme sa conseillère en questions occultes, mais elle avait au moins lu un livre sur le sujet, ce qui était déjà plus que lui.

— Tout à fait, répondit Sardelle. Et il ou elle possède des pouvoirs d'une force inquiétante pour être en mesure de contrôler une créature pareille.

La crainte perçait dans sa voix. Jusqu'ici, elle avait affronté tous les périls avec un grand calme. C'était la première fois qu'elle paraissait vraiment soucieuse.

Ce qui ne manquait pas de le perturber à son tour. Ce qu'il avait pris pour une simple patrouille de reconnaissance des Cofah prenait une tout autre ampleur. C'était l'incursion d'un vaisseau bien armé, qui avait apparemment pour mission d'enterrer le fort – et la mine – sous la neige et la roche.

Un vent glacial s'engouffrait dans le canyon. Ils allaient avoir droit à une nuit de tempête. Ridge espéra que le hibou prendrait froid. Et qu'une rafale le ferait dégringoler de sa branche.

Un froissement de tissu contre la roche lui indiqua que Sardelle bougeait, en quête d'une meilleure position. Elle tâtonna autour d'elle, grommela une ou deux fois en sentant les pierres sous ses doigts, et finit par s'installer sur le sol entre l'entrée et le fond de la fissure. C'était l'endroit le plus large de leur petite prison.

— Je n'ai pas choisi la grotte la plus confortable, semble-t-il.

— Je ne crois pas qu'une autre grotte aurait été plus confortable par une nuit pareille. (Ridge montra la neige qui tombait en diagonale, poussée par le vent.) La température va baisser. Dommage que le hibou n'ait pas été pas assez prévenant pour nous laisser le temps de ramasser un peu de bois avant de nous réfugier ici.

— Oui, les hiboux magiques sont de vrais goujats.

— Vous avez lu ça dans votre livre ?

— Non, dit-elle en souriant. Je crains de ne pas savoir grand-chose sur les hiboux magiques.

— Hum.

Ridge hésita entre aller s'asseoir à côté d'elle et monter la garde à l'entrée de leur refuge. Non pas que cela soit d'une grande utilité : avec l'averse de neige qui se renforçait, il n'apercevait plus le hibou, et ne voyait plus grand-chose d'autre d'ailleurs. Mais il avait le sentiment qu'il devait rester vigilant. Il avait déjà fait assez de mauvais choix pour aujourd'hui. Cependant, sa poitrine le lançait, lui rappelant le coup de patte du hibou, comme si le froid glacial qui s'insinuait à travers sa parka et sa chemise déchirées ne suffisait pas. Il devait chercher des bandages dans son sac. Et un antiseptique. Pour ce qu'il en savait, les serres de hibou magique pouvaient tout aussi bien transmettre la rage que les griffes de n'importe quel animal ordinaire.

— Comment va votre blessure ? demanda Sardelle. Voulez-vous que je l'examine ?

Curieux. On aurait presque dit qu'elle lisait dans ses pensées. Mais elle l'avait certainement vu se toucher la poitrine, même s'il ne se souvenait pas de l'avoir fait.

— Elle me fait un peu mal. J'étais justement en train de me demander si les blessures causées par des bestioles magiques pouvaient s'infecter.

— Si ses serres étaient sales, eh bien, la saleté reste de la saleté. Mieux vaut nettoyer la plaie. (Sardelle s'agita, sans doute pour ouvrir son sac.) J'ai récupéré un kit de premiers secours dans la réserve où j'ai trouvé ma paire de raquettes. Vous voulez bien vous asseoir ?

— Non seulement vous êtes sortie sans autorisation de mon fort, mais en plus vous vous êtes équipée de tout le nécessaire pour la route avant de partir. À mon retour, mes hommes vont décidément m'entendre.

Un peu contrarié par ce manquement – tout manquement d'un soldat rejaillissait forcément sur son officier en chef, après tout –, il tâtonna pour la rejoindre et s'assit à côté d'elle. Il n'était pas désagréable de s'affaler contre la paroi pour se reposer un instant.

— Ce n'est pas leur faute, dit Sardelle.

— Ah, non ? Vous êtes si douée dans l'art de la discrétion qu'on ne peut pas les en blâmer ?

— Quelque chose comme ça. Hum, par contre, je n'ai pas emporté de bougie ni d'allumettes. Vous n'auriez pas ça dans votre sac ? Ce serait plus commode avec un peu de lumière.

Ridge tira son sac vers lui. Il ôta ses moufles pour l'ouvrir et en sortit une petite lanterne de voyage, avec sa boîte d'allume-feu.

— Je m'en occupe. Vous, détendez-vous et contentez-vous de jouer le patient.

Sardelle récupéra à l'aveuglette le matériel que lui tendait Zirkander. Elle avait elle aussi ôté ses gants, et le contact de sa main frôlant la sienne était… plaisant.

— Attention, si vous vous en sortez bien, je pourrais demander au doc de vous faire travailler à l'infirmerie.

— Ce qui serait tout à fait dans mes cordes.

Elle avait déjà mentionné ses études de médecine, non ?

— Cela ne vous manquerait pas de plier les serviettes dans la buanderie ?

— Pas particulièrement.

Un grattement de la pierre à feu et des étincelles jaillirent pour tomber sur la bourre de l'allume-feu. La douce lueur orangée révéla son visage, sans le moindre stigmate d'épuisement malgré l'après-midi intense qu'ils venaient de vivre. Elle souffla pour faire jaillir une flamme, puis alluma la lanterne.

— Cette grotte est si petite que cette flamme et la chaleur de nos corps devraient suffire à nous éviter de geler cette nuit.

— La chaleur de nos corps, vous dites ?

Sardelle lui sourit.

— Oui. Et maintenant, enlevez votre chemise, je vous prie.

— Heu… (Ridge sentait la froideur de la paroi rocheuse dans son dos même à travers sa parka.) Et si je la levais juste ce qu'il faut, quand vous serez prête ?

Et pas une seconde plus tôt. Il n'était probablement pas très viril de se plaindre du froid, mais à présent qu'il avait cessé de courir, de grimper et de sauter sur le dos d'oiseaux géants, il s'était refroidi et la sueur lui glaçait la peau.

— Seriez-vous pudique ?

Sardelle ouvrit une bouteille contenant une décoction de bromure et la renifla d'un air suspicieux.

— Sous un climat tropical, pas le moins du monde. Et même sous un climat tempéré, je ne crains pas de me promener torse nu, mais ici… Je ne me suis pas encore fait aux glaçons qui pendent à mes narines le matin.

Ridge ôta sa parka, déboutonna sa veste d'uniforme et sortit les pans de sa chemise de son pantalon, mais il ne comptait pas exposer le moindre centimètre de peau avant de la voir penchée au-dessus de lui avec un tampon imbibé d'antiseptique dans une main et une compresse dans l'autre.

— J'imagine que je n'ai pas à m'inquiéter de vous voir manifester l'envie de vous engager avec moi dans des… activités conviviales cette nuit, des activités qui nécessiteraient d'enlever nos vêtements.

(Sardelle se tourna vers lui, un bout de tissu imbibé à la main.) Soulevez votre chemise, je vous prie.

— Effectivement, inutile de vous inquiéter de ça. (Ce commentaire lui indiquait que ses premiers soupçons n'étaient sûrement pas fondés. Elle n'était pas ici dans le but de le séduire afin de lui soutirer des informations. Ce qui n'aurait sans doute pas dû le décevoir autant.) Quoi qu'il en soit, je me permets de vous faire remarquer que les hommes n'ont pas besoin de se déshabiller beaucoup pour la… convivialité.

— Ce n'est pas faux. Votre chemise, répéta-t-elle.

Ridge saisit le bas de sa chemise, puis se mordilla la joue d'un air hésitant.

— Un problème ? demanda Sardelle.

— Je me demandais juste si je ne ferais pas mieux de caresser mon dragon avant.

— Heu, pardon ?

— Vous savez, mon petit porte-bonheur. (Ridge adressa un regard méfiant au linge imprégné d'antiseptique dans la main de Sardelle.) Mais c'est peut-être vous qui devriez caresser mon dragon.

— Plus tard, peut-être, murmura-t-elle.

Il ne risquait sans doute pas grand-chose tant qu'elle ne sortait pas de la trousse de secours du fil et une aiguille. Ridge souleva sa chemise en grimaçant ; le sang coagulé faisait adhérer la laine à sa peau.

— Les entailles ne sont pas très profondes ; vous n'aurez pas besoin de points de suture, dit Sardelle. Mais elles laisseront des cicatrices.

Ridge songea à répondre que ce ne serait pas les premières, mais en réalité il n'en avait pas tant que ça. La seule fois où il s'était écrasé, c'était dans l'océan, et il en était sorti indemne.

— Je survivrai, du moment que ce hibou est parti au matin.

— J'espère que c'est bien un oiseau nocturne, ou du moins que son maître – ou sa maîtresse – finira par lui manquer et qu'il s'envolera pour aller le retrouver.

— Moi de même.

Sardelle s'appuyait de la main gauche sur la poitrine de Ridge tandis qu'elle nettoyait ses plaies à gestes doux avec le linge dans sa main droite. Il sentait la chaleur de ses doigts contre sa peau, qui contrastait avec la fraîcheur du tissu imbibé d'antiseptique. L'idée d'activités conviviales ne lui avait pas traversé l'esprit avant qu'elle n'y fasse allusion, mais désormais il avait le plus grand mal à penser à autre chose – d'autant plus avec Sardelle penchée sur lui et touchant son torse. Dehors, le vent hurlait et un centimètre de neige s'accumulait déjà sur la corniche à l'entrée de la grotte. C'était un moment parfait pour se blottir contre une femme. Bon, d'accord, ce n'était pas tout à fait à se blottir contre elle qu'il songeait. Mais toute autre chose – et même déjà cela – aurait été inapproprié. Même si elle les avait aidés, si elle l'avait aidé lui, il ignorait encore si Sardelle était une amie ou une ennemie. Pourtant, il ne pouvait s'empêcher de remarquer qu'elle laissait bien longtemps sa main sur sa poitrine et repassait son linge sur les mêmes entailles plus d'une fois. Était-il possible qu'elle y prenne plaisir ? Il ne sentait déjà plus la douleur de ses plaies. Mais il sentait en revanche que si elle n'arrêtait pas bientôt, il glisserait son bras autour d'elle et l'attirerait contre lui pour l'embrasser et…

— Où vous êtes-vous fait cette cicatrice au menton ? demanda Sardelle en se redressant.

Elle posa son linge souillé et remit le bouchon sur la bouteille.

Ridge dut se racler la gorge avant de pouvoir répondre.

— C'est une vieille cicatrice ; je me suis fait ça enfant. Je m'étonne qu'on la voie encore.

Sardelle lui adressa un regard interrogateur.

— C'est le cadeau d'un gamin du quartier, une grosse brute qui faisait deux fois ma taille. Il s'en prenait toujours à moi. Il me terrifiait, mais un jour j'en ai eu assez de me faire maltraiter. Je lui ai demandé de m'apprendre à me battre en échange d'une tarte.

— D'une tarte ?

Les commissures de la bouche de Sardelle se relevèrent en un léger sourire. Même ses sourires avaient quelque chose de serein. Ridge se demanda s'il arrivait qu'elle perde ce calme paisible. Quand elle s'abandonnait à l'ivresse de la passion, par exemple.

Ridge se racla de nouveau la gorge. Du calme, mon garçon.

— J'avais dans les neuf ans, à l'époque. Je n'avais pas d'argent ni rien de vraiment précieux, mais ma mère faisait beaucoup de pâtisserie pour s'occuper quand mon père était absent. Ce jour-là, il y avait trois tartes qui refroidissaient sur l'appui de fenêtre.

— Et cette brute a accepté votre prix ?

— Oui. La première leçon consistait à m'apprendre à encaisser. (Ridge toucha la vieille cicatrice, se remémorant comme si c'était hier ce morceau de planche avec des clous le frappant en plein visage.) Je crois que ce gaillard s'amusait encore plus avec ces leçons qu'il n'avait pris de plaisir à me malmener. Et j'ai effectivement appris à me défendre, même si je n'ai vraiment su comment mettre un adversaire hors de combat qu'après mon entraînement militaire. Quand j'ai été accepté à l'école de l'air, la première année on suivait le même entraînement que n'importe quel troufion. C'était pour nous donner les moyens de rentrer chez nous si on se faisait abattre en plein territoire ennemi.

Ridge prit conscience qu'il s'était éloigné du sujet. Sardelle tenait un rouleau de bandage à la main, attendant sans doute qu'il arrête de jacasser pour continuer son travail. Elle lui sourit simplement.

— Vous vous battez bien, colonel.

— Merci. (Un peu embarrassé, Ridge haussa une épaule. Il ne s'était pas attendu à des compliments.) Vous pouvez m'appeler Ridge. Pour le meilleur ou le pire, j'en suis venu à cesser de vous considérer comme une prisonnière.

Le regard de Sardelle se fit hésitant et elle baissa les yeux sur le rouleau de bandage entre ses mains. Elle tira dessus pour le dérouler. Ridge crut qu'elle allait lui demander comment il la considérait à présent, mais au lieu de cela, elle dit :

— Ridge… le Sommet, c'est ça ? Je me demandais…

— Qui m'avait donné un surnom aussi idiot ?

Ridge afficha un petit sourire narquois. Ce n'était pas la première fois qu'on lui posait la question.

— J'ai plutôt pensé à « prétentieux », la première fois que je l'ai entendu.

Son sourire s'élargit. Ce n'était pas non plus nouveau.

— Eh bien, je dois remercier mon père pour ça. Il était – il est encore – un explorateur et il a passé beaucoup de temps dans les montagnes du Dresdark, à cartographier les jungles et à chercher, oh, je ne sais pas trop quoi. Il racontait à ma mère qu'un jour il allait revenir avec un tas d'or. Ce n'est jamais arrivé. Mais il n'a jamais eu l'air d'en être affecté. Il était toujours ravi de nous montrer ses nouvelles cartes. Il a gagné un peu d'argent en les vendant à des universités et à de véritables chasseurs de trésor. Enfin, bref, il ne s'occupe plus trop de ça désormais, mais il continue à enfiler son sac à dos et à grimper les montagnes. Il a fait l'ascension de quelques sommets parmi les plus hauts. Et il pensait que je suivrais ses traces.

Ridge savait qu'il était en train de se livrer à elle sans réserve. Il n'aurait probablement pas dû, même si partager des souvenirs de jeunesse ne risquait pas de lui nuire, d'une façon ou d'une autre. Si elle lui avait posé des questions concernant des secrets militaires, il se serait montré beaucoup plus circonspect. Il aurait dû lui demander de lui parler elle aussi de son passé, mais il avait dans l'idée qu'il n'aurait droit qu'à d'autres mensonges. C'était curieux comme il en était venu à s'attacher à cette femme en seulement deux jours, et d'autant plus que la prudence aurait dû l'inciter à voir en elle une ennemie. Mais peut-être n'était-ce pas si étrange que cela. Depuis le début, elle avait cherché à se rendre utile. Il sourit en se remémorant le moment où elle s'était précipitée sur les remparts pour l'empêcher de faire tirer les canons, de peur que le fort se retrouve enterré sous une avalanche. Et c'était elle qui les avait sauvés, ses hommes et lui, quand la véritable avalanche les avait engloutis. Personne n'était mort dans la catastrophe, ce qui était un miracle en soi. Certains soldats seraient morts asphyxiés s'ils avaient dû attendre que leurs camarades les secourent en creusant au petit bonheur la chance. Il ignorait exactement comment elle avait fait, mais son aide avait permis de sauver la vie d'hommes qui étaient sous sa responsabilité.

— Voulez-vous bien vous asseoir que je puisse nouer ce bandage autour de votre torse ? demanda Sardelle.

Oui, les bandages. Il avait presque oublié.

Ridge redressa le buste, ce qui réduisit encore la distance qui les séparait. Il remarqua les discrètes taches de rousseur qui parsemaient son nez et ses joues. Son regard s'attarda sur ses lèvres, retroussées en une petite moue concentrée alors qu'elle était penchée sur lui pour passer le bandage autour de sa poitrine. Il tenait sa chemise soulevée pour lui faciliter le travail et se demanda si elle appréciait le spectacle, ou si ce n'était qu'un buste parmi les centaines d'autres qu'elle avait vus en tant que soignante. Il aimait à penser que son torse était plus musclé et plus beau que bien d'autres, mais il n'était sans doute pas objectif. Quel que soit son passif en matière de torses, elle semblait concentrée sur sa tâche et entourait consciencieusement le bandage autour de sa poitrine. Elle ne réagit pas quand ses longs cheveux noirs frôlèrent sa peau nue dans la plus délicieuse des caresses. Il songea qu'il aimerait passer les mains dans cette chevelure douce. Dommage qu'elle soit aussi absorbée dans ses pensées… à réfléchir à quoi ? Si c'était oui ou non le moment de lui révéler ses secrets, ici, cette nuit ? Il se demanda s'il avait une chance de réussir à la séduire, elle. Et à lui soutirer ce qu'elle lui cachait ? Pour être honnête, il avait juste envie d'elle. Sauf qu'il lui avait assuré qu'il ne lui ferait aucune avance. Bon sang, qu'est-ce qui lui avait pris de dire une chose pareille ? Et pourquoi ses pensées s'agitaient à ce point sous son crâne, à chercher une excuse pour passer la main sur sa nuque et l'attirer à lui pour l'embrasser ?

Sardelle noua le bandage et releva la tête, croisant les yeux de Ridge pour la première fois. Il s'efforça de se composer un visage attentif, ou au moins pas trop avide. Pourtant, la façon dont elle penchait légèrement la tête vers lui, et sa main qui s'attardait sur son torse… était-il possible qu'elle pense à autre chose qu'à soigner ses plaies ?

— Alors, doc, je vais survivre? demanda-t-il.

— Au moins pour cette nuit. Je ne peux faire aucune promesse pour le lendemain.

Il s'agissait clairement d'un trait d'humour, mais ses mots le frappèrent en plein cœur, lui ramenant en tête une vieille citation.

— *Les dieux ne promettent de lendemain à aucun homme*, murmura-t-il.

— Barisky, acquiesça-t-elle.

Ridge rit doucement. Évidemment qu'elle en connaissait l'auteur. Ce matin même, elle lui avait résumé plusieurs ouvrages classiques avec une aisance déconcertante.

Il ne savait pas comment elle allait réagir, mais il leva une main et caressa les cheveux de Sardelle du dos de ses doigts. Malgré l'épreuve de la neige et des hiboux tueurs, ils étaient aussi soyeux qu'il l'avait imaginé. Il se pencha vers elle en observant son visage pour guetter un signe de refus. Sardelle écarquilla légèrement les yeux, mais elle ne se recula pas. Elle entrouvrit les lèvres, et il vit là l'invitation qu'il espérait.

Sardelle avait espéré ce baiser sans tout à fait s'y attendre non plus. Si près l'un de l'autre, dans ce cocon de roche et de neige sans personne autour d'eux, elle avait perçu sans même le vouloir les émotions de Ridge, sa réaction au contact de ses mains. Elle avait aussi senti le moment où il avait décidé de s'abandonner à ce qu'il éprouvait. Ses lèvres étaient chaudes, et leur goût plus chaud encore. Elle se laissa aller contre lui, heureuse à l'idée de passer la soirée à l'embrasser, malgré la tristesse de savoir que les sentiments de Ridge changeraient dès qu'il saurait la vérité.

Mais ce problème attendrait demain. Et puis, peut-être allaient-ils finir enterrés sous la neige, et ce moment serait le seul qu'ils partageraient jamais. Alors, autant en profiter.

Elle glissa les bras autour de sa taille et sous sa chemise, goûtant la chaleur de sa peau, les lignes dures des muscles sur ses côtes. Le don avait été identifié chez Sardelle très tôt, et elle avait grandi au sein du Cercle, vêtue de la robe d'une magicienne. Les rares hommes qu'elle avait osé approcher étaient d'autres pratiquants de la magie, les seuls qui la traitaient comme une personne normale et ne voyaient pas en elle un être étrange qu'il fallait vénérer – ou craindre –, et ces hommes n'avaient pas le corps musclé d'un soldat. Certaines de ses sœurs dans les arts magiques se déguisaient pour aller se trouver des amants à l'extérieur, mais Sardelle n'avait jamais eu envie de les imiter, n'ayant aucun goût pour les relations qui n'avaient pas d'avenir devant elles.

Qu'est-ce qui était donc différent, cette fois ?

Avec sa nature décontractée et son sourire facile, qui dissimulaient cependant un profond sens du devoir, Zirkander – Ridge – avait suscité son intérêt ; elle avait envie de le protéger, et qu'il la protège à son tour. Qu'ils forment une équipe. Et puis, il embrassait comme un dieu, et elle fondit entre ses bras, la chaleur de ses lèvres se répandant dans tout son corps à la vitesse d'un feu de prairie.

Ridge se laissa aller en arrière, l'entraînant avec lui. Leurs bouches se séparèrent un instant.

— Colonel – Ridge –, murmura Sardelle, essaieriez-vous de m'attirer dans des activités conviviales ?

—Alors que j'ai dit que je n'en ferais rien ? (Son souffle caressa sa joue ; ses yeux sombres pétillaient de malice.) Bien sûr que non. Je m'efforce simplement de vous manifester ma reconnaissance pour avoir si bien pansé mes blessures.

Elle était justement allongée sur sa poitrine meurtrie. Cela ne devait pas être très agréable, mais c'était lui qui s'était couché sur le dos en l'attirant à lui.

— Je vois. C'est très attentionné de votre part.

Ridge glissa une main chaude sous la parka de Sardelle et lui caressa le dos.

— On peut continuer à s'embrasser, dans ce cas ?

— Oui.

Sardelle aurait aimé ne pas porter cette robe de grosse laine et sentir les mains de Ridge sur sa peau nue. Mais leurs souffles s'élevaient en nuages blancs dans l'air et le vent froid s'insinuait dans la grotte. Ôter leurs vêtements ne semblait pas une bonne idée.

Ridge sentit peut-être sa gêne, car il se décala sur le flanc en couchant Sardelle sur le dos pour se pencher sur elle en la protégeant du courant d'air venant de l'entrée. L'épaisse parka de Sardelle la préservait peu ou prou des aspérités du sol, et alors que Ridge explorait son corps de ses mains et que ses baisers s'intensifiaient, le froid devint de moins en moins un problème. La chaleur naissait partout où il portait ses mains et quand elles glissèrent enfin sous ses vêtements pour trouver sa peau nue, Sardelle avait déjà la respiration lourde de désir et l'esprit fermé à tout ce qui n'était pas ses lèvres, sa langue, ses doigts, son corps ferme pressé contre le sien.

Elle avait pensé qu'ils passeraient peut-être la soirée à se bécoter, tuant agréablement le temps pendant qu'au-dehors la tempête faisait rage, mais dès qu'ils commencèrent à s'embrasser elle sut qu'elle en voulait plus. Les mains caressantes de Ridge et sa langue agile l'incitaient à vouloir… tout. Ils étaient plaqués l'un à l'autre à présent, et elle savait avec certitude qu'il voulait tout, lui aussi.

Elle retira une main de son dos et la glissa sur sa taille mince, jouissant de la sensation sous ses doigts de ses abdominaux contractés et du duvet au bas de son ventre. Elle descendit sa main jusqu'à sa ceinture, mais il redressa alors un peu la tête pour lui murmurer :

— Non.

La déception jaillit en elle ; avait-elle mal interprété son attitude ?

— Pas encore, ajouta Ridge avec un sourire nonchalant.

Il l'embrassa de nouveau, la laissant à bout de souffle alors que ses lèvres descendaient sur sa gorge, puis sur sa clavicule. Sardelle enfonça les doigts dans ses cheveux courts et épais alors qu'il descendait plus bas, la mordillant et l'embrassant à travers sa robe.

— Ridge, murmura-t-elle.

Elle avait l'intention de lui dire que les vêtements étaient décidément de trop, et tant pis pour l'hiver, mais ses pensées s'embrouillèrent et elle ne put terminer sa phrase. Tout ce qu'elle savait, c'était qu'elle ne voulait pas qu'il s'arrête.

Ridge passa une main sur sa cuisse et remonta sa robe jusqu'à la taille. L'air froid mordit les jambes de Sardelle, mais le contraste avec la chaleur de la main de Ridge lui déclencha un frisson de plaisir. Il descendit sa bouche plus bas encore et sa manière de lui montrer sa reconnaissance lui fit perdre la tête. Elle haleta bientôt, les mains crispées sur la fourrure de la parka, en murmurant son nom. Il refusa de se presser, même quand elle retrouva assez de souffle pour le lui demander. Il se contenta de lui sourire, les yeux rieurs, même si l'intensité qui les habitait n'avait pas disparu. Il l'observa alors que la barbe naissante sur sa joue frottait sur l'intérieur de la cuisse de Sardelle, désireux de s'assurer qu'elle aimait ses caresses. Elle ne comprenait pas vraiment pourquoi il s'en souciait à ce point, mais elle savait que c'était le cas, et cette certitude l'emplit d'une euphorie ardente.

Quand il remonta pour l'embrasser de nouveau, ses lèvres étaient affamées, brûlantes de son propre désir trop longtemps contenu. Elle l'enveloppa de ses bras et de ses jambes, avide de lui donner à son tour autant de plaisir. Elle descendit une main sur son estomac, jusqu'à la boucle de son ceinturon. Cette fois, il la laissa faire.

— Ça va, ce n'est pas trop inconfortable ? demanda-t-il entre deux baisers.

Elle secoua la tête. Un millier de cailloux auraient pu lui rentrer dans le dos qu'elle n'aurait pas répondu différemment. Il la souleva pourtant dans ses bras et roula de côté pour se coucher sur le sol dur. Une part d'elle voulut protester – il avait déjà assez souffert pour aujourd'hui –, mais il descendit ses mains sur ses hanches et caressa sa peau en la guidant sur lui, et toute pensée consciente déserta soudain Sardelle. Elle hoqueta quand il entra en elle, crispa les mains sur ses épaules et s'y agrippa alors qu'ils tanguaient l'un contre l'autre. Elle aurait voulu que ce moment ne finisse jamais, mais le désir monta en elle, exigeant d'être libéré comme une avalanche sur le point de dévaler le flanc d'une montagne. L'urgence des baisers de Ridge et le feu dans ses yeux lui apprirent qu'il ressentait la même chose. Un dernier va-et-vient et l'extase explosa en elle, parcourant tout son corps.

Frissonnante, Sardelle se laissa retomber sur la poitrine de Ridge. Elle enfouit son nez dans la chaleur accueillante de son cou, respirant son odeur masculine, parfum de sueur, de poudre noire et de forêt.

Il blottit son visage contre le sien et murmura :

— Vous êtes incroyable.

Elle ? C'était lui qui avait tout fait. N'étant pas sûre d'être prête à ce genre de confession, elle choisit de répondre d'un ton léger.

— Cela veut-il dire que vos blessures ne vous font plus trop souffrir ?

— Je ne les sens même plus. (Sa voix était alanguie. Il continuait à la caresser machinalement, mais il semblait sur le point de s'endormir.) Vous êtes un bon médecin.

Sardelle avait bien ajouté un peu de magie au désinfectant pour s'assurer que les entailles cicatriseraient bien, et elle se sentit donc autorisée à accepter ce compliment.

— Je ne dirai pas le contraire.

Ridge rit doucement, et elle posa la tête sur son épaule. La lanterne s'était éteinte depuis un moment déjà, ce qui était heureux, car les larmes lui brûlaient les yeux. Cette nuit avait représenté bien plus que ce à quoi elle s'était attendue. Bien plus qu'un simple passe-temps. Et il en était de même pour lui. Même si elle n'avait pas cherché à lire ses émotions, ses caresses lui avaient montré que ce moment comptait pour lui. Sardelle pleurait parce qu'elle savait que viendrait le jour où elle le blesserait avec la vérité, à moins de disparaître avant qu'il ne la découvre. Et en cet instant, ces deux éventualités lui paraissaient également insupportables.

Sardelle se dit qu'elle ferait mieux de dormir plutôt que de gâcher cette nuit en se faisant du souci. Autant profiter de ce qu'elle avait tant qu'elle le pouvait. Elle embrassa Ridge une dernière fois et se blottit entre ses bras alors qu'il sommeillait déjà.

CHAPITRE 8

Le hibou était parti avec l'aube. Ridge aurait pu le découvrir par lui-même, mais il était encore couché sous les parkas avec Sardelle quand le cri lui parvint du dehors. Il s'assit et frissonna dans l'air glacial. Il ne pouvait pas se plaindre, pourtant ; ses pauvres soldats avaient eu une nuit moins plaisante que la sienne.

— C'est le matin ? murmura Sardelle, le visage à demi dissimulé derrière ses cheveux en bataille.

— Oui, répondit Ridge en écartant les lourdes boucles noires pour l'embrasser.

Elle sourit et lui rendit son baiser en levant tendrement la main pour lui caresser la joue. Ce simple geste fit danser le cœur de Ridge, qui y vit le signe qu'elle n'était pas pressée de se séparer de lui ni d'oublier la nuit qu'ils venaient de partager.

Il se leva à contrecœur. Malgré le désir qu'il avait de passer plus de temps avec elle, un temps qu'ils n'auraient pas – qu'ils ne pourraient pas avoir – une fois revenus au fort, son devoir lui imposait de rentrer le plus rapidement possible. La tempête s'était apaisée et un ciel bleu limpide s'éclairait à l'est. Ses hommes allaient s'inquiéter pour lui, tandis que lui s'inquiétait du risque que ce dirigeable soit retourné attaquer le fort après avoir laissé en arrière ce maudit hibou.

Ridge remit de l'ordre dans sa tenue en frissonnant. Il ne se souvenait pas d'avoir eu froid cette nuit, mais c'était sans doute compréhensible. La chaleur des corps, assurément.

— Je suppose que personne ne nous apportera le café, murmura Sardelle dans un froissement de tissu tandis qu'elle aussi se rhabillait.

— Pas avant d'être rentrés. Mais je ne suis pas sûr que vous aimerez le breuvage boueux que prépare le lieutenant Kaosh.

— Dans ce cas, je ne me sentirai pas jalouse, sachant que je ne risque pas d'être invitée à partager votre petit déjeuner.

Ce n'était pas une critique, mais ses mots le firent néanmoins grimacer. Oui, pour le reste des soldats du fort, Sardelle restait une prisonnière, quelqu'un avec qui il n'était pas convenable qu'il entretienne une liaison, et même si elle n'était pas vraiment une prisonnière, il n'aurait probablement pas dû coucher avec elle de toute façon. La nuit dernière, il avait été trop occupé à partir à l'assaut de sa robe pour se rappeler cette évidence. Si seulement elle pouvait simplement lui dire qui elle était et ce qu'elle voulait…

— Nous trouverons une solution, marmonna-t-il, même s'il ne voyait pas laquelle.

Le bruit de rochers roulant à l'extérieur de leur abri lui permit d'échapper à cette conversation sans autre promesse.

— Mon colonel ?

— Oui, Rav. Nous allons bien.

Ridge se félicita que Sardelle et lui soient habillés – elle avait même remis son sac sur son dos – quand le soldat apparut à l'entrée de la fissure. Pour autant, il avait dans l'idée que moins d'une heure après leur retour, tout le fort serait au courant qu'il avait passé la nuit seul avec elle dans une grotte. Les spéculations iraient alors bon train. Oh, tant pis. Il avait des sujets d'inquiétude plus importants que les ragots de la garnison. De plus, tant que la rumeur ne remontait pas jusqu'à un officier supérieur, il n'avait aucun souci à se faire.

— Le hibou est parti, dit Rav.

— Oui, il est temps de rentrer.

Ridge récupéra son sac et son fusil, puis hésita un instant. Rav était ressorti de la grotte et avait déjà disparu. D'un bras, il attira Sardelle à lui et murmura à son oreille :

— Je trouverai un moyen de vous offrir ce café. D'autres exigences pour votre petit déjeuner ?

Elle l'embrassa sur la joue ; cela ne devait pas être très agréable avec sa barbe naissante, mais elle ne sembla pas s'en formaliser.

— Ces chaussons à la mangue ont l'air bons.

— Il nous faudrait d'abord retourner à la civilisation pour en trouver, j'en ai peur. Mais une pâtisserie plus ordinaire, cela doit être possible.

— J'ai hâte d'y goûter.

Ridge la serra contre lui une dernière fois sachant qu'il ne pourrait plus le faire avant un bon moment, puis il sortit de la grotte. Ses soldats l'attendaient au pied de la paroi, sac au dos et raquettes aux pieds. Il se demanda soudain s'il n'avait pas de traces de rouge à lèvres sur le visage ou de marques de morsure dans le cou. Non, Sardelle n'avait pas de maquillage – où en aurait-elle trouvé dans cette forteresse perdue du bout du monde ? –, et si elle avait fait preuve d'enthousiasme, elle était restée dans un certain raffinement et s'était montrée attentionnée en veillant à ne pas trop appuyer sur ses blessures. Comme si ça avait la moindre importance à ce moment-là. Il faudrait sans doute une deuxième nuit dans une grotte pour qu'elle se laisse aller à le mordre.

Cette idée l'amusa, mais il parvint à effacer son sourire avant d'avoir rejoint la terre ferme. La première question que les soldats lui posèrent fut de savoir s'ils allaient essayer de récupérer le corps de Nakkithor enfoui sous la neige fraîche, ce qui le ramena brutalement à la réalité. Sardelle et lui les aidèrent à retrouver le défunt et à fabriquer un travois pour le transporter, puis Ridge prit la tête du groupe pour sortir du canyon. La neige avait recouvert leur piste sans la combler complètement, mais de toute manière il aurait été capable de retrouver son chemin. Il n'avait sans doute pas autant d'expérience en combat rapproché que ces fantassins, mais il possédait un excellent sens de l'orientation et ne se perdait jamais, même en volant sur le dos poursuivi par les tirs des canons d'un dirigeable ennemi.

Ce qui lui avait valu sa réputation de casse-cou, mais le souvenir de ce combat l'emplit de nostalgie et du mal du pays. Il se demanda si Sardelle aimerait son petit chalet près du lac. Enfin, ce n'était pas comme si elle aurait un jour l'occasion de l'y accompagner… Elle allait terminer ce qu'elle était venue faire ici, puis elle disparaîtrait, en passant au nez et à la barbe des gardes aussi facilement que la dernière fois. Et si elle emportait quelque chose de la mine et qu'il la laissait faire sans tenter de l'en empêcher, ce serait de la trahison. Ou, au mieux, de l'incompétence. Il n'aurait jamais cru que ses états de service pourraient recevoir l'un ou l'autre qualificatif. Il fallait bien un début à tout. À moins qu'il ne la flanque en cellule jusqu'à ce qu'elle se décide à parler. Une charmante façon de la remercier pour la nuit qu'ils venaient de passer.

La forteresse apparut dans le paysage plus rapidement qu'il ne l'attendait; sans doute était-il tellement absorbé dans ses pensées qu'il avait marché en perdant la notion du temps. Des hommes étaient à pied d'œuvre pour dégager le mur d'enceinte à l'est afin d'empêcher que des intrus puissent pénétrer dans le fort en grimpant la montagne de neige, mais il faudrait du temps pour que toute trace de l'avalanche ait disparu.

Les portes s'ouvrirent à leur approche et Ridge trouva le capitaine Heriton qui l'attendait dans la cour, en compagnie de deux soldats à la forte carrure et d'un prisonnier dépenaillé au regard fuyant.

— Oh oh, murmura Sardelle derrière lui.

Avant même que Ridge ne puisse demander ce qui se passait, le prisonnier tendit la main vers Sardelle.

— C'est elle!

Le capitaine Heriton hocha lentement la tête, comme s'il s'en était toujours douté. Ridge se tourna vers Sardelle et lut de l'inquiétude dans ses yeux. Son secret était-il sur le point de se révéler ?

— Qu'y a-t-il, capitaine ? s'enquit Ridge, les mains soudainement moites dans ses moufles.

Si ce secret la faisait passer du statut d'énigme à celui d'ennemie avérée, qu'allait-il faire ?

— C'est l'homme que vous nous avez demandé de trouver, celui suspecté du meurtre de cette femme dans les toilettes.

— Il nie ?

— Non, il a avoué. Mais il prétend que c'était une sorcière et qu'elle lui avait jeté un mauvais sort, sur son entrejambe plus précisément. Il a des boutons depuis. Il pense qu'elle a fait ça parce qu'il a essayé de l'obliger à coucher avec lui. Il dit qu'elle l'a menacé. (D'un geste de la main, Heriton indiqua le peu de crédit qu'il accordait à ces détails, mais ses yeux se durcirent quand il poursuivit ses explications.) Durant son interrogatoire, j'ai découvert que l'homme suspectait également votre… amie – le capitaine désigna Sardelle –, mais qu'il n'avait pu l'approcher parce qu'elle était si souvent avec vous. Il semble qu'elle était présente quand son urticaire s'est déclenchée. Il venait juste de la trouver au fond d'une galerie de la mine.

— Pas au fond d'une galerie, intervint le prisonnier. Elle était dans un trou dans la roche. C'était encore plus étrange qu'un perroquet à trois pattes. Nous avons dû creuser pour la sortir de là. Pour la sauver. Mais elle ne s'est pas montrée tellement reconnaissante. Cette folle s'est carapatée pendant qu'on était pliés en deux.

— Quoi, à cause… de boutons ? s'étonna Ridge.

L'homme acquiesça en plaçant machinalement les mains devant son entrejambe dans un geste protecteur.

— Jamais eu des démangeaisons pareilles.

Ridge adressa à Sardelle un regard interrogateur, mais elle conserva un visage de marbre, sans même hausser un sourcil, d'un air de dire que cet homme racontait n'importe quoi.

— Il est assez étrange qu'une femme ait pu pénétrer dans la mine, dit Heriton, sachant que les soldats contrôlent les cages et qu'elles sont l'unique moyen d'y entrer ou d'en sortir.

Ce qui était plus ou moins vrai. Il était possible de s'introduire dans les mines sans emprunter une des cages. Les puits d'accès descendaient à la diagonale, et leur pente, bien que raide, n'était pas impraticable. Sardelle était à l'évidence douée pour se faire discrète. Ridge se rappela d'ailleurs qu'il avait un mot à dire aux gardes de la porte. Mais pour le moment, il resta silencieux et d'un signe de tête invita le capitaine à poursuivre.

— Et plus étrange encore qu'elle se soit aventurée au fin fond d'un nouveau tunnel, pour se retrouver dans un trou au milieu de la roche, si l'on en croit cet homme.

— Qui est un meurtrier, de son propre aveu.

Ridge ne put s'empêcher d'en faire la remarque. Quelle confiance accorder à ce genre de témoin ?

— Je n'ai aucune raison de mentir à son sujet, dit l'homme. Je sais ce que j'ai vu.

— Et ce n'est pas la seule chose inhabituelle à s'être produite depuis qu'elle est apparue, dit Heriton. J'en viens à me demander si c'est une coïncidence que les Cofah aient pointé le bout de leur nez le jour même où elle a surgi de nulle part.

— C'était aussi mon premier jour ici, remarqua Ridge.

— Mais vous êtes un héros national. Elle, c'est… (Heriton leva la main en un geste d'impuissance, incapable de définir exactement Sardelle. Au moins, Ridge n'était pas le seul dans ce cas.) Je vais être direct, mon colonel. Je ne suis pas très à l'aise de la voir vous suivre partout, comme si c'était votre assistante. Je… je souhaiterais que nous en reparlions en privé.

— Oui, ça ne m'étonne pas. (Ridge soupira. Inviter Sardelle à prendre le café allait se révéler aussi compliqué qu'il le craignait.) J'ai des obsèques à organiser et cinq mille autres choses à faire, mais je vous accorderai un moment cet après-midi.

— Entendu, mon colonel.

— Bon, à présent, allez donc trouver quelque chose à faire, vous tous.

Il fit signe au capitaine et aux soldats de disposer, jusqu'à ce qu'il ne reste plus que Sardelle, qui regardait les montagnes, les mains croisées dans le dos. Ridge aurait donné cher pour connaître ses pensées.

— Vous feriez mieux d'aller vous mettre au travail et de faire profil bas pendant un ou deux jours, le temps que d'autres sujets viennent distraire le capitaine Heriton.

Il lui sourit, mais il se sentait coupable de la renvoyer à la buanderie et à ces dortoirs bondés au lieu de lui trouver une jolie chambre. Sa chambre, peut-être ? Mais le problème était qu'il partageait les inquiétudes du capitaine. Il ignorait encore ce qu'elle cherchait dans la mine quand on l'y avait retrouvée, mais ses supérieurs ne verraient sûrement pas d'un bon œil qu'il la laisse agir à sa guise.

— Au travail ? Je croyais que j'avais gagné un jour de repos. Enfin, huit jours de repos, non ?

Le résumé des livres. Exact. Il songea à lui répondre que ces jours de repos ne commenceraient pas tout de suite, mais la curiosité lui fit changer d'idée.

— Et que feriez-vous de tout ce temps libre ?

— Je ferais des recherches à la bibliothèque de la prison. Je pensais essayer de trouver votre aéro.

— Mon quoi ?

— Cet aéro dont vous avez parlé hier, celui qui s'est écrasé il y a dix ans. (Sardelle ouvrit les mains.) Peut-être pourriez-vous le ramener ici et le réparer de façon à avoir les moyens de vous défendre de futures incursions de ce dirigeable ?

Ridge plissa le front. Il avait remarqué un petit temps d'hésitation et il la soupçonnait d'avoir d'autres recherches en tête. Puis il comprit : c'était exactement la chose à dire pour obtenir sa permission. S'il pouvait retrouver cet aéro et réussir à le rafistoler, il n'aurait plus à faire les cent pas sur les remparts, condamné à l'impuissance pendant que des dirigeables ennemis tournaient autour de la forteresse. Cela faisait à peine trois jours qu'il la connaissait, et elle savait déjà parfaitement sur quels boutons de son tableau de bord elle devait appuyer.

— À peine trois jours, grommela-t-il.

— Pardon ? demanda Sardelle.

— Rien. Entendu, allez-y. Faites vos recherches. La bibliothèque se situe au premier étage, là-bas, précisa Ridge en lui montrant un bâtiment. Mais je doute que vous la trouviez particulièrement bien fournie ou très utile. Et ça m'étonnerait qu'elle contienne des archives mentionnant des détails comme la simple perte d'un appareil.

— Je ne le saurai qu'après avoir cherché. (Sardelle lui adressa un salut de la tête.) Je vous remercie.

Quelle manière formelle de se quitter. Cela paraissait criminel après l'intimité de cette nuit dans la grotte. Pour autant, c'était ainsi que les choses devaient être. Il s'éloigna dans la direction opposée pour rejoindre son bureau, le cœur aussi brisé qu'un aéro après un crash.

Le colonel Zirkander n'avait pas exagéré l'état de la bibliothèque. Ridge, se reprit Sardelle avec un sourire. Il lui avait permis de l'appeler par son prénom. Ce ne serait pas convenable en public, alors que la moitié de ses hommes la regardaient avec suspicion, mais elle pouvait au moins l'appeler ainsi quand elle pensait à lui. Par chance, personne ici n'avait la capacité de lire dans ses pensées.

Elle passa le doigt sur les dos des livres poussiéreux qui s'alignaient sur l'unique meuble de rangement de la bibliothèque. Elle reconnut plusieurs titres de la liste de Ridge. Quelques espaces vides sur les étagères suggéraient qu'au moins certains prisonniers avaient pris au sérieux son offre et s'efforçaient de lire des classiques. Sardelle avait eu de la chance que bon nombre de ces titres aient été assez anciens pour avoir déjà été des classiques à son époque. Elle n'avait pas lu ce livre sur les appareils volants, en revanche. C'était Jaxi qui lui en avait soufflé le résumé.

— Mais de rien.

Sardelle sourit.

— As-tu une idée de la localisation exacte de cette machine volante qui s'est écrasée ?

— Même pas un bonjour pour commencer ? Tu comptes m'envoyer faire des recherches pour toi sans un mot aimable ?

— Excuse-moi. Bonjour, Jaxi. Je tiens à te remercier pour ta discrétion la nuit dernière.

— Ma discrétion ? Tu veux dire le fait que j'aie gardé mes lèvres mentales closes pour que tu puisses prendre du bon temps avec ton colonel ?

Sardelle rougit, même si cela faisait près de vingt ans déjà qu'elle n'avait plus le moindre secret pour sa lame-sœur.

— Trois cents et vingt ans. Et ne suis-je pas toujours restée discrète quand tu partageais un moment d'intimité avec quelqu'un ?

— Si, mais cela faisait si longtemps que je n'étais plus trop certaine que tu te rappelais encore mes préférences en la matière.

— Pour autant que je m'en souvienne, tes préférences te portaient vers des magiciens maigrichons aux doigts tachés d'encre. Je dois dire que le colonel représente un changement bienvenu.

Le pouls de Sardelle accéléra en repensant quel changement représentait Ridge effectivement, et comme il avait été excitant de sentir sous ses mains son corps athlétique… *C'est pour ça que je veux lui retrouver cette machine volante.*

Elle se força à se concentrer sur sa tâche présente et prit sur l'étagère un journal manuscrit, rédigé par un général en poste ici, vingt ans auparavant. Il était trop ancien pour contenir des informations sur le crash, mais peut-être lui apprendrait-il des choses utiles sur les routes aériennes couramment empruntées, par exemple.

— *Et ainsi, il se sentira si reconnaissant qu'il enverra ses hommes creuser dans ma direction ?*

— *Quelque chose comme ça.*

— *D'accord, mais tâche de ne pas m'oublier. Je doute que tu puisses encore agir librement très longtemps.*

— *Tant que Ridge commande, je ne crois pas que je risque d'être mise aux fers.*

Jaxi aurait haussé les épaules, si les épées avaient pu le faire.

— *Si j'étais toi, je n'en serais pas aussi sûre. Il est loyal envers l'armée à laquelle il appartient, et d'un point de vue militaire tu représentes un problème. Ne deviens pas présomptueuse juste parce qu'il a couché avec toi. Ce n'est pas comme s'il avait beaucoup d'options par ici.*

— *Merci pour ta franchise. Quand tu n'es pas en train de te comporter comme une adolescente, tu me rappelles ma grand-mère.*

— *Du moment que tu n'oublies pas que je sais ce qui est bon pour toi.*

— *Tu es de mauvais poil parce que tu crois que je ne me préoccupe pas de trouver le moyen de te libérer, mais c'était dans ce but que je voulais accéder à la bibliothèque.* Sardelle s'assit à l'unique table et ouvrit le journal. *Si j'arrive à découvrir ce qu'ils cherchent dans ces mines et que je trouve le moyen de les y aider, je suis sûre de réussir à leur faire creuser un tunnel jusqu'à toi.*

— *Tu n'as pas encore compris ?* Jaxi semblait sincèrement surprise.

— *Eh bien, non…*

Un rire retentit dans la tête de Sardelle. Un long rire. Elle imagina Jaxi s'essuyant les yeux avant de reprendre la parole.

— *Pourquoi ne m'as-tu pas demandé ?*

Sardelle se gratta la tête.

— *Je croyais l'avoir fait.*

— *Ah. En tout cas, je ne m'en souviens pas. Peu importe. La source d'énergie magique pour laquelle ces soldats sont prêts à mourir c'est… les lampes.*

— *Les lampes ?*

— *Oui, ces prismes d'éclairage suspendus au plafond des pièces et des tunnels à travers tout le complexe.*

Sardelle se laissa aller contre le dossier de sa chaise en se remémorant ces dispositifs irradiant une belle lumière blanche.

— *Et ils appellent ça des cristaux ?*

— *La roche prend effectivement une sorte de texture cristalline quand elle est fondue et façonnée, puis chargée de magie.*

— *Dans ce cas, j'avais raison d'être étonnée qu'ils creusent à l'arrière de la montagne. Cela doit être l'endroit où ils sont tombés sur ces cristaux pour la première fois. Nous avions des tunnels là-bas – et des lampes pour les éclairer –, mais il y en aurait bien plus dans les principales zones d'habitation.*

— *Oui, et je suis à peu près sûre qu'il y avait une ou deux lampes dans la pièce où tu m'as laissée.*

Sardelle hocha lentement la tête.

— *Oui, je pourrais les diriger droit sur toi. Ou à proximité, en tout cas. Je n'aurai plus qu'à retourner discrètement dans la mine pour te déterrer moi-même. S'ils te trouvent d'abord et que je te récupère ensuite, ils considéreront cela comme un vol, et ils me poursuivront où que j'aille.*

— *Ou je peux m'arranger pour qu'ils ne s'intéressent pas à moi. Je peux faire bien pire qu'une crise d'urticaire au premier mineur qui osera poser ses mains crasseuses sur moi.*

Sardelle rit à l'image que Jaxi fit naître dans son esprit.

— *Je crois que tes trois cents ans d'emprisonnement t'ont rendue teigneuse.*

— Si par teigneuse tu veux dire remplie d'amertume, de solitude et d'une rage difficilement contenue, tu as raison. Je brûle de me remettre à l'action. Et je suis curieuse de découvrir comment le monde a évolué. Un voyage en dirigeable serait une expérience fabuleuse.

— Je verrai si je peux arranger ça une fois que nous serons redevenues maîtres de notre propre destin. Pour l'instant, si j'arrive à retrouver cette épave, cela me donnera une raison d'aller trouver Ridge à son bureau.

— Dégotte-nous une carte, et je te montrerai où elle est. Je ne sais pas si cet aéro sera d'une quelconque utilité après dix années à rouiller sous le soleil, le vent et la neige, mais si ça peut faire plaisir à ton homme…

— Tu l'as déjà localisé ?

— Évidemment. Tu crois que notre conversation occupait la totalité de mes immenses ressources psychiques ? Je suis une lame-sœur, n'oublie pas. Je suis puissante et pleine de talents.

— Et prétentieuse.

— Naturellement.

Sardelle était en train d'examiner une série de cartes à la recherche d'une carte topographique des montagnes, quand la porte de la bibliothèque s'ouvrit. Elle releva les yeux, espérant qu'il s'agirait de Ridge, sans comprendre toutefois quelle raison il aurait pu avoir de venir la retrouver, alors que cela faisait à peine une demi-heure qu'ils s'étaient quittés. Elle ne pouvait pas déjà lui manquer, même s'il pensait peut-être à elle, en songeant comme il aurait été agréable de partager un café avec elle.

— Rappelle-moi, c'est qui la prétentieuse ?

— Chut.

Ce n'était pas Ridge, mais un jeune soldat qui entra, un mug de café fumant à la main, deux livres coincés sous le bras. Il avança à pas prudents en surveillant le liquide noir qui remplissait à ras bord la tasse et menaçait de déborder. La première pensée de Sardelle fut que ce soldat était de repos ce matin et qu'il était venu profiter lui aussi des ouvrages de la bibliothèque. Elle fit un peu de place sur la table pour qu'il puisse s'asseoir à côté d'elle s'il le souhaitait, mais le soldat se contenta de déposer la tasse et les livres devant elle. Puis il sortit de sa poche un muffin légèrement écrasé, qu'il posa près du café.

— Madame, le colonel Zirkander vous envoie ceci, ainsi que ses vœux de succès pour vos recherches.

— Oh, je vous remercie. Et transmettez-lui mes remerciements, je vous prie.

— Oui, madame.

— *Il s'est souvenu*, songea Sardelle alors que le soldat sortait de la pièce en refermant la porte derrière lui. *Je crois que je suis amoureuse.*

— *Je vais vomir. Bon, alors, tu m'as trouvé cette carte ?*

— *Un instant. Laisse-moi regarder ce qu'il m'a envoyé.* Sardelle ouvrit le premier livre. C'était un journal, semblable à celui qu'elle consultait, mais plus récent, écrit par l'assistant d'un général qui… oui, les dates allaient de douze à neuf ans en arrière. Le crash s'était produit durant cette période. Le deuxième livre était un atlas.

— *Regarde ça. Qu'en dis-tu, tu n'es pas amoureuse toi aussi, du coup ?*

— *Je dois reconnaître qu'il a un buste sexy.*

Sardelle souffla dédaigneusement et feuilleta les pages de l'atlas, jusqu'à trouver la carte de la montagne.

— *C'est ici.* Jaxi guida le doigt de Sardelle sur les courbes de niveau de la carte. La sensation était toujours un peu étrange quand la lame-sœur prenait le contrôle de son corps, mais, comme un instructeur le lui avait fait remarquer, ce n'était que justice étant donné qu'elle pouvait agiter l'épée en tous sens quand ça lui chantait. Une fois, après une bataille, Jaxi avait même fait marcher le corps de Sardelle, alors inconsciente, pour la mettre à l'abri et éviter qu'elle soit capturée par l'ennemi.

L'image d'un étroit plateau couvert de neige surplombant un ravin accidenté au fond duquel courait un torrent s'imposa dans son esprit.

— *Tu disais qu'il serait difficile à récupérer, hein ?*

— *Ce n'est pas pour rien qu'après le crash les soldats n'en ont sauvé que sa source d'énergie.*

— Ridge pourra peut-être le démonter. Ou envoyer une équipe le réparer sur ce plateau. Si je trouvais un plan d'assemblage, ce serait sûrement utile.

— Mieux vaut le laisser s'occuper de ça, pensa Jaxi. *Je doute qu'il gobe que tu sois ingénieur en plus d'être archéologue.*

— Tu as sans doute raison.

Sardelle se leva.

— Où vas-tu ?

— Je vais lui dire que je l'ai localisé, bien sûr.

— Tu n'es ici que depuis trente-sept minutes, et ça fait à peine sept minutes que le soldat t'a apporté ces livres. Tu ne crains pas qu'il trouve une telle efficacité un peu difficile à avaler ?

— Tu as sans doute raison. Sardelle se rassit et prit le mug de café. Elle but une gorgée ; il n'était pas aussi affreux que Ridge le lui avait dit. Peut-être avait-il demandé à quelqu'un d'autre de préparer le café ce matin. *J'attends, quoi, une heure ? Cela suffira, non ?*

— En fait, tu es juste impatiente de le revoir, c'est ça ? Je crois que je vais vraiment vomir.

— Évite. Coincée dans ton trou, tu vas te retrouver à baigner dans ton vomi.

Ridge réprima un bâillement alors que le capitaine Bosmont, l'ingénieur responsable de la maintenance des machines de la mine, sortait de la cage et montrait du doigt le système de poulie au fond du puits d'extraction.

— C'est le dernier, colonel. Laissez-moi vous dire combien de pièces de rechange il faut.

Le capitaine roula les manches de sa chemise, récupéra une clef et des pinces dans les poches du bleu de travail qu'il portait par-dessus son uniforme, et commença à tapoter et à éprouver des boulons de la taille d'une pomme. L'ingénieur avait des épaules et des bras qui auraient impressionné un forgeron, et des tatouages qui couvraient sa peau, dont le plan schématique d'un Dragon. C'était ce qui avait convaincu Ridge de travailler en dehors de ses heures de service pour suivre l'homme à travers les installations minières et noter ses besoins en pièces de rechange. Un simple soldat aurait pu s'en charger, mais au cas où, par chance, Sardelle parviendrait à localiser l'épave de cet aéro, cela ne ferait pas de mal d'avoir déjà fait ami-ami avec l'ingénieur du fort.

— Besoin d'un coup de main ? demanda Ridge.

— Non, je m'en charge. Mettez-vous à l'aise, colonel. J'en ai pour une minute.

Ridge balaya du regard la grande salle percée de six galeries de mine et songea qu'il ne voyait pas bien comment se mettre à l'aise dans un endroit pareil. Peut-être pouvait-il s'asseoir sur un des wagonnets rouillés qui s'alignaient sur leurs rails. Il fut pris d'un nouveau bâillement, sans se donner la peine de le réprimer cette fois. Si Sardelle et lui étaient restés coincés dans cette grotte pendant douze heures, il ne se souvenait pas d'avoir beaucoup dormi. Surprenant, non?

Le capitaine leva les yeux vers lui, et Ridge se hâta d'effacer le sourire satisfait qui s'était dessiné sur son visage.

— J'apprécie que vous soyez descendu avec moi, colonel. Et de pouvoir commander ces pièces. Le général me répondait toujours que le budget ne le permettait pas et il attendait de moi que je me débrouille avec les moyens du bord. Mais bon, ce n'est possible qu'un temps, avant que les choses ne commencent à péter, et ici quand le matériel casse, des gens sont blessés ou tués.

— Le budget ne le permettait pas parce que le général n'avait pas la moindre idée du nombre exact de prisonniers, et il devait donc surestimer les demandes de ravitaillement. Mais c'est un problème réglé à présent, et nous ne commanderons plus que le strict nécessaire.

Bosmont hocha la tête et souleva une pièce aussi large que son torse, qui devait peser au moins cinquante kilos.

— Le numéro se trouve au dos, colonel, dit-il d'une voix qui n'était même pas tendue par l'effort. Si vous voulez bien le noter, merci.

Ridge se dépêcha de le faire afin que le capitaine puisse reposer l'énorme pièce avant de se briser les reins. Après que ce dernier en eut revissé les boulons, ils regagnèrent la cage pour remonter à la surface.

— Vous avez déjà travaillé sur des aéros ? demanda Ridge en montrant le tatouage du capitaine.

— C'était ma première affectation, mon colonel. J'adore ces bébés. J'ai eu l'occasion de faire quelques vols, aussi, mais rien de comparable à ce que vous faites, bien sûr.

Bosmont actionna le levier et la cage commença à remonter sur son câble.

— À ce que je faisais, le corrigea Ridge en soupirant.

— Oui, je me posais la question d'ailleurs. C'est du gâchis de vous envoyer ici alors que vous pourriez être en train de descendre des dirigeables ennemis. Comment, heu, comment ça se fait, si vous me permettez la question ?

— J'ai menacé de couper la bite au mauvais diplomate.

C'était difficile à dire dans la pénombre de la cage, mais Ridge eut l'impression que le capitaine le fixait d'un air ébahi. Le silence s'étira, seulement troublé par les grincements et les tintements de la cage sur ses rails. Puis Bosmont éclata de rire.

— Il m'est arrivé à peu près la même chose, colonel.

— Avec un diplomate ?

— Non, avec mon officier supérieur.

— Dans ce cas, j'espère que maintenant que nous avons mieux fait connaissance, je n'aurai pas à craindre ce genre de menace de votre part.

— Jamais, mon colonel. C'est bien de vous avoir avec nous.

Arrivés à l'air libre, ils sortirent de la cage et Bosmont lui serra la main avant de s'éloigner en sifflotant. Ridge se prit à souhaiter que tous ses hommes soient aussi faciles à contenter.

Il se détourna, dans l'intention d'aller à son bureau s'assurer qu'il n'avait rien oublié d'important avant de s'autoriser à rejoindre ses quartiers, et il manqua de percuter quelqu'un dans le noir.

— Pardon, colonel, dit la voix de Sardelle depuis les profondeurs de la capuche de sa parka. (Avait-elle couvert sa tête à cause du froid, ou parce qu'elle rôdait et ne voulait pas être reconnue ? À moins qu'elle ne veuille l'attirer dans un coin d'ombre afin de répéter leurs activités de la nuit dernière ? Voilà qui serait scandaleux, inconvenant et… excitant.) J'ai essayé de vous voir toute la journée, mais le capitaine a refusé de me laisser entrer dans le bâtiment pour vous parler.

— Vraiment ? (Ridge fit taire son irritation envers le capitaine. Heriton ne faisait après tout que son boulot, même si en la circonstance c'était agaçant.) J'en suis navré. Pourquoi vouliez-vous me voir ?

— Je crois avoir trouvé l'emplacement de votre aéro, et je crois que je peux aussi vous aider à trouver autre chose. (Elle glissa un regard vers deux mineurs sortant d'une cage pour se diriger vers le réfectoire.) Mais vous préférez sans doute en discuter en privé. Et j'aurais besoin de lumière pour vous montrer sur la carte, dit-elle en levant l'atlas qu'il lui avait fait parvenir.

— Le poêle dans mon bureau doit être encore chaud.

— Je vous suis. Cela m'étonnerait que le capitaine vous empêche d'entrer, vous au moins.

— J'espère bien que non.

Heriton ayant terminé son service, il ne restait plus personne pour empêcher quiconque d'entrer. Ridge en était soulagé. Il savait qu'il aurait reçu d'autres regards inquiets du capitaine si ce dernier l'avait vu s'enfermer dans son bureau avec Sardelle. Ridge avait été trop occupé à travailler et à scruter le ciel dans la crainte d'un retour des Cofah pour se soucier des ragots, mais il ne doutait pas que l'histoire de sa nuit, seul avec Sardelle dans une grotte, avait fait le tour du fort et était déjà arrivée aux oreilles de Heriton. Le capitaine lui avait clairement signifié, avec tout son respect, qu'il soupçonnait Sardelle d'être une sorcière et de l'avoir ensorcelé pour qu'il soit dans de bonnes dispositions envers elle. Et qu'il n'empêche pas ses projets, quels qu'ils soient.

Projets dont Ridge était peut-être sur le point de découvrir la nature ; il doutait que Sardelle ait passé la journée entière à chercher le site du crash.

Il pénétra dans son bureau et alluma les lampes. Il songea à l'inviter à s'asseoir avec lui sur le canapé – et pourquoi pas, faire plus que s'asseoir –, mais elle entra directement dans le vif du sujet en déposant l'atlas sur le bureau et en l'ouvrant à la page qu'elle avait cornée. Elle avait entouré et marqué d'une croix un endroit sur le versant sud de la montagne.

— Il est resté exposé aux éléments au sommet d'une falaise pendant dix ans, donc j'ignore s'il sera possible de le faire voler à nouveau, mais ça vaut au moins le coup d'aller voir.

— Oui, j'enverrai une équipe. (En espérant qu'aucun hibou ne chasse sur cette partie de la montagne.) Merci. Il y avait autre chose ?

— Oui. (Sardelle avait ôté la capuche de sa parka et ses longs cheveux noirs cascadaient sur la doublure en fourrure argentée de renard, dans un contraste qui attirait le regard. Elle balaya la pièce des yeux.) Puis-je voir de nouveau le plan de la mine ?

Ridge alla le chercher derrière l'angle de la bibliothèque et le déploya sur le bureau, tandis que Sardelle ouvrait un tiroir pour prendre un crayon.

— Vous comptez annoter un plan officiel ?

— Pour y indiquer l'emplacement probable de cristaux, si vous en êtes d'accord ?

Ridge réprima un hoquet de surprise. Comment pouvait-elle savoir cela ? La mine en produisait si peu que les récupérer sur les aéros abattus demeurait une priorité absolue. Et chaque fois qu'un cristal était perdu quelqu'un finissait avec un blâme sur ses états de service, même si le pilote s'était retrouvé dans une situation impossible. Ridge avait entendu des rumeurs affirmant qu'il n'en restait pas un seul dans la salle du trésor royal. Mais c'était une information qu'il ne devait pas divulguer, et surtout pas à quelqu'un qui risquerait de la répéter.

— Du moment que vous ne faites pas de graffiti, répondit Ridge de la voix la plus neutre possible.

— J'essaierai de restreindre ma tendance au gribouillage.

Sardelle se pencha sur le bureau, une main posée sur le plan, le crayon dans l'autre. Ridge retint son souffle. Elle traça une croix, puis une autre, puis plusieurs encore.

— Bien sûr, ce ne sont que des estimations approximatives, basées sur mes études des Referatu. Les plans que j'ai eu l'occasion d'examiner dataient d'avant l'explosion qui a détruit leur complexe souterrain.

La bouche grande ouverte d'étonnement, Ridge se hâta de la refermer.

— Quand et où avez-vous pu étudier aussi profondément ce peuple ? J'imagine mal que c'était pendant que vous étiez pirate.

Et comment pouvait-elle en connaître autant sur l'histoire d'une région sous le contrôle exclusif du gouvernement alors que lui-même en savait si peu ? Enfin, cela faisait quoi, cinquante ans, que l'armée avait ouvert cette mine ? Il était toujours possible que quelqu'un ait mené des recherches ici avant cette date. À dire vrai, il n'en savait rien. Il avait sans doute besoin de passer un peu plus de temps à la bibliothèque, lui aussi.

— Non.

— Je dis ça parce que Heriton a fini par retrouver votre dossier. (Ridge sortit le document d'un tiroir.) Et vous savez quoi ? Il corrobore parfaitement l'histoire que vous m'avez racontée l'autre jour.

Sardelle ne paraissait pas le moins du monde surprise ou déroutée. Elle lui adressa son sourire serein.

— C'est que je devais être plus honnête que je n'en avais l'air.

— Je n'en crois pas un mot.

Ridge la soupçonnait d'avoir créé de toutes pièces ce dossier. Si elle était capable de quitter le fort et de s'infiltrer dans les mines malgré les gardes, s'introduire dans la salle des archives ne représentait pas pour elle un si grand défi.

Elle ouvrit les mains.

— Il y a encore beaucoup plus de cristaux au-delà des limites du plan, par ici. Je peux vous indiquer d'autres endroits si vous disposez d'une carte de l'autre partie de la montagne, mais vous voudrez sans doute vérifier d'abord ces zones-là ?

Ridge rangea le dossier dans son tiroir et examina les croix inscrites par Sardelle. Huit. S'ils trouvaient des cristaux dans la moitié des cas, il aurait certainement droit à une récompense à son retour.

— Je vous en aurais bien parlé plus tôt, si j'avais su ce que vous cherchiez, expliqua Sardelle. Ce n'est qu'au cours de mes lectures à la bibliothèque que je suis tombée sur cette information.

— Et que cherchiez-vous exactement ? (Ridge la regarda droit dans les yeux.) J'ai beau apprécier votre aide, surtout s'il en sort quelque chose de concret, mais je doute que vous soyez venue ici pour moi.

— Ce qui m'a amenée ici était en grande partie le fruit du hasard.

— Néanmoins, vous avez un objectif. Personne ne resterait dans un endroit pareil sans un but précis.

— Non, murmura-t-elle en détournant le regard vers le ciel obscur, de l'autre côté de la fenêtre.

Ridge eut envie de lui prendre la main, mais il croisa plutôt les siennes dans son dos. Il s'agissait d'une discussion professionnelle, rien d'autre. Mais peut-être pourrait-il l'inciter à lui en dire plus s'il lui faisait la confidence qu'il avait réfléchi à des méthodes originales pour lui soutirer des informations.

— Je savais que j'aurais dû essayer mon plan de séduction.

Cela ramena l'attention de Sardelle sur lui.

— Hum ? demanda-t-elle doucement, un sourcil élégamment haussé.

— À un moment, il m'est venu à l'esprit que vous étiez ici dans le but de me séduire. Puis j'ai estimé que ce n'était pas le cas, et j'ai alors songé que je pouvais peut-être essayer de vous séduire, afin de vous amener à me livrer vos petits secrets. Mais je crains de manquer du charisme et de la séduction nécessaires à cette mission.

Les commissures de la bouche de Sardelle se relevèrent pour former un sourire.

— Plutôt de la perfidie nécessaire, je dirais.

— Donc ma séduction n'est pas en défaut ? demanda Ridge en haussant les sourcils d'un air faussement suggestif.

— Il n'y a rien à y redire.

— Voilà qui est bon à savoir. (Il tapota du doigt sur le plan de la mine.) Je vais continuer à essayer de vous soutirer des informations par mes manières charmantes jusqu'à ce que vous finissiez par céder. J'espère, maintenant que vous le savez, que cela ne nuira pas trop à mon pouvoir de séduction.

— Du moment que vous continuez à me faire apporter le café le matin.

— Une idée de l'emplacement par lequel nous devrions commencer ?

Sardelle en pointa deux, à proximité des galeries actuelles de la mine. Intéressant. Il s'agissait d'endroits en profondeur, et pas particulièrement proches du tunnel où on l'avait découverte, a priori.

— Si vous me disiez ce que vous cherchez… hasarda Ridge, sans trop savoir où il allait avec cette offre.

— Vous m'aideriez à le trouver ? demanda-t-elle, d'un ton dubitatif.

Elle était bien consciente que l'armée considérait tout ce qui se trouvait dans cette montagne comme sa propriété exclusive.

Ridge s'humecta les lèvres. Il devait se montrer prudent. Promettre quelque chose qui frôlait la trahison… non, ça, il ne pouvait pas le faire. Mais si elle l'aidait vraiment à trouver des cristaux, et que ce qu'elle désirait n'avait aucune importance sur le plan militaire, dans ce cas était-ce si grave s'il n'en faisait pas état dans ses rapports ? Il ferma les yeux. L'idée de dissimuler des informations à ses supérieurs le mettait mal à l'aise. Mais peut-être n'avait-il pas besoin de leur cacher quoi que ce soit. Les cristaux étaient d'une importance vitale. Il était légitime d'échanger quelque chose de valeur contre eux.

— Même si je suis parfaitement conscient que je ne dispose pas du pouvoir de donner ce qui se trouve dans cette montagne, je crois que je pourrais justifier dans mes rapports un échange contre des cristaux. Du moment qu'il ne s'agit pas d'une arme ancienne et destructrice destinée à ravager le continent.

— C'est ma terre natale, à moi aussi. Je ne ferai jamais rien pour la mettre en danger.

Ridge perçut sa sincérité. Et cette certitude fit naître en lui un intense soulagement.

— Bien.

Sardelle étudia le plan, ou peut-être le sol à ses pieds, ou peut-être rien du tout. Ridge sentit qu'elle débattait avec elle-même, et il garda le silence. Il l'avait déjà assez poussée dans ses retranchements. Si elle ne voulait pas – ou ne pouvait pas – lui faire confiance, il comprenait. Dès le début, il avait réfléchi à l'éventualité qu'ils puissent se trouver dans des camps opposés.

Finalement, elle releva la tête et croisa son regard.

— Je cherche à retrouver une épée.

— Une épée ?

— Une lame-sœur referatu vieille de six cents ans.

Deuxième partie

Sardelle savait que le froid ne ferait qu'empirer, mais elle n'était pas préparée à des températures à ce point glaciales. Elle comprenait à présent pourquoi son peuple s'était installé à l'intérieur de la montagne et non sur son versant. Si les mages n'avaient pas été aussi craints, ils n'auraient pas eu à s'établir dans cette région reculée, mais la cohabitation avec les ordinaires se passait mieux quand on respectait une stricte séparation. Jusqu'à ce que cela ne fonctionne plus du tout.

Sardelle but à son mug de café – elle en tenait un second, fermé d'un couvercle, dans une vaine tentative d'éviter qu'il refroidisse trop vite – en observant Ridge et son ami l'ingénieur qui travaillaient sur la machine volante rouillée trônant au centre de la cour, ses « pattes » de dragon posées près du ruisseau gelé. Aucun bâtiment du fort n'était assez grand pour l'abriter, et c'était le seul endroit offrant assez de place pour l'accueillir. Ramener l'appareil ici avait représenté une tâche titanesque, de ce que Sardelle avait compris. L'aéro avait été transporté par morceaux, tractés l'un après l'autre à flanc de montagne à l'aide d'étranges engins dont l'ingénieur lui avait expliqué qu'ils étaient normalement utilisés pour l'exploitation forestière. À présent, il se dressait dans la cour du fort et les mineurs, les soldats et même les femmes travaillant à la buanderie lançaient des paris pour décider s'il revolerait un jour ou pas. Avec la neige qui était tombée la nuit dernière – une vingtaine de centimètres de neige fraîche recouvrait sa carapace et ses ailes métalliques – Sardelle n'était même pas sûre que le Dragon serait capable de tenir sur ses pattes.

Comme tous ceux à l'extérieur, elle levait fréquemment les yeux pour scruter le ciel. Près de trois semaines avaient passé depuis la confrontation avec le dirigeable et le hibou. Sardelle aurait aimé croire que les Cofah étaient rentrés chez eux en oubliant le fort, mais elle avait l'intuition qu'ils rôdaient toujours dans les parages. Ridge était du même avis, et il y avait une urgence dans la manière dont il travaillait sur l'aéro, comme si ce petit appareil monoplace pouvait être en mesure de repousser l'attaque d'un dirigeable comptant un mage dans son équipage. Il disait qu'il fallait remercier le froid et la neige pour ces jours de tranquillité, car les dirigeables supportaient mal les variations de conditions climatiques ainsi que l'air raréfié de l'altitude. Sardelle se demandait plutôt si l'autre mage avait senti sa présence, et si cela les avait incités à agir avec plus de prudence. Elle aurait préféré demeurer un élément de surprise, rester à l'affût et intervenir si besoin, d'autant plus qu'elle ne pouvait se permettre de révéler à ses alliés qu'elle possédait des pouvoirs magiques. De toute façon, elle n'était même pas sûre de pouvoir rivaliser avec ce shaman de la jungle. Peut-être une fois qu'elle aurait récupéré Jaxi…

Ridge avait ordonné de creuser de nouvelles galeries dans les directions qu'elle lui avait indiquées, et les mineurs avaient déjà trouvé trois cristaux. C'était pour cette raison qu'elle avait la permission de rester là à ne rien faire, à siroter son café en regardant les autres trimer, même si elle avait épuisé ses jours de repos depuis un certain temps déjà. C'était également la raison pour laquelle Ridge marchait d'un pas aussi joyeux, se dit-elle. Ou alors c'était parce qu'il travaillait sur un aéro, tout rouillé et délabré qu'il soit. Elle savait en tout cas que son allégresse n'avait rien à voir avec des galipettes sous la couette, puisqu'elle n'avait pas été invitée à partager sa couche. Bien sûr, cela n'arriverait pas ici, au fort, où le capitaine Heriton et d'autres surveillaient le moindre de ses faits et gestes ; elle n'avait pas eu besoin d'utiliser ses facultés psychiques pour surprendre les ragots qui circulaient sur son compte. Ridge lui-même attirait des regards méfiants à cause de sa proximité avec elle. Non, elle n'avait pas espéré de galipettes, mais cela lui manquait tout de même. Le sol rugueux de la grotte avait rendu les choses un peu maladroites, même si elle avait trouvé l'expérience tout à fait délicieuse. Le souvenir la faisait encore sourire, les lèvres plongées dans son café.

— Bonjour, lui lança Ridge en s'approchant d'un pas léger, vêtu de sa parka, de sa casquette fourrée et de ses moufles, le tout abondamment parsemé de taches de graisse.

Pour un pilote, il n'hésitait pas à mettre les mains dans le cambouis.

Sardelle réprima l'envie de nettoyer une tache sur le nez de Ridge. Même s'il avait recommencé à neiger – plutôt, il continuait à neiger ; elle ne se souvenait plus de la dernière fois où la neige avait cessé de tomber pendant plus de cinq minutes – il y avait du monde dans la cour, des mineurs qui partaient au travail d'un pas lourd et des soldats qui allaient prendre la relève de leurs camarades.

— Bonjour, colonel. (Elle lui tendit le second mug.) Les réparations avancent bien ?

C'était devenu un rituel entre eux. Elle venait lui apporter un café et s'informer de ses progrès, et il passait quelques minutes à lui expliquer où il en était. Ce n'était pas parce qu'il ne lui envoyait pas d'invitation pour des rencontres galantes à minuit qu'il n'en avait rien à faire d'elle, ou qu'il n'aurait pas aimé pouvoir lui envoyer de telles invitations. À défaut, il souriait et bavardait aimablement avec elle, et malgré le décor de la cour gelée et des remparts hérissés de canons, Sardelle en était venue à trouver une familiarité plaisante à ce rituel quotidien où ils partageaient leur café matinal, et elle attendait ce moment chaque jour avec impatience.

— Pour ce qui est du Dragon, nous en sommes à peu près au même point. Nous essayons de fabriquer un moteur à partir de zéro en nous servant de morceaux de ferraille récupérés un peu partout dans le fort. Ce matin, au mess, je jurerais avoir vu le capitaine Bosmont lorgner les poêles du cuistot. (Ridge ôta le couvercle de son café et but une longue rasade.) Oh et hier soir, les mineurs ont trouvé un autre cristal, ajouta-t-il avec un sourire réjoui, et Sardelle sentit son cœur fondre devant son évidente satisfaction. Nous en sommes à quatre. Désormais, je n'ai plus besoin de m'inquiéter autant à propos du vol d'essai de l'aéro.

— Parce qu'il vous en faudra un pour l'alimenter ?

Elle continuait à s'ébahir à la vue de ces gens qui utilisent des lampes vieilles de trois cents ans pour alimenter en énergie leurs machines volantes.

— Parce que ce tas de rouille risque fort de tomber du ciel pour finir au fond d'un ravin. Et il sera alors difficile d'aller récupérer le cristal.

Sardelle le dévisagea avec étonnement. Elle savait qu'il n'était toujours pas certain qu'ils parviendraient à faire voler cet engin, mais elle avait cru qu'ils attendraient d'en être certains avant de risquer leur vie en montant dedans.

— Et son pilote aussi ?

— Oui, enfin, je ne crois pas que quiconque se donnera la peine d'une expédition pour aller récupérer ses ossements pulvérisés. Mais le cristal reste d'une grande valeur.

De manière surprenante, il affichait un large sourire en décrivant ce scénario catastrophe. Il devait sûrement plaisanter.

— Vous êtes unique dans votre genre, Ridge Zirkander, murmura Sardelle.

Elle n'utilisait jamais son prénom quand quelqu'un d'autre risquait de l'entendre, mais la neige étouffait suffisamment le son de leurs voix pour éviter que leur conversation ne parvienne aux oreilles des hommes qui passaient non loin dans la cour et allaient s'entasser dans les cages des ascenseurs de mine.

— J'ai souvent entendu ça dans ma vie, même si cela s'accompagnait généralement d'un juron plutôt que d'un sourire tendre. Vous devez être vous-même unique en votre genre.

Sardelle sourit de nouveau dans son café.

— Je crois que vous l'avez déjà appris.

Il grommela.

— Je n'ai toujours pas appris grand-chose à votre sujet. Pour le moment, aucune trace d'épée dans la mine. Pensez-vous que nous sommes proches de la trouver ?

Sardelle secoua la tête. Même si elle s'était résolue à dire à Ridge ce qu'elle cherchait, elle n'avait pas dessiné sur le plan une galerie menant directement à Jaxi. Du moment que les mineurs se rapprochaient suffisamment avec leurs puissants explosifs et étayaient le nouveau tunnel, elle serait en mesure de creuser elle-même jusqu'à l'épée.

— Si les hommes la trouvent tout de même, ce sera une épée comme une autre ? (Ridge n'avait pas vraiment posé de question quand elle lui avait avoué ce qu'elle cherchait ; il l'avait d'ailleurs surprise, justement par son manque de surprise, mais elle avait supposé que cela confortait l'idée qu'il s'était faite d'elle, une archéologue chasseuse de reliques d'un lointain passé.) Je veux dire, présentera-t-elle un danger pour eux ? Elle ne va pas leur brûler la main s'ils la touchent, ou quelque chose du genre ?

— Bien sûr que non, répondit Sardelle en perdant son sourire. Les Referatu n'étaient pas maléfiques.

— Oui, eh bien, ce n'est pas ce que racontent les livres d'histoire.

Ridge fronça les sourcils et lui adressa ce même regard soucieux qu'il affichait chaque fois qu'elle parlait de magie, comme s'il s'inquiétait pour l'âme de Sardelle.

Que ferait-elle si jamais il découvrait la vérité à son sujet ? Et que ferait-elle une fois qu'elle aurait retrouvé son épée ? À ce moment-là, elle serait en mesure de partir, à moins de vouloir essayer d'exhumer d'autres objets. Elle ne voyait pas trop comment y parvenir, mais elle n'aimait pas l'idée que les descendants de ceux qui avaient enterré les siens vivants puissent s'emparer de leurs biens.

— Que ferez-vous quand vous l'aurez trouvée ? demanda Ridge.

Voilà justement la question qui occupait l'esprit de Sardelle.

— Je vais l'étudier, répondit-elle, bien qu'elle connaisse déjà intimement les contours intérieurs et extérieurs de Jaxi.

Sardelle avait vaguement le projet de voyager par le monde pour tenter de trouver d'autres représentants de son peuple, ou du moins leurs descendants. Tous n'étaient pas présents à la cérémonie d'anniversaire. Celle-ci avait rassemblé presque tout le monde – c'était évidemment pour cette raison que leurs ennemis avaient choisi d'attaquer ce jour-là –, mais d'autres que Sardelle avaient forcément survécu. Avaient-ils fui le continent ? Se cachaient-ils dans quelque lointain recoin du monde ? Lui feraient-ils bon accueil dans la communauté qu'ils auraient recréée ? À moins qu'elle ne trouve le moyen de vivre heureuse parmi les ordinaires ?

— Après être retournée à votre université, j'imagine, dit Ridge, les yeux baissés sur son café.

— En dehors d'un commandant beau et généreux, je n'ai pas rencontré grand monde qui se réjouisse de ma présence ici.

— Et ce commandant n'est pas une raison suffisante pour rester ?

Sardelle retint son souffle. C'était la première fois qu'il laissait entendre qu'il voulait d'elle.

— Je…

— Ce ne serait pas pour très longtemps. À peine une année. Onze mois et cinq jours, pour être précis. Non pas que j'aie sur mon bureau un calendrier sur lequel je coche les jours. (Ridge lui adressa son fameux sourire en coin, celui qui faisait briller ses yeux comme s'il s'apprêtait à commettre quelque espièglerie.) Je possède un bien plus bel endroit, près de la côte. Un petit chalet dans les bois, au bord d'un lac aux eaux poissonneuses. C'est très isolé et paisible. Je vous ai dit que c'était isolé ? Personne dans les parages pour surveiller ce qui passe à la nuit tombée, hormis des ratons laveurs et des chouettes. Des chouettes de taille normale, rien qui ressemble à un hibou monstrueux.

— Je vois. Mais si je devais rester ici pour une année (ou partir pour explorer le monde et chercher son peuple, avant de revenir auprès de lui avant la fin de cette année…), devrais-je travailler à la buanderie et dormir dans un lit étroit du dortoir, au milieu des ronflements des autres femmes ?

— Je crois me souvenir que jusqu'ici vous n'avez travaillé qu'une journée à la buanderie, remarqua Ridge d'un ton ironique.

— C'est vrai, mais je n'ai passé qu'une seule nuit ailleurs que dans le dortoir des ronflements, rétorqua Sardelle en haussant les sourcils d'un air suggestif.

— Oui, et croyez-bien que je le regrette, mais je me suis senti un peu inhibé par la présence du capitaine Heriton dans la chambre jouxtant la mienne. Le brave homme a eu le front de taper à ma porte avant l'aube à deux reprises et, quand je lui ai ouvert, de jeter un coup d'œil derrière moi pour voir si quelqu'un d'autre se trouvait là. Je vais devoir veiller à ce qu'il ne profite pas de la venue du vaisseau ravitailleur pour envoyer discrètement un rapport me concernant. Je n'ai pas besoin d'un mouchard dans mon fort. À supposer bien sûr que ce ravitailleur finisse par arriver, ajouta-t-il en levant la tête vers le ciel nuageux. Il aurait dû se montrer il y a quatre jours, déjà.

Sardelle n'avait aucune envie de parler de problèmes d'approvisionnement. Elle voulait trouver un moyen d'éviter les fouineurs. Évidemment, elle ne pouvait pas lui dire qu'elle était capable d'isoler les murs d'une chambre et d'empêcher ainsi l'indiscret capitaine d'entendre quelque chose.

— Peut-être un lieu moins étroitement surveillé ? suggéra-t-elle.

Ridge ramena les yeux sur elle.

— Oh ?

— Est-ce que cela paraîtrait suspect si vous alliez à la bibliothèque le soir pour lire un peu, en paix ?

— Pour lire un peu, hein ? Ne croyez-vous pas que la bibliothèque sera envahie par des mineurs plongés dans des classiques ?

Sardelle sourit.

— Quelqu'un vous a-t-il déjà pris au mot à ce sujet ?

— Figurez-vous que oui. J'ai écouté quatre résumés de livres hier après-midi, entre les coups de pioche au sixième niveau de la mine, parce que leurs superviseurs refusaient de les laisser quitter leur travail.

— Tant mieux. Pour ce qui est des heures de bibliothèque… tard dans la soirée, peut-être? Nous aurions moins de risques de tomber sur des lecteurs assidus. Après tout, il n'y a là-bas qu'une seule table, que nous pourrions avoir envie d'utiliser.

Sardelle n'était pas habituée à faire des avances aux hommes – ceux qui avaient le cran de l'approcher faisaient généralement le premier pas – aussi n'était-elle pas certaine de savoir si sa proposition était charmante ou maladroite.

Ridge sourit et lui donna un petit coup d'épaule.

— Bon sang, soit vous êtes aussi dévergondée que moi, soit vous êtes prête à tout pour éviter de dormir dans les baraquements.

— C'est tout sauf un environnement propice au repos.

Ridge lui adressa un clin d'œil et ouvrit la bouche, sans doute pour insinuer que la table de la bibliothèque ne serait pas non plus propice au repos, mais un « Colonel Zirkander ! » lancé depuis les remparts le fit se retourner, et toute trace d'humour disparut de ses yeux.

Plusieurs soldats pointaient le doigt vers le ciel, en direction de l'ouest.

Au début, Sardelle ne vit rien d'autre que la neige, puis elle repéra un ballon noir au milieu des épais nuages gris, qui se dirigeait vers eux en survolant les cimes. Il portait des marques d'identification différentes de celles du dirigeable des Cofah, grises et noires au lieu de dorées et brunes, et il possédait une cabine fermée et non un pont à l'air libre laissant apercevoir ses passagers.

— C'est notre ravitaillement, dit Ridge en fouillant sa poche à la recherche de quelque chose.

— Voilà une bonne nouvelle.

À présent, Ridge allait pouvoir informer le quartier général de la présence dans les montagnes d'un dirigeable ennemi. Les renforts ne tarderaient pas alors à se présenter.

— Sauf qu'il ne devrait pas arriver de ce côté-ci, et je crois que…

Ridge déplia la longue-vue qu'il avait sortie de sa poche et scruta l'appareil en approche.

Alertée par la tension dans sa voix, Sardelle étendit ses perceptions. Le dirigeable se trouvait encore loin, mais elle ressentit aussitôt les émotions de ses passagers tant elles étaient intenses. L'équipage était des plus réduits – deux, non, trois personnes – mais toutes étaient effrayées. Terrifiées, même.

— De la fumée, annonça Ridge. Ils ont été touchés. (Il éleva la voix pour héler les soldats sur les remparts.) Préparez les canons ! Nous risquons d'avoir de la compagnie !

Il adressa à Sardelle un regard sombre, lui tendit sa tasse de café et partit en courant en direction de l'escalier menant au chemin de ronde.

Les coups de marteaux qui résonnaient dans l'aéro s'interrompirent, et l'ingénieur à la carrure massive sortit la tête de l'appareil.

— Colonel, vous voulez que j'aille…

— Continuez à travailler sur le Dragon, capitaine, répondit Ridge en grimpant les marches quatre à quatre. Nous pourrions en avoir besoin plus tôt que prévu.

Sardelle grimaça en repensant à la description que Ridge lui avait faite d'un possible échec au lancement. Elle ramena son attention sur le dirigeable. Il n'y avait pas d'autre vaisseau dans le ciel, en tout cas aucun qu'elle pût voir ou percevoir. Non, un instant. À l'extrême limite de ses perceptions, derrière le sommet de la montagne, une présence familière. Le dirigeable des Cofah. Apparemment, il n'essayait pas de s'approcher ; elle sentait même que son capitaine luttait contre le vent et la neige, mais cela n'avait plus d'importance. Il avait d'ores et déjà touché sa cible.

Une longue-vue n'était plus nécessaire à présent pour distinguer la fumée qui montait des moteurs du dirigeable gris. Sardelle se demanda si elle pouvait faire quelque chose pour régler le problème, ou au moins ralentir la descente de l'aérostat. Celui-ci perdait de l'altitude à une vitesse alarmante, plus rapidement qu'il n'était normal pour un dirigeable. Son ballon oscillait et ses flancs ondulaient ; lui aussi avait été endommagé, comprit Sardelle, et il se vidait de son gaz. L'équipage voulait sans doute se poser dans la cour du fort, mais la direction n'avait plus l'air de fonctionner, et le dirigeable virait sur la droite. S'il continuait sur cette trajectoire, il allait accomplir un demi-tour pour aller s'écraser sur la montagne qu'il venait juste de franchir.

Sardelle trouva l'origine du problème. Un boulet de canon s'était coincé dans le mécanisme de direction. Le gouvernail endommagé était bloqué dans une position et ne répondait plus aux efforts désespérés du pilote. Sardelle extirpa le lourd boulet en plomb, qui alla tomber dans la neige, au loin en dessous. Elle fit tourner le gouvernail dans la direction opposée, en imaginant qu'elle entendait les grincements de protestation du métal à l'agonie, à trois kilomètres de distance. Cela ne suffirait pas à corriger le problème ; le vaisseau allait tout de même s'écraser. C'était peut-être inévitable, mais mieux valait qu'il s'écrase près du fort plutôt qu'à flanc de montagne.

Sardelle s'efforça de faire manœuvrer le dirigeable contre le vent sans que cela ne paraisse trop étrange. Sur les remparts, des dizaines de soldats observaient la scène. Lutter contre le vent était autant un défi pour elle que pour le vaisseau, et la chaleur lui picotait la peau ; elle se tenait immobile dans la cour, mais elle avait l'impression d'être en train de faire le tour du fort au pas de course. Quand le dirigeable toucha le sol, elle avait fait tout ce qu'elle pouvait pour l'aider en orientant sa chute vers un banc de neige plutôt que de le laisser percuter une falaise. Serait-ce suffisant ? Elle l'ignorait.

— Surveillez ce vaisseau, cria Ridge à quelqu'un avant de redescendre en courant dans la cour. Sergent Komfry, rassemblez quelques hommes. Nous allons sortir voir s'il y a des survivants.

Sardelle crut tout d'abord que son ordre concernait le vaisseau de ravitaillement et il ne comprit pas pourquoi il voulait qu'on le surveille – il ne risquait plus de bouger, à présent –, mais le dirigeable des Cofah venait d'apparaître au-dessus des cimes et restait là, en position stationnaire. Se préparaient-ils à attaquer ? La neige s'était encore accumulée sur les hauteurs des versants. Comptaient-ils réessayer de déclencher une avalanche ? Dans ce cas, elle était prête. Cette fois, elle les arrêterait avant qu'ils ne larguent leurs explosifs. D'une façon ou d'une autre.

À peine avait-elle formulé cette pensée qu'un chuchotement lui traversa l'esprit.

— *Qui es-tu ?*

La chaleur disparut du corps de Sardelle, remplacée par un frisson glacé. Ces mots provenaient du vaisseau cofah. C'était l'autre mage. Aucun doute là-dessus.

— *Approche-toi donc si tu tiens à le découvrir*, répondit-elle.

Le rire qui résonna dans sa tête était sombre et inquiétant.

— *Tu ne peux rien contre mon compagnon à plumes. Et tu représentes encore moins un danger pour moi.*

Sardelle se garda de lui faire remarquer qu'elle s'était limitée dans ses interventions à cause des soldats qui ne devaient pas découvrir ses pouvoirs, car c'était un problème auquel elle devait toujours faire face, mais aussi parce qu'il valait mieux que son adversaire la croie plus faible qu'elle ne l'était en réalité.

Elle perçut l'homme – elle pouvait dire à présent que c'était un homme, plus âgé et plus expérimenté qu'elle – et elle tenta de pénétrer son esprit, tout en dressant un rempart pour protéger ses pensées. Elle aurait pu également l'empêcher de lui parler télépathiquement, au moins pour le moment, mais elle n'en fit rien. Toute information qu'elle pourrait tirer de leur échange serait utile. Et puis, peut-être qu'une part d'elle-même souhaitait entendre un autre télépathe, un autre mage. Même si ce dernier était un ennemi, originaire d'un pays et d'une lignée de mages inconnus. Par défaut, elle avait plus en commun avec lui qu'avec qui que ce soit dans ce fort qu'elle était pourtant déterminée à défendre.

— Pourquoi protèges-tu ces gens ?

Sardelle s'humecta les lèvres en se demandant s'il était parvenu à franchir sa barrière psychique et à lire en elle. Non, il s'agissait juste d'une coïncidence, rien de plus. Elle l'aurait senti s'il avait pénétré dans son esprit. Par ailleurs, s'il posait la question, c'était logiquement qu'il ignorait la réponse.

— Ce sont mes compatriotes.

Sardelle veilla à ne pas penser à Ridge en projetant ses mots dans le vent. En tant que commandant du fort, Ridge était déjà une cible privilégiée ; inutile de faire porter encore davantage l'attention sur lui.

— Impossible. Tous les mages iskandiens ont été tués il y a longtemps.

Sardelle était heureuse que personne ne soit en train de la regarder – Ridge avait pris la tête d'un petit groupe qui venait de quitter le fort, raquettes aux pieds, et tous les autres soldats veillaient à ce que les mineurs restent en bas ou s'étaient postés sur les remparts –, car la souffrance avait dû se lire sur son visage. Elle avait été persuadée qu'il y avait d'autres survivants. Elle était tentée de contacter Jaxi et de lui demander ce qu'elle pensait de la situation, mais elle craignait de le faire tant que ce mage la surveillait. La dernière chose qu'elle souhaitait était d'informer l'ennemi de la présence d'artefacts enterrés sous la montagne.

— *Même si quelques-uns de tes ancêtres ont survécu,* poursuivit-il, *je ne comprends pas pourquoi tu voudrais défendre ces gens. Ce sont les responsables de la purge. Tu en es forcément consciente.*

— *On ne peut blâmer un homme pour les fautes de ses pères.*

— *Oh, je t'en prie. Penses-tu vraiment qu'ils soient différents ? Ils tuent, noient, brûlent toute personne soupçonnée d'avoir du sang de dragon dans les veines. Rien n'a changé. Je suis d'ailleurs surpris qu'ils ne t'aient pas… Ah… Ils l'ignorent, n'est-ce pas ? Ils ne savent pas qui tu es réellement.*

Sardelle grimaça en entendant la suffisance dans sa voix. Comme il semblait fier d'avoir compris cela tout seul. Crétin.

— *Je ne trahirai pas ton secret.* Il ricana. *Mais je serais étonné que tu parviennes à le préserver. Ce doit être pénible de devoir cacher sa vraie nature.*

— *Qu'est-ce que ça peut bien te faire ?*

— *Dans la situation actuelle ? Rien. Mais… cela pourrait me concerner. Tu pourrais laisser ces gens, et me rejoindre.*

— *Pour quelle raison ?*

— *Je t'emmènerai là où vivent ceux de ton espèce. Tu seras mieux parmi eux.*

Sardelle sentit sa gorge se nouer. Elle voulait vraiment découvrir où d'autres mages pouvaient vivre, mais s'ils étaient du genre à s'associer à des armées de conquête, avait-elle envie de les rencontrer ? Bien sûr, ce n'était pas parce que cet homme avait fait ce choix qu'ils étaient tous comme lui.

— *Ou alors…* Les mots du mage se firent plus doux dans son esprit. *Tu pourrais venir avec moi.*

— *Que proposes-tu ?*

— *Une union. Rares sont les êtres à posséder du sang de dragon, et plus rares encore ceux dont la lignée ne s'est pas diluée au fil des siècles, au point de disparaître. Ceux qui restent n'engendrent qu'exceptionnellement une descendance quand ils s'accouplent. Leur sang est trop proche, trop mêlé.*

Sardelle ouvrit la bouche de stupéfaction, les yeux toujours rivés sur le dirigeable au loin, qui survolait les cimes. Venait-elle vraiment de recevoir une proposition d'accouplement ? Et de la part d'un parfait étranger ? Comme c'était romantique!

Il était sans doute prêt à dire n'importe quoi pour l'éloigner du fort. Malgré ce qu'il avait affirmé, la présence de Sardelle en ces lieux le gênait plus qu'il ne voulait l'admettre.

L'espace d'un bref moment immature, elle songea à lui envoyer une image d'elle enlacée avec Ridge, mais ç'aurait été stupide. Elle se contenta de répondre simplement :

— *Je garderai ton offre en tête.*

— *Fais donc. Ce serait du gâchis que de devoir te tuer quand nous attaquerons.*

Oh, oh.

— *Et quand cela doit-il arriver ?*

— *Bientôt. Tu n'as plus beaucoup de temps pour prendre ta décision.*

Le dirigeable vira et disparut hors de vue ; où pouvait-il bien se réfugier dans ces montagnes inhospitalières ?

Sardelle grimpa les marches pour voir si l'on apercevait le site du crash du haut des remparts et si Ridge avait trouvé des survivants. Ce à quoi elle assista alors lui fit songer qu'il ne la retrouverait sûrement pas ce soir à la bibliothèque.

Il fallut à Ridge l'aide de deux hommes pour réussir à ouvrir la porte métallique cabossée de la cabine. Les cris qu'ils avaient entendus en s'approchant avaient cessé. Il espéra qu'il ne s'agissait pas de blessés qui avaient perdu connaissance, ou rendu l'âme. Malheureusement, les six hommes de son équipe et lui avaient dû dégager une importante quantité de neige avant de pouvoir atteindre la porte. Les fenêtres à l'avant de la cabine étaient encore enterrées sous la neige, les empêchant de voir à l'intérieur. L'armature interne du ballon avait été brisée et son enveloppe déchirée en grands lambeaux qui recouvraient le reste de l'appareil. En résumé, le dirigeable s'était écrasé en beauté.

Ridge soupira de soulagement en entendant un « c'est pas trop tôt ! » surgir de l'obscurité quand il réussit enfin à ouvrir la porte. Mais son soulagement fut légèrement douché par la phrase qui suivit :

— Sortez-nous de là, bande de bons à rien !

Ridge était sur le point d'annoncer son nom et son grade pour s'épargner ce genre d'invectives, mais la voix ajouta, d'un ton moins agressif :

— Je ne suis pas sûr que le pilote tienne longtemps.

— Oster, Rav, appela Ridge en leur faisant signe de le suivre, avant de se faufiler à l'intérieur. La seule lumière provenait de la porte ouverte, et il lui fallut un moment pour s'accommoder à la pénombre.

— Je suis le colonel Zirkander. Qui est-ce qui m'aboie dessus, et où se trouve le blessé ?

— Il est à l'avant, répondit une voix de femme, à la surprise de Ridge. (Qui aurait eu l'idée d'amener une femme dans un endroit pareil ? À moins qu'il ne s'agisse d'une prisonnière ? Ce dirigeable amenait-il de nouveaux prisonniers en plus du ravitaillement ?) Il a essayé de contrôler l'atterrissage. Il n'a pas voulu lâcher les commandes, même quand…

Sa voix se brisa dans un sanglot réprimé. Elle paraissait jeune.

— Quant à savoir qui vous aboie dessus, colonel, sachez que vous vous adressez au général Melium Nax.

Formidable. Ridge avait déjà entendu parler de lui, et pas en positif.

— Mon général. (Il distinguait à présent la forme du général, qui semblait réconforter la femme. Ridge rampa en direction du cockpit fracassé.) Rav, c'est vous derrière moi ? Vous voyez le pilote ? Il va falloir soulever ce panneau qui lui écrase les jambes pour le tirer de là.

— J'arrive, colonel.

Le soldat aux larges épaules le bouscula un peu en se frayant un passage. Ridge tâtonna à la recherche du cou du pilote pour prendre son pouls et ses doigts rencontrèrent une mare de sang. Et merde. Une poutrelle de métal brisée était plantée dans la poitrine de l'homme. Pas de pouls.

— Laissez tomber, Rav, dit doucement Ridge. Plus rien ne presse.

Derrière lui, le général soupira. La femme renifla et s'essuya les yeux.

— Nous allons vous sortir tous les deux de là, dit Ridge. Vous devez être blessés vous aussi. Je vais vous conduire à notre infirmerie.

— Et partout ailleurs dans le fort, jeune homme. Je suis ici en mission d'inspection.

— Oui, j'avais compris. Mais pour être honnête, je m'inquiète plus des Cofah pour l'instant. Rav, que les gars déchargent la cargaison. Nous devons récupérer tout ce qui aura survécu au crash. Et sortez-moi aussi ce pauvre pilote de là.

— À vos ordres, mon colonel.

Ridge ressortit le premier et tendit la main au général pour l'aider à s'extirper de l'épave. Avec ses cheveux blancs et son visage austère, l'homme avait l'air de n'avoir pas le moindre sens de l'humour, et Ridge songea que leur relation risquait d'être compliquée. Oh, et puis tant pis. Après tout, il n'aurait rien contre le fait de laisser le commandement du fort à quelqu'un d'autre, du moins tant que la menace des Cofah persistait, afin de pouvoir se concentrer sur la défense et sur les réparations de l'aéro. Le général avait quelques cicatrices sur les mains et le visage. Il avait dû connaître des batailles et il pourrait sans doute se révéler de bon conseil. Si du moins ses cicatrices n'étaient pas dues à des voyous qu'il n'avait pas pu soudoyer avec des tartes.

Cette pensée fit surgir dans son esprit l'image de Sardelle. Par les sept dieux, comment allait-il expliquer Sardelle à son nouveau supérieur ? Le capitaine Heriton n'aurait plus besoin d'envoyer un rapport discret à l'état-major pour trouver quelqu'un à informer de la situation.

— Fais attention, Vesper, dit le général à la femme qui sortait à son tour.

D'un geste machinal, Ridge lui offrit sa main. Le général se renfrogna – si c'était son mari, il avait au moins trente ans de plus, voire quarante –, mais la femme accepta son aide avec un sourire de remerciement. Elle était belle, avec un nez délicat, un menton pointu et une chevelure blonde abondante coiffée en natte, dont quelques mèches s'étaient échappées. Elle ne semblait pas blessée, mais quand elle se releva sur la neige, elle s'affala aussitôt contre Ridge et s'agrippa à sa parka pour ne pas tomber.

— Oh, la couche de neige est épaisse.

— Oui, madame, acquiesça Ridge, même s'il n'y avait pas tant de neige que cela.

— Vesper Nax est ma fille, colonel, précisa le général d'un ton bourru, comme si c'était Ridge qui s'était collé à elle.

— Oui, mon général. (Ridge s'extirpa des bras de Vesper.) Eh bien, je ne m'attendais pas à ce que vous – ou quiconque – ameniez une femme ici.

D'ordinaire, Ridge n'était pas aussi précautionneux dans ses rapports avec ses officiers supérieurs, mais il n'avait encore jamais rencontré Nax et il préférait éviter de se montrer insolent. C'est qu'il avait quelque chose à perdre ici. D'ordinaire, il savait que ses supérieurs ne l'empêcheraient jamais très longtemps de voler. Mais ici ? Il allait devoir la jouer fine s'il voulait éviter que Sardelle se retrouve en prison.

Le général se renfrogna – apparemment, c'était là son état naturel.

— Vesper, enfin le professeur Vesper Nax, est géologue. Le roi a suggéré que je l'amène ici pour étudier les formations rocheuses de la montagne et déterminer à quel endroit nous aurions le plus de probabilité de trouver des cristaux. Nous avons perdu deux aéros dans des combats au-dessus de l'océan il y a moins de deux semaines. Et donc deux cristaux de moins. Il faut absolument augmenter la production.

Ridge, qui avait commencé à les accompagner vers le fort, se figea.

— Quelle escadrille ?

Pas ses hommes… Il n'aimait jamais entendre parler de pilotes abattus en mission, bien sûr, mais encore moins quand il s'agissait de pilotes ayant servi sous ses ordres.

— On dit : quelle escadrille, mon général.

Comment ce salopard osait-il ? Même en faisant des efforts, Ridge allait avoir des problèmes avec lui, c'était une évidence.

Nax pointa le doigt sur lui.

— Je connais votre réputation Zirkander. Je vous ai vu vous pavaner au QG comme si tout le monde devait s'incliner devant votre talent, mais vous n'êtes qu'un moins que rien chez qui l'insubordination est une seconde nature. Votre famille est pleine d'ivrognes et de délinquants. Je n'arrive même pas à comprendre comment vous avez pu intégrer l'école de l'air. Sans doute que l'officier de recrutement était une femme qui s'est laissé prendre à votre prétendu charme.

Durant cette diatribe, Ridge n'était que trop conscient de la présence de la fille du général qui assistait à la scène avec un mélange de surprise et d'exaspération. Ridge se moquait de se faire botter les fesses une fois de temps en temps, mais il avait toujours détesté les officiers qui le faisaient devant des spectateurs. Vesper ne comptait pas vraiment, mais les hommes qui déchargeaient le dirigeable – et qui se donnaient beaucoup de mal pour faire semblant de ne rien entendre, absorbés par leur tâche – étaient des soldats que Ridge aurait peut-être un jour à mener au combat. Il était nécessaire qu'ils le respectent, et surtout pas qu'ils croient qu'on le prenait pour un guignol au quartier général.

— Je ne sais pas comment vous êtes parvenu à vous faire promouvoir au rang de colonel, poursuivit Nax, mais si vous vous avisez de jouer au plus fin avec moi, je vous rétrograderai lieutenant à grands coups de pompe dans le cul.

— Formidable, dit Ridge. Et maintenant, si vous en avez terminé avec votre discours, que vous avez dû vous répéter durant tout le voyage, je vous saurais gré de me dire à quelle escadrille appartenaient les pilotes abattus. Mon général.

Son intention de faire preuve de retenue n'avait pas tenu plus de trois minutes. Mais, comme on disait à l'école de l'air, aucun plan de bataille ne survivait au-delà du début des combats.

— Qu'est-ce que j'en ai à foutre, grogna le général. Vous autres les pilotes d'aéro, vous êtes tous les mêmes. Et maintenant, si vous me montriez mon bureau, que je puisse commencer à voir ce que vous avez fait ici depuis que vous avez pris le commandement.

Il ricana et s'éloigna sans attendre ; les murs de pierre noire du fort étaient visibles à travers l'averse de neige, il ne risquait pas de se perdre. Ridge ne se donna pas la peine de se précipiter sur ses talons.

— Je n'avais pas compris que mon père vous connaissait, dit le professeur Vesper.

— Ce n'est pas le cas. Pas que je m'en souvienne, en tout cas.

— Oh, voilà qui est curieux. D'ordinaire, il réserve ce niveau d'agressivité aux lobbyistes, aux libéraux, et à ses pires ennemis.

— Dans ce cas, c'est qu'il doit savoir que je n'ai pas voté conservateur au concours de déguisement des fêtes de fin d'année.

Vesper rit. Ridge n'avait pas cherché à être drôle. Oh, et puis tant pis.

— Par ici, madame. Je vais vous conduire aux, heu, quartiers des invités.

Qui se résumaient à quelques chambres poussiéreuses et inutilisées, dans le baraquement des officiers.

— Je vous remercie. Et, colonel ? Puis-je vous appeler Ridge ?

— Je vous en prie, répondit-il, même s'il n'en avait aucune envie.

Il ne souhaitait pas établir la moindre familiarité avec la fille du général. Ce vieux bougon de Nax allait lui causer assez de problèmes comme ça. À quoi pensait donc le roi en l'envoyant ici, au milieu d'une horde d'hommes en mal de compagnie féminine ? Une image de Sardelle et lui dans la grotte s'imposa à son esprit, et il rougit.

— Entendu. Ridge, alors. Il s'agissait de pilotes de l'escadrille du Loup. Je l'ai lu dans le journal.

— Le Loup. (C'était son escadrille. L'indignation qu'il ressentait à la façon dont le général l'avait traité s'évanouit. Quelle importance pouvaient bien avoir les manières méprisantes d'un officier supérieur face à la mort de ses pilotes ?) Vous souvenez-vous du nom des pilotes ?

— C'était un homme et une femme. Dash et… Ann ? Orhn ?

Ridge s'arrêta au milieu de la piste, les pieds soudain gainés de plomb. Il ferma les yeux.

— Ahn.

— Ils volaient avec vous ?

— Oui.

— Je suis navrée. (Vesper posa une main sur son épaule.) Si vous voulez en parler ou prendre un verre ce soir, je vous tiendrai volontiers compagnie.

La familiarité de cette femme le surprit. En avant sur la piste, le général s'était retourné et les toisait d'un œil noir. Ridge résista à l'envie de repousser la main de Vesper. Il se força à répondre « Merci » et se remit à marcher, se libérant du même coup de cette main sur son épaule.

L'averse de neige avait diminué et plusieurs hommes les observaient du haut des remparts. Il espéra qu'ils scrutaient avec autant d'attention le ciel que les nouveaux venus ; le dirigeable des Cofah avait disparu, mais cela ne voulait pas dire qu'il ne pouvait pas revenir. Il repéra Sardelle sur les remparts, dont les longs cheveux noirs étaient agités par la brise, et il se demanda si elle avait vu le geste par trop familier de la fille du général. Quelque chose dans la manière dont elle se détourna aussitôt quand il leva les yeux vers elle lui donna à penser que tel était bien le cas.

Chapitre 10

Dans le baraquement des femmes, les ronflements se réverbéraient sur le plafond, les murs et le plancher. Celui qui avait conçu ce bâtiment aurait dû envisager des tapis, des rideaux, des tapisseries, ou au moins des matériaux avec un tant soit peu de propriétés d'isolation phonique. Le décorateur ignorait sans doute qu'il existait des femmes capables de ronfler aussi fort. Sardelle non plus, avant de se retrouver ici. Elle était donc couchée dans le noir, les yeux grands ouverts, et écoutait le sommeil sonore des prisonnières épuisées. Elle-même était fatiguée après avoir trimé toute la journée à la buanderie. Les autres femmes l'avaient traitée comme une lépreuse parce qu'elle n'était plus venue travailler depuis un bon moment et qu'elle avait, comme elles disaient, passé son temps à s'envoyer en l'air et à se la couler douce, mais cela restait un bon endroit où se cacher de ce général Nax, qui avait consacré sa journée à traîner Ridge dans les moindres recoins du fort par moults cris et gestes énervés.

Sardelle avait immédiatement détesté cet homme, même si elle ne s'était encore jamais retrouvée dans la même pièce que lui. Le capitaine Heriton avait fait une apparition dans l'après-midi, pour ce qui semblait être une mission d'inspection. Elle avait pris soin de rester à l'écart, ne souhaitant pas se rappeler à son souvenir. Il lui semblait hautement improbable que ce général soit disposé à traiter avec elle quand son épée serait retrouvée.

Elle n'avait pas encore réussi à apprendre qui était cette femme exactement, hormis qu'elle était jeune et jolie, et qu'elle faisait tache dans le décor tout autant que Sardelle. Mais il s'agissait à l'évidence de quelqu'un de spécial, car les soldats la saluaient en s'inclinant et en souriant dès qu'ils la croisaient. Et cela ne semblait pas seulement dû à sa beauté.

Après être restée une heure allongée sans trouver le sommeil, Sardelle sortit de son lit, enfila ses bottes et des vêtements assez chauds pour traverser la cour. Elle ne s'attendait pas à ce que Ridge soit à la bibliothèque, ni qu'il pense à elle, mais comme de toute façon elle n'arrivait pas à dormir, autant tenter sa chance…

— *Il est là.*

Sardelle, qui était en train de mettre ses bottes, manqua de tomber. Jaxi avait gardé le silence tout au long de la journée, sans doute elle aussi inquiète du risque que le secret de Sardelle éclate au grand jour.

— *Oui, j'évite de me faire remarquer quand leur dirigeable est dans le coin. Je n'ai pas aimé ce faux jeton suffisant*, dit Jaxi avec un reniflement dédaigneux.

— *Ce qui ne t'a pas empêchée d'écouter notre conversation télépathique, apparemment.* Sardelle se dépêcha de finir de s'habiller, plus troublée par la première annonce de Jaxi que par le reste.

— *Il fallait bien que je me tienne au courant de la situation. Rassure-toi, il n'a pas senti ma présence.*

— *Tant mieux.* Sardelle enfila sa parka. *Quand tu as dit « il est là », tu parlais de…*

— *Je détesterais me retrouver dans les mains d'un mage prétentieux et puant la jungle, au service d'une armée de conquérants.*

— *Je me réjouis que tu ne l'aimes pas non plus, mais ce que je voulais savoir c'est si…*

— *Oui, oui, ton petit copain t'attend. Encore que je ne sois pas sûre qu'il pense au sexe en ce moment.*

Sardelle sortit du bâtiment en boutonnant sa parka. La neige avait cessé de tomber et le ciel était dégagé, mais l'air était assez glacial pour vous geler les poils du nez.

— *Quelle image poétique. Je te suggère d'éviter d'en faire part à ton amant.*

— *Merci du conseil, Jaxi.*

Des feux brûlaient à l'intérieur des tours de guet et des braseros étaient allumés sur les remparts. La nuit était déjà bien avancée, mais des soldats continuaient à patrouiller le chemin de ronde, les yeux levés vers le ciel. Oui, avec un temps aussi clair, les Cofah pourraient estimer que le moment était bien choisi pour lancer une nouvelle attaque. Sardelle balaya les environs en se servant de ses perceptions, sans toutefois ralentir l'allure alors qu'elle se dirigeait d'un pas vif vers le bâtiment de la bibliothèque. Elle ne repéra aucun vaisseau volant dans la nuit. Bien.

La bibliothèque n'occupait qu'une seule pièce, à l'étage d'un bâtiment destiné au stockage et à l'entretien du matériel minier. Aucune lampe n'était allumée dans le vaste hangar du rez-de-chaussée et Sardelle dut faire appel à ses sens magiques pour circuler entre les obstacles, qui allaient de wagonnets en cours de réparation à d'énormes volants d'inertie provenant des machines d'extraction qui actionnaient les cages. D'ordinaire, il restait toujours un passage dégagé jusqu'à l'escalier menant à l'étage, mais sans doute avait-on bougé du matériel pour l'inspection du général.

Alors qu'elle montait à l'étage, qui était lui aussi plongé dans le noir, Sardelle commença à douter de l'affirmation de Jaxi. Puis elle sentit une présence dans la bibliothèque. Ridge avait dû apporter sa propre lanterne et ne s'était donc pas préoccupé d'allumer les lumières du bâtiment. Ce qui était une bonne idée s'ils voulaient éviter de se faire voir. Mais avec la présence de ce général, Sardelle était réticente à l'idée de faire quelque chose qui pouvait valoir à Ridge des ennuis. Pour ceux du fort, elle restait une prisonnière. Ridge était le seul à la considérer différemment.

Elle marqua une pause, la main sur la poignée de la porte. Elle prenait un risque à venir le retrouver. Mais en même temps, elle ne supportait pas l'idée de le laisser seul ici. Il était…

saoul, devina-t-elle dès qu'elle ouvrit la porte et sentit l'odeur de l'alcool. Ridge était assis dans le noir, face à l'unique fenêtre de la bibliothèque, qui offrait une vue imprenable sur les remparts de pierre grise.

— Ridge ? murmura-t-elle. Êtes-vous… voulez-vous rester seul ?

Il prit une grande inspiration sonore et expira lentement avant de répondre. Le temps de réfléchir, peut-être. Apparemment, ce n'était pas l'envie de la voir ni un désir irrépressible qui l'avait fait venir ici.

— Non, répondit-il finalement.

— Puis-je allumer une bougie ?

— Ouais.

Il n'avait pas la voix pâteuse, mais il semblait clairement abattu. Vaincu.

— Eh bien, je n'aime pas ce nouveau général si à peine arrivé il vous pousse à boire, commenta Sardelle d'un ton léger.

Ridge grommela.

— Est-ce lui qui commande, à présent ?

— Ouais. L'état-major lui a donné toute autorité pour prendre le commandement s'il juge que je ne fais pas du bon boulot.

Ridge fit un geste négligent de la main, comme s'il n'en avait rien à faire.

Après avoir fouillé deux tiroirs, Sardelle tricha et usa de ses perceptions magiques pour trouver des bougies et une boîte d'allumettes. Elle rapporta le tout à la table, là où se tenait Ridge. Il détourna les yeux quand l'allumette s'embrasa. La bouteille en verre marron devant lui n'avait pas d'étiquette ; peut-être était-ce un alcool distillé dans un alambic de fortune, au fond d'un baraquement. En tout cas, il sentait fort. Une petite figurine de dragon en bois reposait à côté de la bouteille, sa peinture effacée au niveau de son ventre rond. Elle reconnut son porte-bonheur, même si c'était la première fois qu'elle le voyait vraiment. La figurine comportait un petit anneau de métal au sommet de la tête, auquel était attachée une boucle de fil tressé de couleur dorée. Ridge devait le suspendre dans son cockpit quand il prenait les commandes de sa machine volante.

Sardelle s'assit sur une chaise à côté de lui.

— Vous devriez me préciser un peu le contexte. Je ne sais pas si je dois essayer de vous remonter le moral ou compatir. Ou juste rester assise en silence.

Du dos de la main, Ridge poussa la bouteille vers elle.

— Ou boire un verre avec vous, ajouta-t-elle.

— Deux de mes pilotes ont été tués.

— Oh. (Ce n'était donc pas le général qui l'avait mis dans cet état ; du moins, pas uniquement le général.) Des hommes qui volaient avec vous ? Que vous connaissiez bien ?

— Un homme et une femme. Une toute jeune femme, en fait. Ahn avait seulement vingt-trois ans, à peine sortie de l'école de l'air, mais elle avait un don pour le pilotage et une précision de tir digne du dieu archer. Elle…

Ridge déglutit péniblement puis se racla la gorge et s'empara de la bouteille pour boire une longue rasade.

Sardelle se demanda si cette Ahn avait été plus pour lui qu'une camarade d'escadrille, mais elle se garda bien de poser la question. Ce n'était pas le bon moment, et elle refusait de se laisser aller à de la jalousie mesquine envers une femme qui venait de mourir.

Ridge reposa la bouteille.

— C'était une bonne gamine. Elle aurait eu une grande carrière. Elle aurait pu faire partie de ces gens qui changent la donne, vous voyez ?

Sardelle ne trouvait rien à dire qui ne soit vain et inepte, alors elle posa simplement une main sur son bras.

— Et Dash aussi, dit Ridge. Même s'il était téméraire. Ils l'étaient tous les deux. Ils le tenaient probablement de moi. Et je n'étais pas là quand…

Il laissa de nouveau sa phrase inachevée, les yeux rivés sur le néant obscur de la nuit.

— Je suis désolée, murmura Sardelle.

Cela semblait tellement insuffisant. Pour lui, mais pour elle aussi. Ses pensées dérivèrent vers ceux qu'elle avait perdus, des amis et des parents qui auraient connu eux aussi de brillantes carrières si le destin n'en avait pas décidé autrement. Certains étaient plus jeunes encore que le lieutenant de Ridge quand la montagne s'était effondrée sur eux.

Ils restèrent assis là en silence, à la lumière vacillante des bougies qui faisait danser les ombres sur les étagères de livres. Après un moment, Ridge poussa de nouveau la bouteille vers elle.

— Vous devriez boire. Je serai de meilleure compagnie une fois que vous aurez vous aussi un coup dans le nez.

Puisqu'il le souhaitait, Sardelle goûta l'alcool au parfum si prononcé. Comme elle s'y attendait, il descendit dans sa gorge en la brûlant atrocement. Elle réussit à ne pas tousser et cracher, mais de justesse.

— Comme je vous l'ai dit ce matin, vous n'avez pas grand-chose à faire pour être de meilleure compagnie qu'un bataillon de ronfleuses.

— Vraiment ? Je dois avoir de la chance qu'ici la concurrence soit si médiocre.

Sardelle aussi. Elle repensa à cette jolie fille blonde et à la manière dont elle était tombée dans les bras de Ridge à l'instant où elle était sortie de la cabine du dirigeable. Les soldats du fort regardaient Ridge comme un héros, et sans doute cette admiration était-elle partagée par les femmes, quand il était de retour chez lui. Il devait avoir l'embarras du choix en matière de compagnie féminine. Si un jour elle venait frapper à la porte de son chalet près du lac, le trouverait-elle seul ? Ou l'aurait-il oubliée, avec tant d'autres femmes qui lui tournaient autour ?

— *Ça ne te ressemble pas de manquer à ce point de confiance en toi.*

— *Je n'ai pas eu non plus beaucoup de relations amoureuses.*

— *Tu es une belle femme, Sardelle. Il est dans la bibliothèque avec toi, et pas à partager un verre avec cette blonde. Elle le lui avait proposé, pourtant.*

— *Et c'est censé me remonter le moral ?*

— *Non, c'était juste une observation.*

Il était temps de changer de sujet.

— Il m'a semblé que ce général vous menait la vie dure. Risquez-vous d'avoir des ennuis à cause des changements que vous avez mis en place ?

Ou à cause de moi ? ajouta-t-elle mentalement.

— C'est déjà le cas. Il considère que je dirige cet endroit à la manière d'un club d'officiers, et que ma prochaine décision sera de faire venir des masseurs pour les prisonniers.

— N'a-t-il pas été au moins satisfait des nouvelles découvertes de cristaux ?

— Il était si content que, l'espace d'une seconde, j'ai cru qu'il allait sourire. Mais il refuse de les porter à mon crédit – encore que je n'aie pas grand-chose à voir dans tout ça, ajouta Ridge avec un signe de tête à l'intention de Sardelle. Il est convaincu qu'ils ont été trouvés quand le général Bockenhaimer était encore en poste, même si Heriton lui a affirmé le contraire.

— Vos mineurs ne vont plus tarder à en déterrer un autre. Il pourra le constater de ses yeux quand ils le sortiront de la mine.

— Si vous le dites.

— Si je pouvais descendre dans les galeries, je crois qu'il me serait possible d'en repérer davantage. Bientôt, les tunnels vont atteindre d'anciennes salles du complexe, et il y aura une plus forte densité de…

Sardelle s'interrompit en voyant Ridge se tourner sur sa chaise pour lui faire face.

Sa main vint se refermer sur celle de Sardelle, qui était toujours posée sur son bras.

— Écoutez-moi, Sardelle. Vous devez vous montrer prudente. Ne laissez pas le général vous voir, et évitez aussi Heriton autant que possible. S'il commence à déblatérer sur ce que ce prisonnier a raconté ou à parler de tous ces événements inhabituels qui se sont produits depuis que vous êtes là, vous serez en danger. Je ne pourrai pas vous protéger. Même si ce n'est pas l'envie qui m'en manque, je ne peux pas pousser un officier supérieur d'une falaise pour nous débarrasser de lui.

— Je ne vous demanderais jamais une chose pareille.

— Je le sais bien. (Ridge leva la main pour lui caresser la joue.) Vous êtes bien plus sage que je ne le suis. (Il suivit de ses doigts l'ovale de sa joue, sans cesser de la regarder. Un frisson de plaisir parcourut Sardelle.) Et plus sexy aussi, ajouta-t-il dans un murmure.

— Je réfute cette affirmation. Vous êtes tout à fait sexy. Surtout quand vous souriez.

Ridge la gratifia enfin d'un petit sourire.

— Et pour ce qui est de la sagesse ?

— Là, je ne peux pas vous contredire.

Ridge rit doucement et se pencha vers elle. Il l'embrassa tendrement sur les lèvres, puis glissa son visage contre son cou. Sardelle ne savait pas trop s'il cherchait juste un peu de réconfort ou quelque chose de plus, mais elle sentit son corps réagir à son contact. Ce serait dommage de retourner maintenant au dortoir. Ridge passa la main dans les cheveux de Sardelle et lui massa la nuque.

— J'imagine que vous faire caresser par un ivrogne vous récompenserait bien mal après avoir fait tout ce chemin pour venir me tenir compagnie, susurra-t-il contre sa gorge, en effleurant sa peau de ses lèvres.

Sardelle se demanda s'il pouvait sentir l'emballement de son pouls.

— Ça dépend de l'ivrogne, chuchota-t-elle en glissant une main sur la nuque de Ridge, tout en regrettant que leurs chaises soient aussi éloignées l'une de l'autre.

— Oh ?

— Vous semblez avoir… (Ce massage était si agréable que son cerveau dérailla un instant, lui faisant oublier le reste de sa réponse. Agréable et stimulant. Sans parler de ce qu'il faisait avec sa bouche sur son cou.) Conservé toutes vos facultés, termina-t-elle dans un souffle.

— J'espérais que vous viendriez, dit-il en posant son autre main sur la cuisse de Sardelle et, malgré les vêtements, ce contact éveilla une onde de chaleur en elle.

Sardelle quitta sa chaise pour s'asseoir sur ses genoux et l'étreindre de ses bras.

— Moi aussi.

Cela ne voulait rien dire, mais elle s'en moquait.

— Ce soir, vous êtes la seule chose qui m'empêche de sombrer, lui murmura Ridge, et ce fut la dernière parole qu'ils échangèrent avant un bon moment.

Après avoir passé la nuit avec Sardelle, une chose que Ridge était décidé à faire plus souvent, peu importe les obstacles, il avait du mal à se concentrer sur la conférence de la fille du général. Oh, le professeur

Vesper n'avait sûrement pas eu l'intention de tenir une conférence, mais après qu'elle lui avait expliqué l'importance d'un dixième type de roche sorti de sa mallette d'échantillons, Ridge en venait à espérer que le général Nax débarque et congédie sa fille. Curieux, quand Sardelle lui avait résumé tous ces livres, il n'avait pas trouvé ça ennuyeux ni pompeux, mais Vesper affichait un petit air suffisant qui lui donnait envie de sortir un dossier sur lequel travailler pendant qu'elle parlait. Et il avait également l'impression qu'elle doutait de son intelligence.

— Il est important que nous formions les mineurs à reconnaître les débris sans valeur qu'ils dégagent de chaque niveau, déclara Vesper. Je suis ici pour déterminer les catégories de roches dans lesquelles nous serons le plus susceptibles de découvrir des cristaux.

— Quelqu'un a déjà déterminé ça, dit Ridge. C'est pour ça que nous en avons trouvé quatre au cours des deux dernières semaines.

— Quelqu'un. (Vesper fronça son nez minuscule.) Un géologue ? Un expert ?

— Je ne sais pas exactement quel a été son domaine d'étude. Il s'agit d'une prisonnière.

— Vous suivez les conseils d'une criminelle en matière d'extraction minière ? Oh, Ridge.

— Elle est éduquée.

Ridge aurait sans doute dû s'abstenir de parler de Sardelle, mais il n'avait aucune envie d'instituer un système absurde de classement des roches – il imaginait la réaction des mineurs si on les obligeait à trier et cataloguer chaque caillou sorti de la mine – quand il existait une meilleure manière de procéder.

— Où a-t-elle étudié ?

— Elle ne me l'a pas dit. (Ridge songea qu'il avait peut-être là un moyen imprévu d'en apprendre un peu plus sur le mystérieux passé de Sardelle.) Mais vous la connaissez peut-être ? Je crois qu'elle était archéologue, ou quelque chose du genre, avant de finir ici.

Est-ce qu'il arrivait aux géologues et aux archéologues de collaborer de temps à autre, et de lire mutuellement leurs articles ?

— Quel est son nom ?

— Sardelle Sordenta.

Vesper secoua la tête.

— Je n'ai jamais entendu parler d'elle.

— Hum… Elle a d'intéressantes idées à propos de l'origine des cristaux. Avez-vous déjà lu quelque chose sur l'existence d'un complexe des Referatu ici, il y a plusieurs siècles ? Par « ici », je veux dire : à l'intérieur même de la montagne.

Vesper se recula un peu.

— Les mages ? Bien sûr que non.

Elle semblait sincèrement surprise. Ah. Ridge avait cru jusque-là que c'était parce qu'il n'avait pas passé assez de temps dans les salles d'études qu'il ignorait ce fait. Mais après tout, la géologie n'était pas l'archéologie.

— Il serait intéressant que vous descendiez dans la mine pour examiner ses galeries, dit-il. On peut voir que certaines zones ont été excavées dans le passé, avant de s'effondrer.

— Vraiment ? Voilà qui est fascinant. (Elle lui adressa un sourire qui creusa deux fossettes dans ses joues.) Dois-je comprendre que vous me proposez de me faire la visite ?

— Heu. En fait, je suis déjà en retard. Le capitaine Bosmont m'attend pour travailler sur l'aéro.

Vesper leva une main.

— Je ne m'approcherais plus de cette chose si j'étais vous. Mon père était furieux en découvrant ce tas de ferraille rouillé – ce sont ses mots, pas les miens – au beau milieu de la cour.

— Oui, il m'a fait part hier de son opinion quant à l'intérêt de ce projet.

Et de ses opinions sur tout le reste.

— Je l'ai entendu dire qu'il voulait qu'il soit mis au rebut.

— Il verra les choses différemment si nous sommes capables de l'utiliser pour défendre le fort contre les Cofah, qui peuvent revenir à tout moment.

Voilà encore une autre raison pour que Ridge ne perde pas son temps à jouer les guides. Le ciel était clair ; la neige et le vent qui avaient jusqu'ici tenu le dirigeable à l'écart n'étaient plus un obstacle, désormais.

— Oui, je ne doute pas qu'il changera alors d'opinion. Et j'adorerais vous voir voler.

Ridge, quant à lui, aurait aimé que Sardelle le voie voler. Même si son passé restait mystérieux, il avait le sentiment qu'elle n'avait encore jamais vu un Dragon en action, aussi familière soit-elle avec les concepts développés dans le livre de Denhoft.

Une porte s'ouvrit à la volée dans le couloir.

— Colonel ? Général ? appela le capitaine Heriton d'un ton enthousiaste. Du nouveau dans la mine !

Ridge se leva de son siège.

— Et si nous allions voir de quoi il s'agit ? offrit-il en tenant la porte à Vesper.

— Merci, Ridge.

Elle sortit la première et, au moment où Ridge franchissait à son tour la porte, le général Nax surgit du bureau d'à côté. Sans surprise, il lança un regard contrarié à sa fille qui, avancée dans le couloir, lui tournait le dos, puis à Ridge, ayant compris qu'ils sortaient tous deux de la même pièce.

— Dépêchez-vous, les appela le capitaine depuis le bas de l'escalier. C'est devant le puits n° 3. C'est incroyable !

— Un cristal ? demanda Vesper.

— Forcément, dit le général.

Ridge en doutait. Heriton avait été aussi excité que tout le monde par la découverte du premier cristal – ce n'était plus arrivé depuis plus d'un an – mais à présent que la chose était devenue plus fréquente, le capitaine ne serait pas venu les chercher à grands cris parce qu'un mineur en avait trouvé un autre.

Ridge traversa la cour au pas de course. Un petit attroupement de mineurs et de soldats s'était formé devant la bouche du puits, autour d'un wagonnet qui n'était pas rempli de minerai, mais de…

— Des livres ? s'exclama Vesper, l'air incrédule. Retrouvés dans la mine ?

Ridge était moins surpris, averti par Sardelle de l'ancienne présence des Referatu. C'était là la première preuve véritable, en dehors des cristaux, de l'existence d'une civilisation antérieure en ces lieux. Une civilisation qui avait apparemment été anéantie par l'effondrement de la montagne.

Les hommes s'écartèrent pour laisser Ridge et le général approcher.

— On les a trouvés ce matin, disait un mineur, avec quelques vieux tapis mités.

Un autre prisonnier lui donna un coup de coude et pointa le doigt vers Ridge.

— Dis-leur pour les ossements.

— Oui, oui, je comptais le faire.

— Silence, aboya le général Nax. Vous tous. Sauf vous. (Il montra le premier mineur.) Expliquez-nous tout, et que personne ne l'interrompe.

Plusieurs hommes marmonnèrent un « à vos ordres » ; certains glissèrent un regard vers Ridge, comme s'ils se sentaient trahis qu'il abandonne à ce personnage plus autoritaire – ou despotique, selon les opinions – la direction des opérations. Ridge se garda de toute remarque ou attitude qui pourrait laisser les hommes comprendre ce qu'il pensait de Nax. À croire que la maturité de Sardelle déteignait sur lui. Il prit une grande inspiration et écouta le récit du mineur.

— On aurait dit une ancienne salle qui s'est effondrée. Une partie d'une sorte de forteresse souterraine, ou quelque chose du genre. On a trouvé deux cristaux. Deux ! À moins de trois mètres l'un de l'autre. L'ingénieur les a emportés sans attendre, mais on a rapporté aussi ces livres. Et, comme l'a dit deux-cinq-trois, il y avait des ossements, aussi. Réduits en miettes par les rochers, mais ce sont des squelettes humains, pas de doute. On en a trouvé deux. Il y en a peut-être d'autres. Un groupe de mineurs continue à creuser là-bas.

Le général avait le regard rivé sur les livres et ne semblait pas écouter avec attention.

— Une belle trouvaille, commenta Ridge. Merci, c'est du beau boulot.

Les mineurs se touchèrent le front dans un geste qui rappelait le salut militaire.

— Pas de problème, boss.

— Qu'est-ce que c'est que ça ? demanda le général en frôlant de l'index le dos d'un des livres.

Le titre était rédigé en iskandien, mais l'écriture paraissait archaïque, plus ornée qu'il n'était habituel pour un livre.

— Qu'y a-t-il, père ? demanda Vesper en se glissant entre deux hommes pour mieux voir.

— *Rituels de la lune de moisson*, lut Nax, avant de retirer son doigt. Des Rituels. D'infâmes livres de sorcellerie. (Il lut d'autres titres.) Il n'y a que ça.

— S'il s'agissait bien d'un bastion des Referatu, c'est logique, commenta Vesper.

Ridge grimaça. Il avait oublié de lui dire de ne pas parler ouvertement de ça. Quelle erreur. Il n'aurait rien dû lui dire du tout, et cela ne fit que se confirmer quand le général tourna brusquement la tête vers sa fille.

— Qui t'a raconté une telle chose ?

Vesper adressa un regard interrogateur à Ridge, qui soupira intérieurement. Elle aurait aussi bien pu le désigner du doigt.

— C'est une prisonnière qui m'en a parlé, expliqua Ridge quand Nax tourna sa mine renfrognée vers lui. Je pensais que c'était un fait établi dans la communauté scientifique, c'est pourquoi j'en ai parlé au professeur.

Les mineurs échangeaient des regards perplexes. Ridge ne pouvait pas les en blâmer. Ils s'étaient sentis fiers d'avoir découvert ces vestiges exceptionnels, mais la réaction du général n'exprimait aucune satisfaction.

— Brûlez-les, ordonna Nax. Brûlez tout ce qui sera trouvé en bas.

— Comment ? s'exclama une voix familière à l'arrière de l'attroupement.

Ridge grimaça de nouveau. Il ne pouvait pas en vouloir à Sardelle de réagir, surtout si ces vestiges étaient ce pour quoi elle était venue ici, mais il aurait préféré qu'elle garde son exclamation pour elle. À dire vrai, c'était plus un cri de surprise que de protestation, et quand Ridge se retourna et la vit dans la foule, avec sa robe de prisonnière et son panier à linge dans les bras, il lut le regret dans ses yeux et la tension sur son visage. Elle aussi avait compris qu'elle venait de commettre une erreur.

Chapitre 11

Les mains croisées dans le dos, Sardelle gardait les yeux baissés sur la neige à ses pieds. Ridge l'avait prévenue, et elle s'était prévenue elle-même, mais quand elle était tombée par hasard sur cet attroupement, qu'elle avait vu les livres et entendu l'ordre inique du général…

Laisser détruire le peu qu'il restait de son peuple, voilà qui était impensable. Et pourtant, elle ne pouvait s'en prendre qu'à elle-même. Si elle n'avait pas tant voulu aider Ridge à trouver des cristaux, les mineurs n'auraient peut-être jamais creusé dans cette partie de la montagne. Désormais, il se pouvait qu'ils anéantissent jusqu'au dernier les vestiges de sa culture.

— *Ce n'est pas juste de penser ça. Tu les as orientés dans cette direction pour me retrouver. Si c'est la faute de quelqu'un, c'est la mienne.*

— *Ça ne change rien à la situation, Jaxi. Je, ou plutôt nous, avons fait un mauvais calcul.*

— *Nous ne pouvions pas prévoir que* Face de limace *allait prendre le commandement.*

— Son dossier dit qu'elle s'appelle Sardelle Sordenta, expliquait le capitaine Heriton au général. (Ridge se tenait quelques pas en arrière, les bras croisés sur la poitrine, le visage fermé. Ce n'était pas contre elle qu'il en avait, Sardelle le savait bien, mais contre la situation. Heriton, au contraire, affichait un large sourire.) Dossier qui n'est apparu qu'au bout de deux ou trois jours après son arrivée au fort. Je l'ai retrouvé dans un endroit que j'avais fouillé précédemment. Il n'y était pas la veille. Et puis il y a aussi le fait qu'à l'origine elle a été trouvée en train de rôder dans les mines…

Sardelle avait déjà entendu ces accusations et elle les écoutait en silence, tandis que les livres étaient déchargés du wagonnet et entassés dans la cour. Quelqu'un avait déposé un jerrican de pétrole à côté du tas de livres.

— *Si tu n'interviens pas, je le ferai.* Jaxi semblait aussi ulcérée qu'elle par cette situation.

— *Je suis déjà sur le point d'être accusée de sorcellerie, je te signale. Que puis-je faire ? Une fois que je t'aurai retrouvée, cela n'aura plus d'importance* – Sardelle glissa un regard vers Ridge et admit que c'était faux –, *mais en attendant, je ne peux pas les laisser...*

— *Te tuer ?*

— *Oui.*

— *Ça serait ennuyeux. Je me suis attachée à toi, et tu m'as manquée pendant ces trois cents ans où tu dormais.*

— *Je suis heureuse que tu te préoccupes de mon sort. Si tu fais quelque chose, essaie de ne faire de mal à personne, je te prie.*

Les grommellements qui emplirent l'esprit de Sardelle n'avaient rien d'encourageant, mais elle savait que Jaxi ne blesserait jamais volontairement quelqu'un, sauf pour la défendre. Toutes deux avaient prêté serment, voici bien longtemps, de protéger, et non de détruire.

— Femme, tu as quelque chose à répondre ? demanda le général Nax.

Sardelle secoua la tête.

— Vous saviez pour cette espionne, colonel Zirkander.

La voix du général était devenue dangereusement douce. L'espace d'un instant, Ridge donna l'impression qu'il allait rester muet lui aussi, mais il pinça les lèvres et choisit de répondre :

— J'ignore ce qu'elle est exactement, mais s'il s'agit d'une espionne, elle a fait preuve de beaucoup de sollicitude. C'est elle qui nous a indiqué où creuser pour trouver de nouveaux cristaux.

Sardelle ne voulait pas qu'il s'attire des problèmes en la défendant, mais avec tant de regards posés sur elle, elle ne savait pas comment lui faire signe de renoncer.

— *Tu ne crois pas qu'il soit prêt pour la télépathie ?*

Non, sûrement pas. Sardelle se rappelait comment il avait perdu son sang-froid quand elle avait plaisanté en suggérant qu'il était peut-être télépathe. Il avait eu des ennuis avec des mages par le passé, il l'avait admis. Le moment où elle le laisserait découvrir sa véritable nature, elle perdrait la seule chose qu'elle avait ici. La seule chose qu'elle avait au monde.

Les derniers livres avaient été jetés sur le tas et un soldat ouvrit le jerrican.

— Et comment pouvait-elle connaître l'emplacement de ces cristaux ?

Le général Nax dévisageait Sardelle, les yeux plissés.

— C'est elle qui vous a dit qu'il y avait ici une place forte des Referatu ? demanda la fille du général en s'avançant d'un pas.

Sardelle s'empêcha de lancer un regard contrarié à Ridge, mais elle se sentit un peu blessée qu'il ait parlé d'elle à cette femme. Il avait essayé de la défendre, comprenait-elle, mais elle aurait tout de même préféré qu'il n'ait rien dit. Elle était parfaitement capable de se mettre elle-même dans le pétrin sans l'aide de personne.

Le soldat gratta une allumette. Sardelle prit soin de ne surtout pas regarder dans sa direction tandis qu'elle l'éteignait. Personne hormis le soldat ne le remarqua. Bien. Mais il avait une pleine boîte d'allumettes. Moins bien. Oups, apparemment elles avaient pris l'humidité. Le soldat en essaya plusieurs avant de s'éloigner en grommelant pour aller en chercher d'autres.

— J'exige des réponses à mes questions, dit le général Nax. Et cela peut se faire ici, gentiment, ou dans une salle d'interrogatoire.

Ridge décroisa les bras.

— Ce n'est pas nécessaire, mon général. Elle nous a aidés.

— Sans doute dans l'intention de voler ces cristaux une fois que nous les aurions extraits de la mine, pour les ramener là d'où elle vient. Ce sont les Cofah qui t'ont infiltrée ici ?

— Je suis iskandienne jusqu'au bout des ongles, rétorqua Sardelle. J'ai grandi dans ces montagnes. Jamais je ne me mettrais du côté des envahisseurs.

Le soldat revint avec une nouvelle boîte d'allumettes. Elle en mouilla les têtes avant qu'il n'arrive devant le tas de livres.

— Nous verrons bien si tu nous chantes la même chanson avec un peu de pression, dit le général.

— Mon général. (Ridge avança d'un pas.) Allons-nous vraiment nous mettre à torturer les femmes ?

— Vous ne feriez aucune objection si c'était un homme. Il existe des espions des deux sexes, colonel. Ne soyez donc pas aussi naïf.

— Je n'ai pour l'instant rien vu qui justifie de torturer qui que ce soit. Elle nous aide. N'avez-vous pas envie de savoir combien de cristaux elle peut nous permettre de trouver ? Si ensuite nous ne sommes pas fichus de les garder, c'est notre problème, vous ne pensez pas ?

Nax le fusilla du regard.

— Vous ne pensez pas, mon général, le reprit ce dernier.

Un muscle se contracta sur la joue de Ridge. Sardelle songea qu'elle ne l'avait encore jamais vu se mettre vraiment en colère. Il n'allait quand même pas faire quelque chose qui ruinerait sa carrière pour la protéger ? Elle refusait de voir ça.

— Mon général, corrigea Ridge.

— Je crois aussi que nous devrions attendre, mon général, intervint le capitaine Heriton. Si c'est vraiment elle qui a permis de localiser les cristaux, nous devrions nous servir d'elle tant qu'elle est prête à nous aider.

Sardelle crut d'abord que Heriton avait changé son fusil d'épaule, décidant finalement qu'il préférait Ridge au général, ou du moins qu'il aimait plus les cristaux qu'il ne se méfiait d'elle, mais le regard qu'il lui lança n'avait rien d'amical. Même sans scruter les pensées du capitaine, elle sentait sa suspicion. Plus encore, il lui semblait qu'il était peut-être le seul à avoir une idée claire de qui elle était. Oh, bien sûr, il n'imaginait pas que c'était une magicienne vieille de trois siècles, mais plutôt qu'elle était douée de certains talents psychiques… Oui, c'était exactement ce qu'il suspectait. Il attendait d'avoir une preuve pour faire part de ses soupçons.

Le soldat devant les livres poussa un juron, attirant l'attention du général.

— Soldat, qu'est-ce qui déraille chez vous ?

— Désolé, mon général. Je n'arrive pas à trouver une allumette qui marche. Elles ont toutes pris l'humidité.

— Étrange, commenta Heriton en regardant Sardelle.

— *Je crois que je vais devoir descendre te chercher cette nuit, Jaxi. Que les galeries aient été creusées assez loin ou pas.*

— *Je suis toute prête à aider à mon exhumation.*

— Soldat, je ne veux pas d'excuses, rétorqua le général, je veux des livres brûlés. Jetez-les dans une chaudière si besoin.

— Oui, mon général.

Un cri parvint des remparts.

— Dirigeable !

Sardelle n'avait jamais été aussi heureuse de voir apparaître l'ennemi à l'horizon.

Le général grommela un juron et se précipita vers les remparts. Sa fille, le capitaine et la plupart des hommes qui s'étaient attroupés autour des livres l'imitèrent.

Il devait démanger Ridge d'en faire de même, mais il vint se placer à côté d'elle, les yeux levés vers le ciel où le vaisseau de bois et d'or était de nouveau apparu au-dessus des montagnes à l'ouest.

— Je ne le laisserai jamais vous torturer, même si cela doit me coûter ma carrière, ou même ma vie. Je comprends que cette épée signifie beaucoup de choses pour vous… (il ne dit pas : mais vaut-elle ma vie ? Il devait le penser, mais il se contenta de soupirer et de lui glisser un regard en coin.) Donc vous feriez mieux de disparaître jusqu'à ce que vous ayez une occasion de la récupérer.

Sardelle tourna la tête vers le Puits n° 3, celui qui conduisait à l'endroit où les livres avaient été découverts, celui qui la conduirait au plus près de Jaxi. Ridge suivit son regard. Il n'ajouta rien d'autre et partit en direction de l'escalier, en prenant soin de ne pas se retourner une seule fois vers elle.

— *Surveille les livres, Jaxi. Je descends dans la mine.*

— *Il était temps.*

Une détonation lointaine se fit entendre et un boulet de canon en provenance du dirigeable cofah parcourut une trajectoire en cloche avant d'atterrir sur une congère à une centaine de mètres des remparts du fort, dans une gerbe de neige si haute qu'elle était visible même depuis la cour.

— On est prêt pour un vol d'essai aujourd'hui, Bosmont ? demanda Ridge.

— Voyons d'abord si on arrive à mettre le moteur en route, hein, boss?

Il ne devait pas faire plus de dix degrés, mais l'ingénieur avait relevé ses manches sur ses bras musclés. Les outils fourrés dans toutes ses poches devaient lui tenir chaud, sans doute.

— S'il démarre, je serai tenté de grimper dans le cockpit et de décoller. Qui peut dire s'il redémarrera ensuite, ou même s'il ne calera pas ?

— Soyez plus confiant, colonel. Cette beauté va ronronner comme un chaton après tout ce que nous avons fait pour elle, dit le capitaine en caressant amoureusement le bloc-moteur.

Ridge grimaça quand sa clef glissa sur l'écrou et qu'il se cogna la main contre la carlingue. Voilà ce qu'on récoltait à serrer des boulons tout en levant les yeux pour surveiller ces fumiers là-haut, en train de régler leur distance de tir.

Le cristal qui brillait dans son compartiment au sommet du moteur s'obscurcit. Bosmont fronça les sourcils et donna un grand coup sur le compartiment ; le cristal se remit aussitôt à luire.

— C'est de bon augure, commenta Ridge.

— Un connecteur défaillant, c'est tout. Je vais l'ouvrir et voir si je peux encore gratter un peu la rouille.

Une détonation retentit, à plus haute intensité, en provenance d'un des canons du fort. Ridge leva les yeux vers les cimes couvertes de neige autour d'eux. Même s'il avait dit à Sardelle que le risque de déclencher des avalanches était très limité à cette distance, il avait tout de même jugé prudent de prendre toutes les précautions, notamment alors que l'ennemi rôdait autour d'eux, sans doute dans l'espoir de pousser les gens du fort à commettre une erreur fatale. Apparemment, le général Nax ne s'inquiétait pas des avalanches.

— Parce que c'est pas son vieux cul fripé qui s'est retrouvé dessous la dernière fois, grommela Ridge.

— Vous dites, colonel ? demanda Bosmont.

— Que je vais monter vérifier les systèmes d'armes. Il ne suffira pas de voler pour faire fuir les Cofah.

— Ah, c'est ça que vous avez dit ? J'ai cru entendre quelque chose à propos d'un cul. Et du général.

— Je ne me permettrais jamais d'être aussi irrespectueux.

Ridge se glissa sous le tableau de bord du cockpit pour vérifier les commandes des mitrailleuses installées dans le nez de l'appareil. Voler était important, mais pouvoir faire des dégâts l'était plus encore.

— Ou alors vous parliez de sa fille ? Parce que voilà un cul à qui je montrerais bien mon respect.

— Vous êtes resté en poste ici trop longtemps, Bosmont.

— Et voilà, c'est réglé. (Un claquement métallique.) Je vais mettre en route notre petit Dragon.

— Parfait, je…

— Colonel ! l'interrompit une voix depuis l'extérieur.

— Oui ? répondit Ridge en se tortillant pour s'extraire de sous le tableau de bord.

Le capitaine Heriton se tenait devant l'aéro, un livre ouvert entre les mains. Le général se trouvait derrière lui, en compagnie de sa fille. Ridge espéra qu'ils n'avaient pas entendu les commentaires de son ingénieur.

— En fin de compte, il est heureux que nous n'ayons pas brûlé ces livres, dit Heriton.

— Ah bon ?

— Où est la sorcière ? demanda Nax.

— Qui ça ?

— Votre jeune sorcière si serviable.

— Sardelle ? (Ridge se gratta la tête. Pourquoi pensent-ils que… Il posa les yeux sur le livre, et son estomac plongea au fond du cockpit. L'ouvrage était ouvert sur une page de texte, qu'il pouvait difficilement lire d'ici, et sur une illustration qu'il distinguait plus clairement. Le visage qui le regardait, avec ce petit sourire qui relevait les coins de sa bouche, lui était très familier.) C'est un des livres trouvés dans la mine, non ?

— Oui. (Heriton posa le doigt sur la page.) Selon ce qui est écrit ici, Sardelle Terushan est née il y a trois cent trente-cinq ans.

— Comment cela serait-il possible ?

— C'est une sorcière, voilà comment, aboya le général Nax. Et vous l'avez aidée depuis le moment où elle est apparue ici. Vous avez fait plus que l'aider, à en croire la rumeur. Votre carrière est finie, mon garçon. Et maintenant, où est-elle ?

Ridge leur tourna le dos pour descendre de l'aéro, ce qui lui donna un instant pour reprendre son sang-froid, ou du moins se composer une expression plus neutre et tenter de défaire le nœud qui lui broyait l'estomac.

— Même si c'est une sorcière, je n'ai jamais entendu parler d'un être corrompu capable de devenir immortel, raisonna-t-il en venant se placer devant eux, une main tendue pour demander le livre. Il doit s'agir d'un malentendu. Elle a peut-être été nommée d'après cette personne, en raison d'une ressemblance ?

Heriton ne lui donna pas le livre, mais le tint de manière à ce que Ridge le voie mieux, et puisse lire le texte. Il parcourut la page. Cela ressemblait à l'entrée d'une sorte de registre. Quant au portrait… bon sang, c'était bien elle, aucun doute. La page était imprimée, mais le portrait avait été peint à la main. Ses couleurs s'étaient un peu défraîchies avec le temps, même si le livre avait été plutôt bien préservé dans son tombeau de pierre.

— Poste : sheratsu ? lut-il dans la description d'une voix perplexe. Et guérisseuse.

Cette dernière mention lui retourna de nouveau l'estomac. Sa main se porta machinalement à sa poitrine, où les griffures du hibou géant avaient guéri remarquablement bien, ne laissant que de légères cicatrices.

— Par les sept dieux, murmura Ridge.

— Je répète, insista Nax, où est-elle?

Ridge leva les yeux pour croiser son regard sévère.

— Que comptez-vous faire d'elle ?

— Répondez à la question, colonel !

Nax se porta en avant, comme s'il avait l'intention de saisir Ridge par le col, ou à la gorge.

Instinctivement, Ridge recula, heurtant le nez de l'aéro, mais il bloqua le geste agressif du général. Ce dernier ne sembla pas s'en formaliser et releva la main pour pointer son index sur le nez de Ridge.

— Vous l'aidez depuis le premier jour. Je sais tout.

Sous le regard de Ridge, Heriton détourna les yeux, l'air embarrassé.

— Votre carrière est fichue. Et si vous ne voulez pas vous retrouver devant un peloton d'exécution, vous allez me dire sur-le-champ où elle est, et vous feriez bien de nous aider à réfléchir à un moyen de l'emprisonner.

— Père, vous ne trouverez ici personne qui acceptera de tirer sur le colonel Zirkander, intervint Vesper.

Elle avait assisté à toute la discussion les yeux écarquillés, et avait levé la main à plusieurs reprises comme si elle souhaitait prendre la parole, sans jamais en trouver le courage.

— Dans ce cas, je l'exécuterai moi-même, rugit Nax.

— J'ai lu qu'un coffre en fer est censé inhiber les pouvoirs de leurs artefacts, dit le capitaine Heriton. Nous pourrions doubler de fer les murs d'un des cachots et la garder là le temps de l'interroger?

— Et obtenir d'elle la localisation du reste des cristaux, vous voulez dire ? demanda Ridge.

— Je n'aime pas votre ton, colonel, dit Nax.

— Quoi, pas assez sarcastique pour vous ? Je ferai des efforts.

— Mon général, murmura Heriton, mais Nax était trop occupé à fulminer pour lui prêter attention.

— Écoutez, général, reprit Ridge. Je ne sais pas où elle est allée. J'étais… (Une autre détonation se réverbéra sur le flanc des montagnes. À en juger par le geyser de neige, ce boulet-là avait atterri bien plus près. Grâce à sa position en altitude, le dirigeable jouissait d'une plus grande portée que les canons des remparts.) Je n'ai pas le temps de parler de tout ça maintenant. Nous sommes aussi exposés que des ballots de paille sur un champ de tir. Nous devons faire voler ce Dragon pour avoir une chance de nous défendre contre une attaque aérienne.

Heriton parcourut des yeux l'appareil cabossé et rouillé.

— Si c'est là notre seule chance…

Décidant que son moral n'en sortirait pas grandi s'il terminait sa phrase, il se contenta de refermer le livre et de s'éloigner en secouant la tête.

Nax semblait toujours furieux, mais son visage était un peu moins rouge.

— Réparez-le, Zirkander. Mais sachez que dès que nous en aurons fini avec les Cofah, vous irez rejoindre la sorcière dans une cellule. J'en ai déjà assez sur votre compte pour vous faire pendre dès ce soir.

Il s'éloigna à grands pas, aussi raide qu'un piquet.

— Avec un tel talent pour inspirer le courage et la dévotion, il est révoltant qu'il ne commande pas à des légions de soldats.

Ridge s'adressait à son ingénieur – qui ne s'était jamais arrêté de bricoler le moteur, les dieux bénissent cet homme pour sa détermination –, mais le professeur Vesper était restée là, regardant tour à tour Ridge et la silhouette de son père qui s'éloignait. Il songea un instant à s'excuser d'avoir mal parlé du général, mais ne parvint pas à s'y résoudre. Il se contenta de toucher la bordure de sa casquette fourrée en lui adressant un « Madame » poli, avant de remonter dans l'aéro.

— Vous savez où se trouve cette fille ? demanda Bosmont une fois qu'ils eurent terminé de rafistoler ce moteur du mieux qu'ils pouvaient.

— Pas vraiment. Ça vous intéresse ?

— J'peux pas dire ça. (Le capitaine lui sourit.) Mais si vous aviez un moyen de l'avertir de ne pas revenir, vous devriez peut-être le faire. Nax aura une escouade d'hommes armés pour l'attendre si jamais elle repointe son nez par ici.

— Je ne sais pas comment la contacter. Et je ne sais pas non plus si ce serait bien de le faire, quand bien même je le pourrais.

Ridge ôta sa casquette et se passa les mains dans les cheveux. Non, il la préviendrait s'il le pouvait, même s'il ne le devrait pas… après tout ça, il ne pouvait plus rien avoir à faire avec elle. Une sorcière. Il avait couché avec elle… Par tous les dieux, vivants et morts, comment s'était-il retrouvé avec une sorcière dans son fort ? Et avait-elle eu le moindre sentiment pour lui, ou s'était-elle servie de lui pour obtenir ce qu'elle voulait ? Avait-elle fait semblant de l'aider en lui donnant l'emplacement de ces cristaux, alors qu'elle souhaitait secrètement que les tunnels soient creusés dans une certaine direction afin d'atteindre cette épée ? Son épée, comprenait-il à présent. Ou au moins une épée qu'elle voulait récupérer pour une raison quelconque, sans nul doute une arme magique qui accroîtrait ses pouvoirs. C'était du moins ce que racontaient les légendes. Et que ferait-elle une fois qu'elle l'aurait en main ?

— Faites-moi une faveur, Bosmont, vous voulez bien ?

— Quoi donc ?

— Débrouillez-vous pour me faire passer une bière de temps en temps une fois que je serai passé en cour martiale et qu'on m'aura fait prisonnier ici.

— Comptez sur moi, boss.

CHAPITRE 12

SARDELLE S'AGENOUILLA AU fond du puits de descente, derrière la cage. À quelques mètres de là, deux soldats montaient la garde de part et d'autre du tunnel, dos à la paroi. Les tintements, raclements et jurons qui provenaient des différentes galeries annonçaient d'autres personnes dans les environs. Elle allait devoir se faufiler sous le nez de beaucoup de monde pour rejoindre les tunnels les plus récemment creusés.

Quelques wagonnets remplis de déblais attendant d'être évacués se trouvaient sur les rails de l'une des galeries. Sardelle fit un geste de la main, et les wagonnets roulèrent jusque dans la salle du puits d'extraction.

— Qu'est-ce que…

— Qui a poussé ces bennes ? demanda un des soldats en s'avançant vers la galerie d'où ils venaient.

Dès qu'il fut à hauteur du premier wagonnet, Sardelle renversa ce dernier. La terre se déversa sur les bottes de l'homme qui se recula vivement avec un juron, tandis que son camarade se précipitait vers l'entrée de la galerie.

Sardelle jaillit de sa cachette et obliqua aussitôt à droite, en obscurcissant sa forme pour que les soldats ne voient rien d'autre que de la roche – quoique de la roche en mouvement – si jamais ils regardaient vers elle. Mais ils restèrent focalisés sur la galerie et les wagonnets, et elle se glissa dans un autre tunnel qui conduisait à la zone nouvellement creusée où les mineurs avaient retrouvé les cristaux – ainsi que les livres.

Jaxi émit l'équivalent télépathique d'un raclement de gorge.

— *En parlant de ces livres…*

— *Oui ?*

— *Tu savais qu'il y avait des volumes de la liste de service dans le lot ? Ceux indiquant où étaient stationnés les gens en poste sur le front.*

— *Non.*

— *Tu aurais mieux fait de laisser ce soldat les brûler.*

Sardelle se força à continuer d'avancer à pas feutrés dans le tunnel, passant dans les ombres entre chaque cercle de lumière des lanternes suspendues aux étais, même si elle avait envie de s'arrêter et de consacrer quelques minutes à pousser des jurons et à taper sur quelque chose.

— *Ils y ont trouvé quelque chose me concernant ?*

— *Oui.*

— *Ridge l'a vu ?*

— *Oui.*

— *Et donc il sait désormais qui, enfin, ce que je suis ?*

— *Oui. Tout le monde le sait.*

— *Oh.*

Sardelle continua sa progression malgré l'engourdissement qui lui glaçait les jambes. Que pouvait-elle faire d'autre ? Elle n'avait plus qu'à retrouver Jaxi et à partir… pour aller où ? Elle n'en avait pas la moindre idée.

— *Quelque part où on ne voudra pas te pendre, te noyer ou te fusiller.*

— *Ah oui ? Et c'est où, cet endroit-là ?* Sardelle se remémora la proposition du shaman, mais la perspective d'aller le retrouver lui noua les entrailles.

— *Je n'en sais rien encore. Mais nous trouverons.*

Bon sang. Sardelle n'avait aucune envie de partir, en tout cas pas toute seule. Elle voulait que Ridge l'accompagne. Ou elle aurait pu rester ici avec lui si cet horrible général partait… et si Ridge voulait toujours d'elle auprès de lui. Elle pourrait aider à défendre la forteresse contre l'ennemi. Ce n'était pas très différent de ce qu'elle avait fait par le passé.

— *Tu es sûre de vouloir défendre ces gens ? Ces gens qui n'hésiteraient pas à te tuer s'ils en avaient l'occasion ?*

— *Pas Ridge.*

Jaxi resta muette, et son silence troubla Sardelle. Que savait Jaxi qu'elle ignorait ? Sardelle était tentée d'étendre ses perceptions à travers les couches de roche pour trouver Ridge là-haut, dans la cour. Il devait sans doute s'être remis au travail sur le Dragon. À moins qu'il ne soit sur les remparts, si les Cofah attaquaient.

Elle se secoua à la pensée du dirigeable ennemi. Ce n'était pas le moment de pleurer sur ses amours perdues. Elle accéléra le pas puis se mit à trottiner entre les rails de fer au centre du tunnel. Elle ralentit de nouveau lorsque lui parvint le son de plusieurs voix. Les bruits de pic et de pioche, à leur tour, se firent plus forts. Elle sentit la présence d'une dizaine de mineurs travaillant au bout du tunnel. On avait dû envoyer des renforts dans la zone après la découverte des livres.

— *Des idées sur la manière d'inciter tous ces hommes à prendre leur pause déjeuner, Jaxi ?*

— *Le hibou est revenu.*

— *Quoi, le familier du shaman ?*

— *Apparemment, le shaman l'a envoyé en avant-garde. Il harcèle les soldats sur les remparts.*

— *Pour faire diversion pendant que le dirigeable se rapproche ?*

Jaxi ne répondit pas tout de suite. Sardelle continua à avancer dans le tunnel, jusqu'à ce qu'elle aperçoive un wagonnet à moitié plein de déblais, et un homme de dos, occupé à le remplir.

— *Il se maintient hors de portée pour l'instant, mais ça pourrait changer. Il est possible que le shaman ait remarqué que tu ne te trouves plus dans la cour.*

— *Moi ?*

— *Tu es probablement la seule raison qui les a empêchés jusqu'ici de tenter un assaut plus direct. Les défenses du fort sont dérisoires. Il est clair que quand cette place forte a été construite, les attaques aériennes n'étaient pas encore monnaie courante.*

— *Oui. Il faudrait que quelqu'un arrive à quitter cet endroit pour informer l'armée de ce problème.* Sardelle estima qu'il y avait assez de place dans cette benne partiellement remplie pour qu'elle puisse s'y cacher, mais elle avait besoin de convaincre tous ces hommes de s'éloigner d'ici.

— *Du méthane*, suggéra Jaxi.

— *C'est toxique.*

— *Et c'est pour ça que ça les incitera à partir, le temps que leur système de ventilation puisse être déployé dans ces nouveaux tunnels.*

— *Ça pourrait marcher. Y en a-t-il quelque part dans le coin que nous pourrions détourner dans ce tunnel ? Bien sûr, il faut que je réfléchisse à une manière de me protéger. Le gaz sera toxique pour moi aussi.*

— *Et pourquoi ne pas simplement leur faire croire qu'ils sentent du méthane ?*

Sardelle grimaça à l'idée de manipuler l'esprit de ces hommes.

— *C'est un peu discutable sur le plan éthique.*

— *Mais moins douloureux qu'une crise d'urticaire.*

Sardelle soupira et laissa reposer sa tête contre la paroi de terre.

— *Je vais m'en charger. Comme ça, ton éthique restera immaculée.*

Sardelle aurait dû protester, mais elle n'en fit rien. Elle ignorait de combien de temps elle disposait, tout comme du temps qu'il lui faudrait pour déterrer Jaxi.

Elle attendit que le mineur près du wagonnet s'avance et disparaisse derrière le coude du tunnel, puis elle courut jusqu'à la benne et sauta dedans. Une caisse de dynamite était posée près de la paroi. Si elle ne parvenait pas à sortir Jaxi par la magie, ces explosifs lui offriraient une alternative. Même si elle risquait de les ensevelir définitivement toutes deux à s'essayer à utiliser de la dynamite.

Elle se recroquevilla sur elle-même et camoufla magiquement sa forme pour qu'elle se fonde avec les déblais entassés dans le wagonnet. *Je suis prête.*

— *Je suis déjà à pied d'œuvre.*

— Vous sentez ça ? dit une voix.

Les coups de pic se turent progressivement.

— Quoi ? (Quelques reniflements sonores se firent entendre.) C'est du gaz ?

— Il s'échappe de quelque part. Faut qu'on dégage de là !

Le bruit d'une cavalcade se rapprocha du wagonnet, puis des ombres glissèrent sur Sardelle tandis que les hommes passaient autour d'elle. Elle retint son souffle. Elle savait qu'elle était dissimulée, mais il était difficile d'ignorer qu'elle se trouvait juste sous leurs yeux alors qu'ils reculaient précipitamment. Un des mineurs regarda dans la benne d'un air perplexe, ouvrit la bouche comme s'il s'apprêtait à dire quelque chose, mais l'homme derrière lui le poussa sans ménagement et il se remit en route avec les autres. Ce mineur devait avoir un peu de sang de dragon dans les veines pour avoir senti que quelque chose n'allait pas en voyant l'illusion de Sardelle. Elle espéra qu'il n'aurait pas l'envie de revenir pour vérifier ce qu'il avait cru voir.

— *Contente-toi de me sortir de là, et on s'occupera du reste.*

— *On est fébrile, on dirait.*

— *Hé, je te rappelle que ça fait trois cents ans que j'attends.*

Tous les mineurs s'éloignèrent sans demander leur reste, et Sardelle s'extirpa du wagonnet. Elle s'empara de deux bâtons de dynamite et se hâta de rejoindre le bout de la galerie. Elle espérait réussir à récupérer Jaxi sans avoir à se servir de ce dangereux explosif, mais il y avait des limites à ce qu'elle pouvait faire contre une montagne.

— *Je me trouve à environ deux cents mètres après la fin de leur tunnel.*

Sardelle prit la dernière lanterne suspendue à la paroi avant que le passage ne devienne sombre et étroit, encombré de monticules de terre fraîche attendant d'être pelletés dans les wagonnets.

— *Tu y es presque.*

— *Tu vas devoir me prêter une partie de ton pouvoir, Jaxi.*

— *Cela fonctionne mieux quand tu me tiens en main, mais je vais essayer. Je ne veux pas finir sur un bûcher avec tous les autres objets déterrés par ces gens.*

— *Je suis certaine que tu serais capable de résister à la chaleur de leur incinérateur.*

— C'est possible, mais je n'ai jamais aimé les coups de soleil.

Un passage bas sur la droite incita Sardelle à s'arrêter. L'ouverture donnait sur une salle. Ah, c'était donc ici qu'ils avaient trouvé les livres. Elle se glissa dans le boyau et avança de quelques pas en levant sa lanterne. Elle y instilla un surcroît d'énergie et sa flamme brilla plus intensément, lui révélant les restes brisés de ce qui était autrefois des étagères, ainsi que des vestiges de tapis sur le sol. L'air sentait le renfermé et le plafond s'était complètement effondré par endroits, mais une partie de la salle avait supporté le séisme grâce à deux lourdes colonnes de marbre qui avaient tenu bon. Sardelle posa la main sur la pierre froide et lisse d'une colonne. Les mineurs avaient déjà récupéré l'essentiel des vestiges – il était curieux de penser que des livres et des objets devant lesquels elle était passée quelques semaines auparavant, du moins pour ce que son cerveau lui disait, étaient désormais des vestiges archéologiques vieux de trois cents ans –, mais il y en aurait d'autres ailleurs dans la montagne. Elle aurait aimé avoir le moyen de les retrouver, de les préserver, et d'empêcher ces hommes de tomber dessus et de les détruire, ou de les emporter comme d'énigmatiques trésors.

Sardelle revint dans le tunnel principal avant que Jaxi ne décide de lui rappeler quel « vestige » particulier était sa priorité.

Le plafond s'abaissa encore et les marques fraîches des pics étaient visibles sur les parois du tunnel. Sardelle dut s'accroupir pour atteindre le bout de l'excavation. Elle posa sa lanterne et toucha la paroi. Elle sentit l'aura de Jaxi à travers la roche, qui attirait sa main comme un aimant. Quinze degrés à gauche et une vingtaine de degrés vers le bas. Les mineurs auraient encore pu s'en rapprocher, mais ils ne seraient jamais tombés directement sur l'épée. Ce qui était, se rappela-t-elle, ce qu'elle avait voulu.

— J'y vais, prévint-elle.

Elle fora à travers le roc avec son esprit, creusant un petit trou comme un termite dévorant du bois. Elle l'élargirait plus tard, mais pour l'heure, elle imitait l'eau et suivait le chemin où elle rencontrait le moins de résistance. Au début, ce fut facile. Pour partie, il s'agissait de roche qui avait déjà été excavée par le passé, des débris compactés plutôt qu'une strate dense du cœur de la montagne. Puis elle atteignit un point à partir duquel ne restaient plus devant elle que plusieurs mètres de granit compact.

— *La dynamite ?*

— *Je crains de provoquer un effondrement. Patiente encore peu ; je peux percer cette couche de roche.* Les cuisses de Sardelle la brûlaient à force de rester accroupie, et elle s'agenouilla au sol. Depuis combien de temps déjà était-elle à la tâche ?

— *Tu ne vas peut-être pas avoir le temps.*

— *Les mineurs reviennent ?*

— *Pas encore, mais il se passe quelque chose à la surface. Des gens se rassemblent.*

— *Entendu.* Sardelle inséra un des bâtons de dynamite dans le trou qu'elle avait creusé, puis le poussa mentalement. Il lui fallut élargir le trou par endroits pour que le bâton puisse franchir les coudes, mais elle aurait dû de toute façon l'agrandir pour sortir Jaxi.

Bientôt, la dynamite se retrouva au contact de la couche de granit. D'une pensée, elle alluma la mèche, puis battit en retraite dans le tunnel, jusqu'à la partie étayée. Alors que la mèche achevait de se consumer, une bouffée de panique la saisit. Elle imagina la montagne s'effondrant sur elle, comme elle l'avait fait en cet horrible jour plusieurs semaines – ou plutôt, siècles – auparavant. Elle continua à courir, rejoignant presque la salle de la cage, mais elle n'en eut pas le temps.

Le bruit de l'explosion lui parvint, étouffé par les couches de roche. Elle sentit une légère secousse sous ses pieds, mais l'effondrement massif qu'elle redoutait n'eut pas lieu.

— *Est-ce que ça a eu un effet ?*

— *La dynamite a percé un grand trou*, répondit Jaxi. *Reviens. Il faut que tu continues.*

Sardelle revint sur ses pas et examina son conduit de termite. « Trou » n'était pas tout à fait le bon terme, car il était encore rempli de débris de roche, mais à présent que le granit avait été fracturé, elle pouvait plus facilement creuser au travers. Elle essuya la sueur qui lui coulait dans les yeux. Une douleur lancinante lui martelait la tête ; le travail mental était épuisant. Elle songeait à dire à Jaxi qu'elle devait faire une pause quand une vague d'énergie nouvelle monta en elle. Même à distance, la lame-sœur pouvait lui transférer une partie de sa puissance.

— *Tu y es presque.*

Sardelle rencontra soudain quelque chose de métallique, mais ce n'était pas Jaxi. Elle se rappela qu'elle était en train de creuser dans une salle d'entraînement où se trouvaient bon nombre d'armes, et elle songea que les soldats là-haut ne seraient sans doute pas aussi prompts à détruire ce type de vestiges. Elle contourna ce qui devait être les restes d'un râtelier d'épées et de boucliers et continua à progresser jusqu'à ce que…

— *Oui !*

Sardelle sourit.

— *Tu vois la lumière.*

— *Non, mais j'ai senti un courant d'air frais. Enfin, d'air rance.*

— *J'ignorais que les épées étaient aussi sensibles à la qualité de l'air.*

— *Ce n'est pas le cas. Mais vu ma situation, je prends tout ce qui vient.*

Sardelle serra une main psychique sur la poignée de Jaxi et commença à la tirer en arrière dans l'étroit tunnel. À mi-chemin, elle eut la surprise de découvrir de l'eau qui dégouttait du trou qu'elle avait creusé dans le fond de la galerie principale.

— *Oh, tu es mouillée, Jaxi ?*

— *Oui, et ça me gâche le plaisir de respirer cet air rassis, mais je survivrai.*

Le filet d'eau se mit à couler plus abondamment. Sardelle se décala de devant l'ouverture et recommença à traîner mentalement la lame-sœur dans le conduit, tout en étendant ses perceptions dans la roche autour d'elle, en quête de l'origine de cette eau. Elle semblait sourdre de derrière cette épaisse couche de granit qu'elle avait fracturée. Elle pensa d'abord, un peu sottement, qu'un des conduits installés par son peuple pour amener l'eau courante dans le complexe avait éclaté, mais cela était déjà certainement arrivé au moment du cataclysme. Il s'agissait plus probablement d'une source souterraine qu'elle avait rencontrée par hasard. Une source qui…

— *Grouille*, la pressa Jaxi. *J'entends un grondement là-dedans. On dirait un barrage sur le point de rompre.*

— *Formidable.*

Au moins, Jaxi et elle étaient proches. Sardelle tendit la main, certaine que la longue forme effilée de Jaxi allait surgir du trou d'un instant à l'autre.

Mais avant que cela n'arrive, un craquement alarmant retentit dans la roche. La montagne grogna, pas seulement en provenance de la couche de granit, mais tout autour de Sardelle. Un tremblement fit vibrer le sol sous ses pieds, plus fort que celui provoqué par l'explosion du bâton de dynamite. La secousse fut suivie d'une deuxième, puis d'une troisième, au point que Sardelle dut s'appuyer contre la paroi du tunnel pour ne pas être projetée au sol. Derrière elle, de la terre commença à tomber du plafond.

Déterminée, Sardelle resta concentrée sur Jaxi, continuant à tirer l'épée vers elle…

Là! La lame-sœur sortit du trou, la pointe en avant, dans un geyser d'eau qui frappa Sardelle en pleine poitrine. L'épée aurait pu la transpercer, mais elle luit soudain d'un éclat argenté et pivota dans les airs pour venir placer sa poignée dans la main de Sardelle, même si cette dernière était plus occupée à reculer sous le flot d'eau glacée qu'à chercher à rattraper son arme.

— *File*, la pressa Jaxi, son injonction résonnant dans l'esprit de Sardelle avec deux fois plus de force à présent qu'elles étaient réunies.

Elle n'avait pas besoin qu'on l'incite à prendre la fuite. Des filets de terre coulaient du plafond tout autour d'elle. Avec le séisme, des morceaux de roche s'en détachaient aussi et s'écrasaient au sol avec la force de météores percutant la Terre. Grâce à Jaxi qui alimentait son énergie psychique, elle n'eut aucun mal à former un bouclier autour d'elle, mais même avec leurs pouvoirs combinés elles seraient impuissantes si la montagne entière s'écroulait sur elles.

Sardelle évita des wagonnets et bondit au-dessus d'outils abandonnés tandis que la terre et les pierres ricochaient sur son bouclier, à quelques centimètres au-dessus de ses épaules et de sa tête. Un rocher aussi gros qu'elle s'écrasa devant elle, à moins d'un mètre. Elle s'arrêta juste à temps pour éviter de le percuter, mais Jaxi s'y enfonça, arrachant un morceau de roche. Il obstruait le tunnel, et elle dut le grimper. Il n'y avait qu'une trentaine de centimètres entre le sommet du bloc et le plafond, et Sardelle se recroquevilla pour se faufiler dans l'espace libre. Les roches raclaient sur son bouclier.

La lumière se fit plus ténue, à mesure que les lanternes derrière elle disparaissaient dans le nuage de poussière ou étaient décrochées des parois par les secousses. Sardelle jeta un coup d'œil par-dessus son épaule et son cœur tressaillit. Ce n'était pas un nuage de poussière, mais un torrent d'eau qui se précipitait vers elle, arrachant les lanternes et les noyant dans son flot.

Elle rampa sur le rocher en s'abîmant les ongles dans ses efforts frénétiques. Elle tomba de l'autre côté en réussissant à atterrir sur ses pieds, et repartit en courant. La grande salle à la base du puits d'extraction arriva en vue.

Elle y était presque. Encore dix pas. Cinq.

À trois pas, le torrent la percuta dans le dos. Son bouclier la protégea du choc et d'une partie du froid glacial de l'eau, mais il n'empêcha pas le flot de l'emporter. La force du courant la précipita contre une paroi puis la retourna sens dessus dessous, lui rappelant cruellement qu'il existait des pouvoirs plus puissants que les siens.

Si Sardelle ne s'était pas trouvée dans cette vaste salle, elle se serait noyée dans une galerie remplie d'eau, mais à présent que le torrent avait plus d'espace pour se répandre, sa hauteur diminuait. Elle se remit debout, tandis que le flot s'écoulait autour d'elle. Pensant avoir affaire aux gardes, elle leva son épée, prête à dévier les balles de leurs fusils. Mais il n'y avait personne. Ce qui était une bonne chose, étant donné que Jaxi flamboyait comme une comète.

— *Tu veux bien diminuer ton éclat, s'il te plaît ?*

— *Désolée. Je suis si excitée d'être enfin libérée.*

— *Ce sera difficile de sortir discrètement de la forteresse si tu brilles plus fort que le soleil.*

— *C'est ça la suite ? On se tire de cet endroit ?*

Sardelle pensa à Ridge. Bien qu'il lui en coûte de dire cela, elle murmura :

— Je crois que c'est la seule chose à faire.

L'eau continuait à jaillir du tunnel qu'elles venaient de quitter. Une partie s'écoulait dans les autres galeries, mais le niveau commençait tout de même à monter dans la salle. Sardelle pataugea jusqu'à la cage à la base du puits. Il serait plus aisé de ne pas se faire remarquer si elle grimpait la longue pente inclinée, mais la montée se révélerait bien plus difficile que ne l'avait été la descente. Qui déjà n'avait pas été une partie de plaisir.

— *En parlant de montée…*

L'eau commençait à s'élever dans le puits, et la cage oscilla sur ses rails.

— *Oui, je me dépêche.* Sardelle ouvrit la porte de la cage et fit un geste en direction du levier de commande, qui bascula vers le haut. Mais la machine d'extraction qui actionnait la cage émit un grognement ; ses grands volants d'inertie étaient déjà à demi immergés.

— *Oh, oh.*

— *Nous allons peut-être devoir grimper, finalement*, pensa Jaxi.

— *Nous ? Tu as des jambes cachées sous ta poignée ?*

— *Chut. J'essaie de voir si je peux réussir à faire marcher cet engin.*

Sardelle étant absolument nulle en mécanique, elle ne se fit pas prier pour laisser cette tâche à Jaxi. Mais l'élévation continue du niveau de l'eau la rendait nerveuse.

— Nous pourrons toujours grimper s'il le faut, murmura-t-elle.

Elle imagina l'eau envahissant le puits d'extraction et menaçant de la noyer si elle ne montait pas assez vite.

Non, il existait de nombreux niveaux au-dessus de celui-ci, avec des kilomètres de galeries. Il faudrait un océan pour tout inonder, et même si elle était tombée sur une nappe phréatique de cette importance, l'eau mettrait du temps à remplir la mine entière.

Un craquement retentit, si fort que Sardelle porta les mains à ses oreilles pour s'en protéger, dans un geste qui fit tinter la lame de l'épée contre le toit grillagé de la cage. D'autres craquements suivirent, aussi puissants qu'une explosion de dynamite.

— *Jaxi, si tu n'arrives pas à faire marcher cette machine...*

La cage fit une embardée. Sardelle n'entendait rien hormis les craquements de la roche et le grondement de la terre tout autour d'elle, mais elle sentit la cage bouger. Après quelques tremblements intempestifs qui manquèrent de l'envoyer s'écraser contre les parois, la cage commença à monter. Elle cahota comme s'il y avait des pierres sur ses rails – et peut-être était-ce le cas – mais elle continua à s'élever vers la sortie.

— *Tu doutais de moi ?*

— *Qui, moi ?*

Toute lumière disparut au-dessous, engloutie par l'eau et les effondrements. Sardelle ne savait pas si ce niveau entier était détruit, mais elle pria pour que tous les mineurs aient fui à cause de leur ruse avec la fausse odeur de méthane.

— *J'imagine qu'ils ne trouveront et ne brûleront pas d'autres artefacts de sitôt*, fit remarquer Jaxi d'un ton satisfait.

Sardelle ne partageait pas ce sentiment. Elle n'avait pas voulu provoquer un chaos pareil. Et elle avait de la chance d'être encore en vie.

Elle leva les yeux vers le sommet du puits. La nuit avait dû tomber pendant qu'elle creusait pour récupérer Jaxi, car elle ne distinguait rien. Les soldats et les mineurs à la surface avaient-ils entendu ce vacarme ? Savaient-ils qu'elle était en bas ? Elle étendit ses perceptions… et grimaça.

Non moins d'une cinquantaine de personnes étaient rassemblées autour de la bouche du puits. Elle doutait qu'ils se soient réunis là pour jouer aux cartes. Elle doutait également que leur présence ait quelque chose à voir avec les attaques ennemies ; sinon, tous ces gens se trouveraient sur les remparts.

— *Nous devrions arrêter la cage et sortir*, proposa Sardelle. Mais quel intérêt ? Il lui faudrait alors grimper la longue pente abrupte du puits, et elle avait le sentiment que ces gens seraient encore là à l'attendre.

— *Oui.*

— *Oui, nous devrions arrêter la cage, ou oui, ils seront encore là à m'attendre ?*

— *Ça fait déjà un moment qu'ils sont là.*

Sardelle se rappela l'avertissement de Jaxi.

— *Ils sont là pour moi*, dit-elle sans en faire une question.

— *Oui.*

Tandis que la cage montait les derniers mètres, Sardelle veilla à ce que Jaxi ne luise plus. Si elle y était forcée, elle pourrait se battre pour se frayer un passage, en se protégeant des balles et des lames derrière un bouclier comme elle l'avait fait des chutes de pierre dans la mine, mais elle ne voulait pas révéler tout de suite ses pouvoirs en émergeant de la mine avec une épée qui irradiait de la lumière. Même si, à cause de ce livre, ils savaient déjà à quoi s'attendre. Et si elle parvenait à leur échapper, que ferait-elle ensuite ? Talents magiques ou pas, elle ne pourrait pas franchir le col en plein cœur de l'hiver, pas sans un vaisseau volant. Et elle ne comptait pas appeler ce shaman pour lui demander de la prendre à son bord.

— *C'est pourtant une possibilité.*

Elle tressaillit, à moins que ce ne soit qu'un frisson sous ses vêtements trempés et du vent glacial qui s'engouffrait dans le puits.

— *Non, hors de question.*

Peut-être pourrait-elle réussir à faire voler la machine-dragon de Ridge ? L'alimenter en énergie n'était pas un problème, mais le reste ? Un dispositif aussi simple que celui qui actionnait la cage était déjà intimidant pour elle.

— Bon, voyons d'abord ce qui nous attend, murmura-t-elle.

Elle avait senti la présence de cinquante personnes, mais quand la cage sortit du puits, on aurait dit qu'un millier de torches s'étaient rassemblées là. Après l'ascension dans les ténèbres, la lumière lui fit plisser les yeux, sans l'empêcher de remarquer tous ces fusils pointés sur elle. Même les mineurs étaient armés, brandissant leurs pics de mine. La peur flottait dans l'air. Elle les effrayait. Par les dieux, elle les avait pourtant aidés ces dernières semaines. Comment pouvaient-ils l'oublier si vite, et penser désormais qu'elle était leur ennemie ?

À travers le grillage de la porte, elle aperçut le général Nax à l'arrière de la foule ; lui aussi tenait un fusil pointé sur elle. Ridge se trouvait à côté de lui. Il était armé, mais la crosse de son fusil était posée au sol. Seul son regard dur était braqué sur elle. D'une certaine manière, c'était pire que toutes ces armes.

Sardelle refoula ses larmes. Une magicienne s'avançant pour se battre ne pouvait pas le faire en sanglotant.

— *Je peux renvoyer la cage vers le bas si tu préfères.*

— *Ce doit être inondé à présent.*

— *Pas tous les niveaux.*

Sardelle secoua la tête. Avec tous ces hommes, Nax pouvait faire surveiller le puits indéfiniment, et elle ne pouvait pas se terrer éternellement dans la mine.

Elle était épuisée après ses efforts pour récupérer Jaxi, mais elle projeta ce qui lui restait de force pour former un bouclier autour de son corps, puis elle ouvrit la porte de la cage. Les hommes se raidirent, le doigt sur la détente, mais personne ne tira.

— *Bien sûr que non. Le général veut d'abord savoir où se trouvent les autres cristaux.*

— *Perdus à jamais dans les profondeurs d'un nouveau lac souterrain, j'espère.* Sardelle tendit les bras en tenant lâchement l'épée dans sa main pour ne pas avoir l'air menaçante.

Elle chercha les yeux de Ridge. Il ne détourna pas le regard, mais ne masqua pas non plus la dureté de son expression. Elle aurait pu sonder son esprit pour découvrir ce qu'il pensait, mais elle eut l'impression qu'il valait mieux qu'elle ne le sache pas.

— Prenez-lui son épée, ordonna le général Nax.

Sardelle resserra sa prise sur la poignée. Devait-elle se battre, ou attendre ? Si elle les affrontait maintenant, elle risquait de blesser bon nombre d'entre eux. D'un autre côté, elle serait sans doute capable de s'échapper de la cellule où ils l'enfermeraient, puis de retrouver Jaxi et de s'enfuir de nuit, quand la plupart des soldats dormiraient.

Avec un soupir de résignation, elle tourna la lame-sœur pour en tendre la poignée à l'intention du soldat nerveux qui s'était avancé vers elle à pas prudents. Une fois qu'elle fut désarmée, deux autres vinrent la saisir par les bras et la conduisirent vers le bâtiment où se trouvaient les cellules. Sardelle leva les yeux vers le ciel, vers les étoiles si grosses et si scintillantes qu'elles semblaient à portée de main, et elle espéra de tout cœur avoir fait le bon choix.

Elle manqua de trébucher en voyant un tas de décombres au pied d'un rempart ; pendant qu'elle était dans la mine, une des tours de guet avait été détruite. À présent qu'elle n'était plus entourée par la foule, elle distinguait les débris qui jonchaient également la cour, les morceaux de pierre noire ressortant vivement sur la neige luisante. Elle avait donc manqué la première vraie bataille. Comment les choses avaient-elles tourné ? Ridge et les autres avaient-ils repoussé les Cofah ? Avaient-ils détruit leur vaisseau ?

— *Ainsi, tu as trouvé une lame-sœur*, dit une voix avide, prenant soudain possession de son esprit.

Les épaules de Sardelle s'affaissèrent. Le shaman. Lui au moins était encore en vie.

— *Je comprends maintenant ce que tu faisais ici, ce que tu y cherchais. C'est remarquable.*

— *Merci*, répondit Sardelle même si elle savait que c'était l'existence de Jaxi qu'il trouvait remarquable, et non le fait qu'elle l'ait retrouvée.

Un rire doux résonna dans son esprit alors que les soldats la faisaient avancer dans un couloir du sous-sol où s'alignaient des cellules.

— *Tu ferais mieux de la garder sous ton oreiller la nuit. Considérant leur rareté de nos jours, je me ferai un devoir de la chercher quand nous reviendrons.*

Oh. Il ne s'était pas écoulé plus de trois minutes et elle avait déjà la quasi-certitude qu'elle avait pris la mauvaise décision. Jaxi allait se retrouver enfermée dans un bureau ou un placard – un endroit où un puissant shaman n'aurait aucun mal à la trouver –, tandis que Sardelle serait cloîtrée dans une cellule.

Une lourde porte en fer se referma derrière elle dans un claquement, suivi du bruit d'un loquet. La petite pièce était plongée dans le noir le plus complet.

— *Nous allons devoir nous échapper dès cette nuit, Jaxi.*

Sardelle s'attendait à recevoir un « Ça me paraît évident »
comme réponse, mais Jaxi resta muette.

— *Jaxi ?*

Silence.

Sardelle, inquiète, prit conscience qu'elle ne sentait plus Jaxi. Ni
dans le fort ni nulle part ailleurs. Même quand la lame-sœur était
encore enterrée sous la montagne, elle pouvait la sentir. Qu'avaient-
ils fait de l'épée ? Avaient-ils jeté Jaxi du haut d'une falaise ?

Sardelle se pencha, les mains sur les genoux, en se disant qu'une
crise de panique n'allait pas améliorer sa situation. Mais ce conseil
frappé au coin du bon sens ne l'aida pas tellement à se calmer.

Chapitre 13

Sardelle devait s'échapper et retrouver Jaxi – où qu'elle puisse être – mais il lui fallait attendre que tous les soldats et les mineurs aient fini de s'activer et aillent se coucher. Le garde derrière la porte allait peut-être aussi se montrer moins attentif, à force. Sardelle tourna en rond dans la minuscule cellule. La dévastation qu'elle avait provoquée dans la mine avait fait naître une grande agitation ; des gens ne cessaient d'aller et venir dans la cour, de monter et de descendre par la cage. Et elle sentait que Ridge et l'ingénieur s'étaient remis au travail sur l'aéro. Heu, un instant. Non, il ne se trouvait plus dans la cour. Elle balaya le fort de ses perceptions ; elle n'aurait pas été en mesure d'identifier si facilement quelqu'un d'autre, mais elle connaissait bien à présent l'aura de Ridge. Elle s'arrêta soudain de tourner en rond pour regarder la porte.

Il était en train de descendre par ici.

Pour venir la voir ? Son cœur enfla de soulagement, mais cette émotion fut de courte durée. Elle ignorait ce qu'il ressentait, et ce qu'il voulait. Peut-être le général avait-il appris qu'ils avaient une liaison, et il avait décidé d'envoyer Ridge pour l'interroger. Et si, au lieu d'utiliser la manière forte, il lui adressait son sourire en coin, elle lui dirait tout ce qu'il désirait savoir. Non, elle le ferait de toute façon. Ces cristaux n'avaient aucune importance pour elle. Tout ce qui comptait, c'était de retrouver Jaxi. Elle lui donnerait n'importe quelle information s'il lui indiquait en retour l'endroit où était gardée sa lame-sœur.

Il fallut à Ridge plus longtemps que prévu pour descendre l'escalier et traverser le couloir des cellules. Il flottait une anxiété inhabituelle autour de lui. Ces pauses… S'arrêtait-il pour tendre l'oreille ? Pour regarder derrière lui ? Le général ne l'avait pas envoyé, comprit soudain Sardelle. Il s'était faufilé jusqu'ici. Était-il au courant de la présence du garde ? Qu'allait-il lui raconter ?

Des murmures étouffés lui parvinrent depuis le couloir. Sardelle colla l'oreille sur le fer froid du battant, mais ne parvint toujours pas à les entendre distinctement.

Un cliquetis résonna près de son oreille ; le bruit d'une clef tournant dans la serrure. Elle se recula.

— Sardelle ? chuchota Ridge en entrouvrant la porte.

— Oui.

Son cœur battait si fort qu'il pouvait probablement l'entendre. Ridicule. Pourquoi se souciait-elle tant de ce qu'il pensait d'elle ? Et pourtant, c'était le cas. Elle pouvait affronter tous les hommes du fort, mais elle ne voulait pas l'affronter, lui.

— Je pensais que vous vous seriez peut-être déjà fait la belle, dit Ridge en entrant, une lanterne à la main.

Le couloir derrière lui était plongé dans l'ombre, et Sardelle ne vit aucune trace du garde. Ridge s'appuya dos au mur, sans s'approcher davantage.

Elle s'efforça de ne pas être peinée par cette distance. Au moins, il était venu.

— Pas sans Ja… pas son mon épée.

— Ah.

Sa réponse l'avait-elle blessé ? Est-ce que les sentiments qu'elle avait pour lui comptaient toujours ?

— Et puis, ajouta Sardelle, je ne voulais pas vous quitter sans…

Savoir s'il tenait encore à elle? Savoir s'il pouvait voir au-delà de ce qu'il craignait en elle?

Ridge soupira.

— Sans dire au revoir ?

— Non. Je voulais dire que je n'ai pas envie de vous dire au revoir.

Sardelle se dandina d'un pied sur l'autre dans le silence qui suivit. Elle ne regrettait pas d'avoir prononcé ces mots, mais peut-être aurait-elle dû le laisser parler le premier.

— Vous ne dites rien, fit-elle remarquer un peu inutilement.

— Vous ne pouvez pas lire dans mes pensées ?

— Je ne le fais pas. Nous ne sommes pas comme ça. Peu d'entre nous en tout cas, à l'exception de ceux qui ont fait sécession et qui, en substance, ont privé le reste d'entre nous d'une place dans ce monde. Il y a des règles que nous jurons de respecter, et nous nous y tenons fidèlement. Ou du moins, nous nous y tenions auparavant.

Une autre longue pause.

— Quel âge avez-vous ? demanda Ridge.

— Trente-quatre ans.

— Comment…

— C'est difficile à appréhender, je sais ; croyez-moi, j'ai eu du mal à le croire moi-même quand je me suis réveillée, mais j'ai manqué les trois cents dernières années.

L'unique lanterne n'offrait pas beaucoup de lumière et le visage de Ridge – qui avait conservé une expression prudemment neutre depuis le début de leur échange – resta presque de marbre ; il entrouvrit à peine les lèvres sous le coup de la stupéfaction.

— J'étais sur place quand est survenue l'attaque qui a causé l'effondrement de cette montagne, expliqua Sardelle. C'était vos ancêtres, je suppose. Ils ont réussi à creuser une sape sous notre communauté alors que presque tout le monde se trouvait là pour une grande célébration et – je ne sais pas comment c'est arrivé exactement ni où ils ont pu se procurer d'aussi puissants explosifs, car votre dynamite n'avait pas encore été inventée, du moins de ce que j'en sais –, ils ont provoqué un véritable cataclysme.

— Mes ancêtres.

Son ton de voix donnait l'impression qu'il refusait de la croire.

Sardelle haussa les épaules.

— Eh bien, peut-être pas vos ancêtres directs. Les vôtres étaient sûrement en train d'inventer des machines volantes dans un autre coin du monde.

Elle le dévisagea dans l'espoir de voir naître un sourire, mais il était trop abasourdi par ces révélations, à moins qu'il n'ait pas cru un mot de ce qu'elle racontait.

— Ridge, dit-elle avant de s'interrompre, craignant de l'entendre dire qu'elle avait perdu le droit de l'appeler par son prénom, mais il ne réagit pas. L'épée, c'est la mienne. Pas dans le sens de : « je l'ai trouvée alors elle me revient ». Nous avons été liées l'une à l'autre quand j'avais seize ans, au moment où j'ai passé mes examens. Elle contient un esprit, l'esprit d'une magicienne qui est morte jeune et qui a placé son âme dans l'épée, afin de pouvoir continuer à vivre, si l'on peut dire. Cela s'est produit il y a trois… enfin six cents ans. Jaxi a été liée à différents porteurs depuis ce temps, et à moi en tout dernier.

En l'écoutant, Ridge s'était adossé au mur, une main sur la hanche. S'il n'avait pas tenu la lanterne de l'autre main, il l'aurait sûrement posée elle aussi sur sa hanche. Sa posture disait : je ne vais pas avaler une histoire pareille.

— Je ne vous demande pas de croire à tout ça, plaida Sardelle, et il est parfaitement normal que vous en doutiez. Je voudrais juste que vous compreniez que Jaxi – cette épée – compte beaucoup pour moi. C'est tout ce qu'il me reste de ma famille, de mes amis, de ma vie.

Sa voix se brisa et elle prit quelques grandes inspirations, luttant pour ne pas fondre en larmes. Les dernières semaines avaient été suffisamment denses pour la distraire de tout ce qu'elle avait perdu – hormis quelques nuits dans cet horrible baraquement où elle s'était laissée aller à sangloter en silence –, mais cela ne signifiait pas pour autant que le chagrin n'était pas là, à tournoyer lentement sous la surface de son esprit.

Ridge se redressa, leva la main vers elle, puis la laissa retomber, indécis.

— Je sens qu'on a fait quelque chose à mon épée, dit Sardelle quand elle put de nouveau parler sans avoir la voix qui tremble. Vous ne me devez rien, mais si vous pouviez me dire où elle se trouve, je vous en serais reconnaissante.

— En vérité, je vous dois… beaucoup. Plus que je ne le pensais, je commence à le comprendre.

Était-ce pour cette raison qu'il était ici ? Parce qu'il se sentait redevable ?

Sardelle déglutit. C'était toujours mieux que s'il n'était pas venu du tout, et pourtant elle aurait aimé qu'il soit venu lui parler simplement parce qu'elle comptait pour lui.

— Qu'est-ce qu'une sheratsu ? demanda-t-il.

— C'est un titre. Mage conseiller. Nous travaillions au côté des militaires et des chefs de clan pour défendre Iskandia des Cofah et d'autres envahisseurs.

Ridge hocha la tête d'un air songeur.

— Cet après-midi, quand ce hibou a refait son apparition pour faire diversion pendant que le dirigeable se rapprochait pour attaquer, aucune étrange rafale ne l'a frappé.

Ainsi donc, elle n'avait pas été aussi discrète dans ses attaques qu'elle avait pu le croire.

— Désolée. J'étais occupée dans la mine. J'ignorais que le fort subissait un assaut.

— Oui, quand le général a appris la dévastation des galeries, son visage est devenu cramoisi. J'ai bien cru qu'il allait faire une attaque.

— Ce qui s'est passé en bas n'était pas intentionnel, expliqua Sardelle. J'essayais juste de récupérer l'épée. Si j'avais eu plus de temps, j'aurais pu être plus prudente. Je n'avais pas prévu de rencontrer une source souterraine.

— Nax est persuadé que vous avez saboté la mine afin de nous empêcher de trouver d'autres cristaux.

— J'ai failli finir écrasée et noyée ; je vous assure que ce n'était pas intentionnel. Et puis, ces cristaux auxquels vous tenez tant n'ont aucune valeur pour moi. Ils n'étaient que des appareils d'éclairage.

— Je vous crois. Je… Des appareils d'éclairage, vous avez dit ?

Pour la première fois, l'humour de Ridge sembla faire un retour timide. L'idée l'amusait ? Tant mieux.

— Oui, des sortes de lampes, suspendues à nos plafonds. Honnêtement, si vous me laissez quelques jours pour effectuer des recherches, je pense que je devrais pouvoir en fabriquer pour vous.

Ridge répondit par une petite toux qui dissimulait peut-être un rire.

— Eh bien, ce serait un argument de plus à présenter pour sauver votre tête. (Sa remarque le dégrisa, et il avança d'un pas, le visage grave.) Les Cofah sont de nouveau à l'horizon, sans quoi le général serait déjà ici pour vous interroger. Il pense que vous êtes trop dangereuse pour prendre le risque de vous laisser en vie. Vous devez… (Il se retourna vers le couloir, sans doute pour s'assurer que le garde n'était pas revenu) Vous devez avoir disparu quand il viendra.

— Êtes-vous venu pour m'ouvrir la porte ?

— Ai-je vraiment besoin de le faire ? Ce jeune soldat (Ridge fit un geste vers le couloir) sera bientôt de retour, et il me respecte. Je préférerais éviter qu'il pense que je suis un traître. Je voulais juste m'assurer que vous compreniez bien la situation et que vous étiez capable de sortir de votre cellule par vous-même. (Il plongea son regard dans le sien.) Est-ce bien le cas ?

— Oui. J'attendais que les choses se calment un peu au-dehors, tout en m'inquiétant de ne pouvoir communiquer avec, eh bien, avec mon épée.

Sardelle étudia son visage. Elle voulait lui demander si le fait de lui révéler où était Jaxi ferait de lui un traître aux yeux des siens – ou à ses yeux à lui, ce qui était sûrement le plus important pour lui, malgré ce qu'il avait dit au sujet du garde. En même temps, elle ne souhaitait pas le pousser à agir contre ses principes. Elle pouvait retrouver seule son épée. Quelqu'un d'autre était forcément en possession de cette information et, en dépit de ce qu'elle avait dit à Ridge, elle était capable d'y avoir accès.

— L'épée se trouve dans un coffre en fer, dans ce qui était mon bureau et qui est désormais celui de Nax, dit Ridge.

Du fer. Évidemment. Il bloquait les perceptions magiques mieux que ne le faisaient des kilomètres de roche. Sardelle se laissa aller contre le mur avec soulagement. Jaxi se trouvait dans une pièce à une cinquantaine de mètres d'ici, et non au fin fond d'un lointain précipice.

— Je constate que votre peuple n'a pas tout oublié sur les Referatu au cours des trois derniers siècles.

— Heriton a fait des recherches après avoir découvert ce livre.

Ridge voulait en dire plus ; ses pensées brûlaient à la surface de son esprit avec une telle intensité qu'elle en perçut l'idée générale sans même tenter de les lire. Il souhaitait obtenir d'elle la promesse qu'elle ne blesserait personne dans sa tentative de récupérer son épée, mais ne voulait pas avoir à le lui demander. Il voulait avoir confiance en elle, tout en craignant de ne plus le pouvoir.

Même si les doutes de Ridge la peinaient, Sardelle choisit d'y voir un bon signe. Avec le temps, peut-être qu'il s'habituerait à l'idée qu'elle était une magicienne. Peut-être…

Elle secoua la tête. Elle s'inquiéterait de tout ça plus tard. Pour l'heure, elle devait s'évader et retrouver Jaxi avant que les soldats ne la traînent dehors pour la fusiller.

— Merci pour cette information, dit Sardelle. Je serai prudente. Personne ne me verra.

Ridge expira lentement, subrepticement.

— Bien.

Sardelle sentit que quelqu'un marchait au rez-de-chaussée.

— Mon garde est en train de revenir.

Ridge jeta un coup d'œil dans le couloir.

— Je vais essayer de ne pas trouver perturbant que vous le sachiez avant que je ne puisse le voir arriver.

Il soupira et ramena les yeux sur elle, soutenant son regard pendant un moment.

Espérer un baiser serait trop demandé étant donné les circonstances, et pourtant…

— Vous voulez caresser mon dragon ? proposa Ridge.

Sardelle cilla.

— Comment ?

Ridge sortit de sa poche sa figurine en bois.

— Oh.

Elle haussa les épaules d'un air penaud – ce n'était pas vraiment la direction qu'avaient pris ses pensées – et elle tendit la main. Après tout, pourquoi pas ?

Elle frotta le ventre du petit dragon en se sentant un peu ridicule, puis le rendit à Ridge.

— Mon colonel ? appela le garde dans le couloir.

— Oui, j'ai terminé, répondit Ridge en rangeant son porte-bonheur. Merci, soldat.

Le jeune homme glissa la tête par l'entrebâillement, observant Sardelle sans toutefois oser croiser son regard.

— Vous êtes sacrément courageux, mon colonel.

— Hum, hum.

Ridge revint dans le couloir.

— Ça va aller pour moi, à rester ici, mon colonel ? chuchota le soldat. Le général Nax a dit que la porte en fer devrait l'empêcher de sortir, mais je… je l'ai aussi entendu dire à quelqu'un d'autre que la mort d'un soldat était une perte acceptable.

Ridge souffla dédaigneusement.

— C'est Nax qui serait une perte acceptable. Tout ira bien pour vous, soldat. Et maintenant, refermez donc la porte, d'accord ? Nous ne voudrions pas qu'elle s'échappe.

— Oui, mon colonel. Bien sûr.

La porte se referma, et si les deux hommes continuèrent à parler, Sardelle ne les entendit plus. Une porte en fer ? Et ils croyaient que cela la retiendrait ? S'ils avaient doublé la cellule entière avec du fer, cela l'aurait empêchée de sentir le monde extérieur et de communiquer avec lui, mais cela n'aurait eu aucun effet sur ses pouvoirs. Pour autant, Sardelle ressentit malgré elle une profonde solitude quand la clef tourna dans la serrure. Ridge l'avait aidée, mais elle avait aussi le sentiment qu'il lui avait dit adieu.

Ridge n'avait pas fait plus de trois pas hors du bâtiment de la prison que des cris éclatèrent sur les remparts.

— Ils reviennent !

— Aux armes !

Ridge ne pouvait pas voir le dirigeable dans le ciel nocturne, mais il faisait confiance aux hommes de guet. Il courut non vers le rempart, mais vers l'aéro perché sur ses jambes d'atterrissage près du torrent gelé, sa coque aussi propre et débarrassée de rouille que possible. Il ne fut pas surpris de découvrir le capitaine Bosmont à côté de l'aile, et le moteur qui bourdonnait déjà à l'arrière de l'appareil.

— Paré pour ce vol d'essai, colonel ? lança-t-il.

Ridge leva les yeux vers l'horizon.

— Oui.

— Je m'en suis douté. J'ai retapé ce bébé du mieux que j'ai pu, pendant que tout le monde s'affolait à propos de notre sorcière.

Ridge se crispa au mot de sorcière, mais il ne reprit pas Bosmont. Pour le moment, cela n'avait pas d'importance ; l'important était de s'envoler et d'aider à défendre le fort.

— Merci, capitaine.

— Si quelqu'un est capable de descendre ce dirigeable, c'est bien vous.

Ridge grimpa dans le cockpit.

— J'apprécie votre confiance.

— Tant mieux. Mais je dois aussi vous prévenir que si vous m'écrasez cette beauté sur laquelle j'ai bossé tant d'heures, je vous traquerai jusqu'au fin fond de l'enfer où on vous aura collé.

— Je saurai m'en souvenir, capitaine.

— Oh, une chose encore, colonel, dit Bosmont, alors qu'un sourire illuminait son large visage. J'ai fait un petit truc en plus pour vous, pour vous tenir chaud là-haut.

— Une soupe au poulet ?

— Pas exactement, répondit l'ingénieur avec un clin d'œil. Je les ai mises à vos pieds.

À peine Ridge s'était-il installé dans le siège en cuir rafistolé du cockpit et bouclait le harnais sur sa poitrine qu'une voix furieuse l'interpella depuis le sol.

— Par tous les enfers, colonel, où croyez-vous donc aller comme ça ?

— Arrêter ce dirigeable, mon général.

— Et vous alliez demander la permission ou n'en faire qu'à votre tête, comme d'habitude ?

Ridge adressa un grand sourire au général qui levait le menton vers lui.

— À votre avis ?

Il alluma les réacteurs de décollage et leur rugissement noya la réplique de Nax. Ridge allait avoir tellement d'ennuis après toute cette histoire que ce qu'il rajouterait à son ardoise n'avait plus guère d'importance. Peut-être que s'il parvenait à abattre le dirigeable des Cofah, son irrespect – ainsi que son aventure avec Sardelle – serait oublié, ou du moins puni avec une certaine indulgence. Et puis, si son duel avec le dirigeable tournait en sa défaveur, la seule menace dont il lui resterait à se soucier était la promesse de Bosmont.

Quand les réacteurs se mirent à pousser, l'ingénieur et le général se reculèrent précipitamment. Le Dragon se souleva de quelques centimètres au-dessus du sol, et Ridge expira avec soulagement. S'il n'avait pas réussi à décoller, son insubordination aurait paru absurde. L'appareil répondait à ses gestes, même s'il était trop lent à réagir au goût de Ridge. Le cristal à l'arrière luisait dans son compartiment, illuminant le cockpit. Au moins, il fonctionnait à plein régime. Dire que c'était juste un plafonnier. Le ridicule de la situation lui fit relever la tête dans un grand éclat de rire.

Il s'en amuserait plus tard ; il avait le dirigeable cofah en vue, à présent ; ce dernier ne volait plus au-dessus des cimes lointaines, mais traversait le ciel en direction du fort.

Ridge actionna un interrupteur et un couvercle se referma sur le cristal, obturant son éclat. Inutile d'informer l'ennemi de son arrivée. Il connaissait par cœur les commandes de bord et n'avait pas besoin de lumière pour piloter l'appareil.

Alors qu'il s'élevait au-dessus des murailles du fort, le vent balaya ses cheveux courts et l'air glacial lui brûla les oreilles. En temps normal, il aurait été équipé d'une casquette en cuir et de lunettes, mais puisqu'il n'avait pas prévu de voler en venant ici, tout son attirail de pilote était resté dans son casier à la base. Ce soir, il lui faudrait faire sans ; de toute manière, il doutait de rester dans le ciel très longtemps, quelle que soit l'issue.

Après avoir pris suffisamment d'altitude, Ridge joua sur les commandes pour orienter l'aéro en direction d'une crête rocheuse que longeait le dirigeable. Peut-être parviendrait-il ainsi à se glisser dans son dos – la coque de métal sombre de son appareil serait difficile à repérer sur le fond rocailleux du versant – et à l'attaquer par l'arrière tandis que son équipage serait focalisé sur les canons et les lance-roquettes du fort. Le vent et le bruit des machines du dirigeable masqueraient le vrombissement de son moteur. Du moins, il l'espérait.

Ridge grimpa à une altitude supérieure à celle du dirigeable, tout en veillant à rester à hauteur de la pente rocheuse, et non de la neige au-dessus. Il serait visible comme le nez au milieu de la figure sur un fond blanc. Mais il aurait été mieux de pouvoir prendre encore plus d'altitude, notamment contre un dirigeable. En général, les capitaines de ces vaisseaux peu maniables évitaient de s'engager dans des batailles et, quand ils le faisaient, étaient plus accoutumés à regarder vers le bas pour larguer des bombes qu'à repousser les attaques d'autres appareils.

Ridge passa le long du dirigeable. Les hommes sur le pont étaient visibles, si emmitouflés contre le vent glacial qu'ils se mouvaient d'un pas chancelant. Le nombre de servants aux canons le perturba, mais pas plus que le nombre des canons eux-mêmes. Il aurait dû s'y attendre, compte tenu des dégâts que le dirigeable avait infligés au fort lors de sa précédente attaque. Manifestement, ce dirigeable-là avait été spécifiquement conçu pour la guerre, et peut-être même pour cette mission particulière : détruire l'unique source de cristaux qui alimentaient les aéros Dragon iskandiens.

Ridge fut tenté de virer sur l'aile pour aller mitrailler le pont. Ils préparaient quelque chose sur le côté, un ballon plus petit, équipé d'une grosse nacelle. Une montgolfière de secours ? Ou pour aller larguer des bombes ? Ou débarquer des troupes au sol ? Il hésita à l'attaquer, mais il préférait viser une cible plus critique pour son premier passage. Il ne pourrait profiter qu'une seule fois de l'effet de surprise.

L'aéro dépassa le dirigeable et, se maintenant au-dessus de lui en gardant les étoiles dans son dos, Ridge effectua son virage. Il grimaça en sentant la tension dans les commandes et la réponse saccadée de l'appareil. Le vol de cette nuit risquait d'être le seul dont ce Dragon serait capable. Ne restait plus qu'à espérer que ce serait suffisant.

Ridge stabilisa l'appareil et piqua sur l'arrière du dirigeable. Si celui-ci était d'une confection semblable aux autres dirigeables cofah, ses moteurs se trouvaient à la poupe, sous le pont, derrière les planches de bois de la coque, peut-être renforcées de métal. Les dirigeables ressemblaient beaucoup par leur forme aux navires cofah qui écumaient les mers, mais ils étaient bien plus perfectionnés et généralement mieux défendus. Malgré tout, ses mitraillettes pouvaient faire des dégâts, et il restait toujours la solution de viser le ballon, même s'il faudrait le perforer de très nombreux trous pour qu'il se dégonfle au point d'entraîner la chute brutale du dirigeable.

Les lumières du fort étaient déjà visibles au loin, dans l'espace entre le pont et le ballon, quand Ridge passa à l'attaque. Il pressa la détente et les canons entrèrent en action, criblant de balles l'arrière du vaisseau. Des cris éclatèrent sur le pont, à peine audibles dans le vent. Des hommes se ruèrent sur les canons de poupe.

Les larmes lui brûlaient les yeux et coulaient sur ses tempes, et Ridge regretta encore une fois ses lunettes, mais il ne se laissa pas décourager pour autant. Il continua à tirer jusqu'à ce que les canonniers soient sur le point de le viser, puis il releva le nez de son appareil, mitraillant un instant le ballon avant de passer au-dessus. Il ralentit autant que possible de façon à garder le ballon entre lui et le pont, disparaissant ainsi aux yeux des hommes du dirigeable. L'aéro décrocherait s'il essayait de le maintenir à l'allure du dirigeable, et il dut donc effectuer des cercles serrés au-dessus de ce dernier. Il ne voyait pas plus les Cofah qu'eux ne le voyaient, mais il espérait les avoir ébranlés – et avoir fait diversion.

Une détonation retentit dans le fort ; un premier tir des canons des remparts. Le boulet passa à quelques mètres du dirigeable, mais un autre tir suivit de près. Les hommes sur le pont allaient être occupés désormais. Il était temps pour Ridge de faire davantage de dégâts.

Il éloigna l'aéro du ballon en prenant de nouveau de l'altitude afin de disparaître dans le ciel nocturne, puis plongea pour attaquer encore une fois le dirigeable par l'arrière. C'était du moins son intention. Quelque chose traversa les ténèbres, filant droit sur lui.

Un boulet, pensa-t-il d'abord, mais un boulet aurait volé trop vite pour être vu, et c'était de toute façon plus gros. Bien plus gros.

Ridge vira brutalement, l'aile gauche pointant vers le ciel. Le projectile – non, la créature – le frôla, manquant sa cible de peu. Bien plus agile que l'aéro, elle fit demi-tour pour revenir à l'attaque et Ridge comprit à quoi il avait affaire. S'il ne l'avait pas déjà vu, il en aurait été ébahi, mais ce n'était pas sa première rencontre avec le hibou géant.

Ridge vira de gauche et de droite pour tenter de ne pas offrir une cible trop facile au monstre, tout en prenant ses distances avec le dirigeable. Il ne voulait pas rester à portée de canons alors qu'il était distrait par les attaques du hibou. L'oiseau poussa son cri strident et Ridge sentit un frisson lui remonter l'échine. Non seulement ce cri était toujours aussi sinistre, mais il était dangereusement proche. Il regarda par-dessus son épaule, cherchant sa forme sur l'arrière-plan des pics neigeux et du ciel étoilé, mais l'oiseau jouait au même jeu qu'il avait lui-même pratiqué avec le dirigeable. Sauf qu'il était meilleur. Comment un engin mécanique pouvait-il rivaliser avec la grâce de la nature ? Oui, un magicien avait perverti cette créature, mais elle possédait toujours l'agilité d'un rapace.

Quelque chose percuta le toit de l'aéro et le métal grinça aux oreilles de Ridge. Il se recroquevilla dans son siège, tout en gardant les mains sur les commandes. Il se tordit le cou et aperçut des ailes déployées et des yeux ronds, d'un jaune vif ; la bête maudite avait refermé ses serres sur une barre métallique de la structure. Il se trouvait à moins d'un mètre de Ridge. Le cockpit était partiellement clos, mais pas totalement. Un hibou géant pourrait y glisser ses serres pour lui trancher la gorge.

— Bon, il va falloir d'abord s'occuper de toi.

Plus facile à dire qu'à faire. Ridge vira brutalement et réussit à décrocher le hibou dans le mouvement. Puis il accéléra et fonça vers le fort. Ce n'était pas forcément la meilleure direction – avec cet imbécile de Nax aux commandes, Ridge pouvait très bien se faire descendre par ses propres soldats –, mais c'était le seul endroit de la vallée lui laissant la place de prendre de la vitesse sans avoir à grimper au-dessus des montagnes.

Il poussa le moteur au maximum, en espérant que le hibou ne pourrait pas rivaliser avec lui. En piqué, un oiseau pouvait plonger aussi vite que son aéro, mais des ailes ne pouvaient sûrement pas battre au rythme où tournaient les pales d'une hélice. Il se tordit de nouveau le cou pour regarder en arrière. Son aéro habituel possédait des miroirs, mais il n'avait pas pensé à en équiper celui-ci. Quel idiot de ne pas avoir anticipé l'attaque de cet oiseau géant.

Le hibou le poursuivait en battant furieusement de ses immenses ailes, mais il perdait du terrain. Ridge songea à foncer sur le versant de la montagne et à remonter au dernier moment dans l'espoir que le hibou, concentré sur sa proie, irait s'écraser sur les rochers, mais il se rappela à lui-même qu'il ne s'agissait pas d'un autre appareil piloté par un homme ; c'était un oiseau, bien plus agile qu'un aéro. Et surtout que cet aéro-là.

Après avoir filé tout droit autant qu'il le pouvait sans percuter une montagne, il effectua un virage serré pour faire demi-tour et revenir face au hibou. Il visa la silhouette sombre, bien plus facile à distinguer avec les lumières du fort en toile de fond, et la mitrailla. Ridge se rappelait que les balles de leurs fusils ne lui avaient rien fait, mais les canons de l'aéro jouissaient d'une puissance de feu bien supérieure. Il pria pour que ce soit suffisant.

Ridge le toucha. Plusieurs fois. Mais le hibou continua son vol et fonça droit sur lui.

Saisi d'une image de l'oiseau s'empêtrant dans son hélice, Ridge fit un écart au tout dernier moment. La créature frappa son aile, et l'aéro se mit à vibrer comme une toupie dévalant une vieille allée pavée. Le nez de l'appareil plongea, et les rochers et la neige du versant emplirent le champ de vision de Ridge. Il se força à garder une main légère sur les commandes, même si son instinct lui hurlait de tirer dessus de toutes ses forces pour redresser avant que l'aéro ne s'écrase. Au lieu de cela, il attendit que les ailes retrouvent leur équilibre, puis il remonta lentement le nez de l'appareil. Il descendit si près du sol que la neige se souleva dans son sillage, et il recommença à prendre de l'altitude. Une trépidation intermittente se joignit au vrombissement régulier du moteur.

— Encore un peu, murmura Ridge à son Dragon. Tiens encore un peu.

Il regarda autour de lui en quête du hibou, caressant l'espoir de l'avoir suffisamment blessé pour qu'il ait dû se poser, sans oser y croire vraiment. Mais rien ne transperça le ciel pour fondre sur lui. Peut-être, juste peut-être, la chance lui souriait enfin.

Avant qu'il ne puisse songer à s'en réjouir, il s'aperçut que le dirigeable des Cofah s'était positionné au-dessus du fort. Les boulets de canon jaillissaient des remparts pour frapper sa coque en bois, sur laquelle ils rebondissaient inexplicablement. Sous le dirigeable, le ciel brûlait alors qu'un déluge de flammes s'écoulait sur les remparts et la cour.

— Qu'est-ce que…

Ridge secoua la tête, incrédule. Il n'avait jamais vu ni entendu parler d'une arme pareille, mais à l'évidence, ses hommes se trouvaient en mauvaise posture.

CHAPITRE 14

SARDELLE DESCENDIT À pas feutrés le couloir menant à la porte d'entrée du bâtiment de la prison. Elle avait laissé le jeune garde allongé sur le sol devant la cellule, plongé dans un profond sommeil. Il faudrait un tir de canon juste à côté de son oreille pour le réveiller. Il avait fallu du temps pour le faire somnoler, mais c'était toujours mieux que de lui déclencher une crise d'urticaire.

Douloureusement consciente du silence de Jaxi, qui d'habitude ne se serait pas privée de faire un commentaire, elle entrouvrit la porte pour jeter un coup d'œil dans la cour. Celle-ci était étonnamment déserte.

Un canon ouvrit le feu sur les remparts, lui fournissant une explication : le fort était attaqué.

Normalement, elle ne s'en serait pas réjouie, mais cela lui offrait la diversion dont elle avait besoin. Il n'était plus nécessaire d'utiliser des illusions ou de se camoufler magiquement pour traverser la cour jusqu'au bâtiment du quartier général. Elle fléchit tout de même un instant quand elle s'aperçut que le Dragon n'était plus posé près du ruisseau. Une rapide exploration psychique du fort lui apprit que Ridge n'était pas là non plus. La brise lui apporta le bourdonnement lointain des hélices d'un aéro, et elle repéra l'appareil près des montagnes au sud du fort, ombre noire glissant sur les cimes enneigées. Au début, elle ne comprit pas pourquoi il se trouvait là-bas alors que le dirigeable se rapprochait par le nord. Puis elle distingua une deuxième ombre ; le hibou géant du shaman.

Sardelle se mordilla la lèvre, déchirée entre l'envie d'aller chercher son épée et celle d'aider Ridge. Quand elle vit un soldat descendre l'escalier des remparts en courant et se tourner dans sa direction, elle prit sa décision. L'homme se dirigeait vers l'armurerie, mais il la remarquerait forcément si elle n'entrait pas tout de suite. Elle ouvrit la porte en se jurant de revenir le plus vite possible. Avec l'aide de Jaxi, elle serait en mesure de faire beaucoup plus de dégâts, peut-être même d'arrêter ce shaman, et pas seulement son familier. Elle pria pour que Ridge survive au hibou par ses propres moyens pendant quelques minutes encore.

Sardelle monta directement au bureau de Ridge – qui était désormais celui du général – sans croiser personne. C'était si facile qu'elle marqua une pause, la main sur la poignée de la porte, en se demandant soudain s'il ne s'agissait pas d'un piège. Non, elle ne croyait pas Ridge capable de lui faire ça. Elle s'inquiétait davantage d'ouvrir la porte pour découvrir que Jaxi avait été déplacée. Et si le général, conscient de la valeur de la lame-sœur, avait pris le coffret avec lui quand il s'était précipité sur les remparts pour prendre le commandement de la défense du fort ?

— Vérifie d'abord avant de te faire des nœuds au cerveau, grommela Sardelle.

Elle tourna la poignée. La porte avait été fermée à clef. On avait pris toutes les précautions, décidément.

Une explosion retentit. Elle ne provenait pas des canons des remparts, mais de plus haut, et Sardelle sentit l'approche de plusieurs dizaines de personnes – dont un shaman. Cette fois, il ne lui parla pas. Sans doute était-il absorbé par une tâche plus importante. Comme de se préparer à raser la forteresse, à détruire Sardelle et à s'emparer de Jaxi.

— Je ne le laisserai pas faire.

Une nouvelle détonation retentit. Le sol se souleva sous ses pieds et, l'espace d'un instant, elle porta la main à sa poitrine, se remémorant la catastrophe dans les tunnels. Un objet métallique tomba par terre avec fracas de l'autre côté de la porte. Le coffre contenant l'épée ? Ce bruit la ramena au moment présent, l'emplissant d'un sentiment d'urgence.

Sardelle avait d'abord envisagé de crocheter discrètement la serrure, mais avec le dirigeable cofah qui s'approchait, elle fit simplement sauter les gonds de la porte.

Rien n'avait changé dans la pièce, et elle repéra immédiatement le coffret en fer posé en haut d'une étagère. Plusieurs livres et le tiroir d'un meuble de rangement avaient été jetés au sol par les secousses, mais le coffret oblong était resté à sa place. Quand elle grimpa sur le bureau pour l'atteindre, elle se souvint du jour où elle était entrée ici alors que Ridge faisait le ménage, et l'inquiétude revint la titiller. Elle tira le coffret, trop lourd pour elle, et le laissa tomber au sol. Elle sauta du bureau et essaya de l'ouvrir. Il était bien sûr fermé à clef. Avec un sifflement de frustration devant tous ces obstacles qui lui faisaient perdre du temps, elle en arracha les gonds. Le général allait se demander si c'était une magicienne ou une tornade qui avait pénétré dans la pièce.

Sardelle souleva le couvercle du coffret.

— C'est pas trop tôt.

Soulagée, Sardelle tomba à genoux sur le plancher.

— Après être restée enterrée trois cents ans, tu ne vas pas faire d'histoire pour une demi-heure de plus.

— Ça fait bien plus d'une heure, je te signale.

Un morceau de papier était enroulé autour de la lame. Sardelle s'en empara et l'ouvrit. Il contenait une adresse. Elle souffla dédaigneusement. Nax comptait sans doute expédier l'épée dans un centre de recherches militaire, ou quelque chose du genre.

Les canons tirèrent de nouveau. Se rappelant que Ridge et le reste des hommes du fort étaient en difficulté, Sardelle fourra le papier dans sa poche, attrapa sa lame-sœur et dévala le couloir en courant. Au bas de l'escalier, elle ouvrit la porte à toute volée et manqua de se précipiter sous une pluie de feu.

L'air grésillait de chaleur – et de magie. Des hurlements de douleur s'élevaient des remparts.

— À couvert, cria quelqu'un, mettez-vous à l'abri !

— Restez où vous êtes, soldat !

C'était la voix du général Nax. Le fumier.

Sardelle recula sur le seuil afin de s'accorder un instant pour réfléchir. Un bouclier, c'était de ça dont ils avaient besoin. Oui.

— Qui protège le fort entier ?

— Il le faut. Prenant une grande inspiration, Sardelle tâcha de se concentrer. Elle créa un dôme translucide, si subtil que la pluie ardente continua tout d'abord à le traverser, en s'amenuisant mais

sans cesse. Sardelle y ajouta graduellement de l'énergie, jusqu'à ce que les plombs incandescents rebondissent dessus au lieu de le traverser.

Quelqu'un sur les remparts poussa un cri de joie. Elle doutait que ce soldat ait la moindre idée de ce qui se passait en-dehors de la simple constatation que le feu ne lui tombait plus sur la tête, mais Sardelle se sentit tout de même soutenue, et appréciée.

— *Ils vont essayer de tirer à travers ton bouclier, je pense. D'ailleurs, c'est ce qu'ils se préparent à faire.*

Sardelle grimaça. Il serait délicat de faire ricocher des boulets de canon.

— *Laisse-moi voir si je peux bricoler quelque chose et...*

— *Je m'en charge. Toi, trouve plutôt un moyen de t'occuper du shaman. Il doit nous avoir détectées, à présent.*

— *Entendu.*

Elle aurait préféré chercher Ridge et voir comment il s'en sortait avec le hibou, mais la priorité allait au shaman.

Ce dernier la repéra le premier, et il lança aussitôt une attaque psychique. Sardelle eut l'impression d'un harpon s'enfonçant dans son crâne et la pression s'y accrut brutalement, au point qu'elle crut que les yeux allaient lui sortir de la tête. Elle mit un genou à terre et se soutint en posant le poing sur la terre gelée. Sans Jaxi, le bouclier se serait dissipé. Pendant un moment, Sardelle dut se concentrer exclusivement sur l'édification de son propre bouclier afin de repousser l'assaut. Elle rassembla la force de le chasser de son esprit puis de riposter, mais elle suspendit au dernier instant son attaque.

Et si elle jouait la morte, pour l'attirer au sol ? Elle ne pouvait physiquement l'atteindre tant qu'il restait à bord du dirigeable, mais s'il débarquait pour s'emparer de Jaxi...

— *C'est ça, utilise-moi comme appât. On ne s'en formalise pas, nous autres, les épées à la valeur inestimable.*

La tête de Sardelle la lançait encore – si elle le repoussait complètement, il comprendrait l'étendue de son pouvoir et ne descendrait sûrement pas à terre –, mais elle parvint tout de même à répondre à Jaxi.

— Qui t'a dit que tu étais inestimable ?

— Tous les gens vraiment avisés qui ont eu la chance de me connaître. Allez, vas-y. Effondre-toi tragiquement au sol. Je ne vendrai pas la mèche.

Sardelle décida plutôt de se laisser glisser contre le montant de la porte. Elle fit silence dans son esprit, pour donner l'impression qu'elle avait perdu connaissance. L'attaque continua à la marteler, mais elle serra les dents et la supporta sans réagir. Pour autant, si son plan ne fonctionnait pas d'ici quelques secondes, elle allait commencer à se mettre en colère et à réfléchir à des moyens de lui arracher ses gonds à lui aussi, même s'il se trouvait à une centaine de mètres au-dessus du sol.

— La pluie de flammes s'est arrêtée, lui apprit Jaxi. *Est-ce que j'enlève le bouclier ?*

— Oui. Pour le moment, il est concentré sur moi. Du moins, l'espérait-elle. De plus, pour que son stratagème fonctionne, elle devait cesser d'utiliser ses pouvoirs. *Mais reste prête à le rétablir à tout moment.*

— Bien compris.

Puis le shaman se mit à sonder l'esprit de Sardelle, à le palper comme s'il prenait son pouls. Jaxi et elle s'astreignirent à ne pas formuler la moindre pensée. Le laisser ainsi s'insinuer dans sa tête sans lever ses défenses mentales lui donnait la sensation de laisser des fourmis lui courir sur tout le corps sans réagir, mais elle le supporta aussi, après avoir supporté la douleur.

Puis le shaman se retira de son esprit. Les canons tiraient de nouveau, aussi bien ceux du fort que ceux du dirigeable, mais Sardelle comme le shaman avaient d'autres sujets de préoccupation.

— Il arrive.

— Il vole ? Sardelle n'avait jamais entendu parler d'un mage qui en soit capable, du moins pas sans l'aide d'un dispositif quelconque. *Ou il a laissé pendre une corde ?* Le dirigeable était-il assez bas pour ça ? Les soldats ne le regarderaient pas faire sans réagir.

— Il descend dans une petite montgolfière. Ce doit être l'équivalent d'un canot de sauvetage pour dirigeable.

— Nos soldats l'attaquent ?

Jaxi marqua une pause.

— *Oui, mais le shaman le protège d'un bouclier semblable au tien, et il protège également le dirigeable. Toutefois, il semble que ton ami le pilote ait causé quelques dégâts avant que le shaman n'ait dressé son bouclier.*

— *Ridge? Bien.*

Sardelle sentit une bouffée de fierté à son égard. Qui se mua aussitôt en inquiétude. Est-ce que le shaman serait alerté si elle étendait ses perceptions pour voir où en était Ridge ?

— *Reste tranquille. Le shaman s'est posé. Il vient par ici.*

Sardelle entrouvrit une paupière. Elle était surprise que les soldats ne soient pas en train de descendre des remparts pour attaquer le shaman.

Ah, mais il n'était pas seul. L'homme à la peau bronzée qui avançait à grands pas vers elle, ses longs cheveux blancs ressortant vivement sur sa cape de fourrure noire, était entouré de pas moins d'une vingtaine de guerriers cofah au crâne rasé, armés d'épées courtes et de fusils à long canon double qu'ils maniaient à une main en calant la crosse contre leur hanche. Les soldats à l'intérieur du fort leur tiraient dessus, mais le shaman les protégeait.

La poignée de Jaxi devint chaude, tandis que la lame-sœur se préparait au combat.

— *Tu les as attirés ici. Tu as un plan ? Je ne crois pas qu'une crise d'urticaire suffira à arrêter ce shaman.*

Le plan de Sardelle avait été d'attaquer le shaman de toutes ses forces dans l'espoir de le prendre par surprise, mais si elle réussissait à briser son bouclier, cela pourrait suffire. Un mage était aussi vulnérable à une balle de fusil que n'importe qui.

Les guerriers cofah sourirent en voyant les balles ricocher autour d'eux et, emplis de confiance, se mirent à leur tour à tirer sur les soldats des remparts. Le shaman leva une main en direction du flanc de la montagne, et les portes que Ridge avait fait installer sur les puits de mine s'arrachèrent dans un hurlement de métal déchiré.

Sardelle jura à part elle. Inciter ce fumier à descendre n'était pas une si bonne idée, après tout. Si les mineurs sortaient des galeries pour se jeter sur leurs gardiens…

Il était temps de lancer son attaque. Le shaman se trouvait à moins de dix mètres d'elle. Sardelle rassembla son énergie et la projeta sur lui en visant son esprit, exactement comme il l'avait fait contre elle. Elle ne pouvait plus qu'espérer avoir la force de le terrasser.

Au début, Ridge avait le dirigeable en vue alors qu'il traversait le ciel, tandis que le vent glacial lui brûlait les yeux et les joues. Puis il aperçut le petit ballon posé dans la cour du fort, et les Cofah chauves, dans leurs uniformes écarlates et capes assorties, qui s'y déployaient. Une silhouette aux cheveux blancs se distinguait au centre de leur formation. Ridge ignorait qui était cet homme – et pourquoi ses soldats ne tiraient pas sur les assaillants –, mais il avait le pressentiment que c'était lui le responsable de ce feu tombé du ciel. Un autre mage.

— Ça aurait été bien que le quartier-général ait connaissance de l'existence de ce dirigeable, marmonna-t-il en inclinant le nez de l'aéro pour piquer sur les envahisseurs.

Il ouvrit le feu, mais comprit aussitôt le problème. Les balles rebondissaient avant d'atteindre les hommes. Il ajusta sa visée dans l'intention de tirer sur le sol devant les Cofah afin de voir si leur bouclier invisible les protégeait aussi des projections de terre et de roche, mais son doigt se figea sur la détente. Quelqu'un était affalé sur le seuil du bâtiment administratif. Sardelle.

Ridge sentit sa respiration se bloquer. Avait-elle été abattue alors qu'elle allait chercher son épée ? Ou était-ce ce mage qui s'en était pris à elle ?

Forcé de redresser l'appareil, il la perdit de vue. La colère et la peur formaient un nœud dans sa gorge, et il manqua presque de comprendre l'origine de la détonation qui claqua au-dessus de lui. C'était le bruit d'un coup de canon, dirigé contre lui. Le boulet frôla le cockpit et manqua l'aile d'un cheveu.

Ridge s'éloigna du fort, sachant qu'il était trop visible à contre-jour sur le fond des lanternes et des incendies au sol. Il prit de l'altitude, tout en gardant le dirigeable dans son champ de vision. Si leur mage se trouvait au sol, le vaisseau était peut-être plus vulnérable à présent. Ridge lui avait déjà infligé des dégâts. S'il pouvait l'abattre, les Cofah seraient bloqués ici, et leur magicien n'y pourrait rien. Même si tout ce qu'il désirait c'était de foncer vers le fort pour protéger Sardelle, il n'aurait jamais pu tirer sur la cour de toute manière ; il risquait trop d'atteindre ses hommes. La raison lui dictait d'attaquer le dirigeable.

— J'ai horreur d'être raisonnable, grommela Ridge, dont les mots furent emportés par le vent, même s'il n'y avait personne pour les entendre.

Une fois passé de nouveau au-dessus du dirigeable, empêchant les hommes sur le pont de le prendre pour cible, il vira pour s'en rapprocher. Il mitrailla le ballon ovale, y perçant des dizaines de trous. Avec un peu de chance, les balles allaient aussi déchiqueter l'armature à l'intérieur de l'enveloppe. Malheureusement, ces petits trous ne suffiraient pas à faire tomber le dirigeable avant un bon moment.

Quelque chose surgit de l'obscurité pour venir s'écraser sur l'avant du cockpit. Ridge eut un mouvement de recul dans son siège. Le hibou, comprit-il au moment où l'oiseau poussait son horrible cri strident.

Ridge vira violemment pour tenter de le décrocher de l'aéro. Sans le harnais qui le retenait à son siège, c'était lui qui aurait risqué d'être jeté dans le vide. Ce maudit hibou magique tint bon, enveloppant le cockpit dans les battements furieux de ses grandes ailes qui empêchaient Ridge de voir devant lui. Il tenta de redresser, mais l'oiseau géant le poussait vers le bas, à moins que ce ne soit seulement son poids supplémentaire qui faisait plonger l'aéro.

Alors qu'il effectuait des embardées pour essayer de décrocher le hibou, quelque chose roula contre son pied.

— Quoi encore ? grogna Ridge, avant de se rappeler la remarque de Bosmont avant le décollage.

Obligé de se baisser pour éviter un coup de serres, Ridge en profita pour tâtonner à ses pieds, et trouva un objet qui avait la forme d'un boulet de canon. Cela n'avait aucun sens. Il enclencha l'interrupteur qui relevait le couvercle sur le cristal, et la lumière se répandit dans le cockpit.

Le hibou poussa un cri et lâcha prise pour aller voler à côté de l'appareil.

— Par les dix niveaux des enfers, si j'avais su que tu détestais la lumière, j'aurais essayé ça plus tôt !

Peu importait que l'éclat du cristal en fasse une cible plus facile pour le dirigeable, du moment que cela tenait cet oiseau démoniaque à distance. Et puis il avait aussi besoin de voir ce que son ingénieur lui avait donné. L'objet était plus léger qu'un boulet de canon mais en avait la forme, avec une mèche au sommet.

Ridge éclata de rire. Bosmont lui avait fabriqué des bombes.

Sa première idée fut de larguer une bombe au-dessus du ballon afin d'y faire un trou suffisamment grand pour provoquer la chute du dirigeable. Mais le hibou revint à la charge, masquant les étoiles de ses ailes gigantesques. La lumière du cristal avait dû seulement l'éblouir, et il s'était remis de sa surprise.

— Voyons un peu si tu aimes les bombes.

Gardant une main sur les commandes, Ridge souleva de l'autre le couvercle du compartiment de rangement près de son siège et y chercha le briquet qui servait à allumer les fusées de détresse. Il appuya sur la gâchette latérale et le silex frappa sur l'acier, produisant une petite flamme. Il coinça la bombe entre ses genoux pour la tenir, en espérant que Bosmont savait ce qu'il faisait et que son engin n'exploserait pas prématurément. Il attendit avant de l'allumer, sachant qu'il lui faudrait une bonne dose de chance pour réussir à atteindre le hibou. D'après la longueur de la mèche, il estima qu'il aurait dans les quatre secondes avant que la bombe n'explose.

Pour l'instant, l'oiseau avait disparu. Peut-être avait-il compris ce que Ridge comptait faire. Ce dernier tourna la tête dans toutes les directions, puis en haut, car il savait bien que la mort venait souvent d'au-dessus dans les combats aériens. Il en fut aussitôt récompensé : le hibou plongeait sur lui en un piqué mortel.

Ridge alluma la mèche, s'empara de la bombe et attendit en comptant. L'aéro trembla et tangua ; il aurait fallu garder les deux mains sur les commandes, surtout à présent que l'appareil avait été endommagé.

— Laisse-moi encore une seconde, ma belle, murmura-t-il à son Dragon.

Il lança la bombe sur le hibou alors que celui-ci tendait ses serres pour s'accrocher de nouveau à la barre au-dessus du cockpit, ou pour arracher la tête de Ridge. Quelle que soit son intention, le fait de voir une balle métallique lui arriver dessus modifia ses plans. Ridge avait pensé que la bombe allait le frapper et rebondir, et il espérait avoir bien calculé son lancer pour qu'elle explose avant d'être retombée trop loin du hibou, mais ce dernier réagit en attrapant la bombe au vol dans son bec.

Ridge manqua de rester tétanisé par la surprise et pressa sur les commandes pour faire plonger l'aéro, bien conscient de devoir mettre le plus de distance possible entre cette bombe et lui avant qu'elle…

La détonation, digne des canons du fort, produisit un éclair orange et jaune. L'onde de choc secoua l'appareil, mais Ridge était parvenu à s'éloigner avant d'être frappé par les éclats. Pendant un instant, une pluie de plumes emplit le ciel, comme si un oreiller avait été crevé.

Ridge souffla avec soulagement, mais il ne perdit pas de temps et s'orienta vers sa prochaine cible. Le dirigeable. Il tâtonna du pied sous le tableau de bord. Bosmont avait parlé de plusieurs cadeaux, non ? Pour garder Ridge au chaud ? Oui, il y en avait une autre. Il la récupéra et la coinça à son tour entre ses genoux. Cela ne laissait pas de le rendre nerveux, mais personne n'avait pensé à installer un porte-bombe dans le cockpit.

Il sentit l'aéro protester ; il ignorait combien de passages il pourrait encore faire, mais il l'orienta de nouveau vers le ciel. S'il parvenait à éliminer le dirigeable, ses soldats au sol seraient sûrement en mesure de se charger du reste. Mage ou pas mage.

Alors que Ridge prenait de l'altitude, il baissa le regard vers le fort, en se demandant pour Sardelle, en se demandant si…

Cette fois, il resta bien tétanisé par la surprise. Sardelle était debout au milieu de la cour, son épée flamboyant d'une intense lumière dorée qui devait aveugler les hommes alentour. Sauf cet homme aux cheveux blancs, avec sa cape en fourrure… Il lui faisait face, la main tendue, et une sorte de brume rouge sourdait de ses doigts. Ridge n'avait pas la moindre idée de ce qui se passait – ni de qui des deux était en train de l'emporter – et même s'il avait souhaité de tout son cœur pouvoir l'aider, il n'était pas mécontent de se retrouver bien loin de tout cela. Il préférait autant affronter un dirigeable que de la magie.

Autour de Sardelle et du sorcier ennemi, les guerriers cofah combattaient les défenseurs du fort au corps à corps. Les soldats de Ridge avaient l'avantage du nombre et auraient dû logiquement l'emporter, mais quelqu'un avait ouvert les portes bloquant l'entrée des mines, et les mineurs en jaillissaient en foule, leurs pioches à la main. Impossible de dire de quel côté ils allaient se ranger. Avec ce ballon posé au sol, certains voyaient sans doute là une occasion de s'échapper. Peut-être qu'ils allaient simplement s'en prendre à tous ceux qui se dresseraient en travers de leur route, pour se précipiter sur la montgolfière et sa promesse de liberté.

Ridge arracha son regard du fort et toucha la bombe entre ses genoux. Il devait d'abord finir sa part du combat avant de s'inquiéter du chaos qui régnait en bas.

Sardelle avança vers le shaman, Jaxi brillant comme un soleil dans sa main. Elle l'avait pris à revers avec son attaque initiale et les défenses du mage s'étaient effondrées, permettant aux balles d'atteindre les guerriers cofah, mais il s'était repris et avait cuirassé son esprit. Ce n'était pas un problème ; elle pouvait aussi bien le combattre avec son épée, du moment que les Cofah ne la déconcentraient pas trop.

Ceux-ci agissaient clairement comme des gardes du corps pour le shaman, tandis qu'à l'inverse les soldats sur les remparts seraient sans doute aussi heureux de tirer sur Sardelle que sur le mage face à elle.

Un guerrier cofah pointa son fusil vers elle. Quand il tira, projetant une décharge de plombs plutôt qu'une balle, Jaxi flamboya, incinérant les projectiles. Fort heureusement, les autres Cofah étaient occupés à riposter au feu des soldats sur les remparts. Privés désormais de leur bouclier, ils avaient de surcroît le désavantage de la position, en contrebas de leurs adversaires. Certains s'étaient déjà dispersés pour se mettre à couvert dans les bâtiments.

Le shaman tenta une nouvelle attaque mentale, semblable à la première. Il n'était pas le seul à avoir levé ses barrières psychiques. L'assaut se brisa sur Sardelle, s'écoulant autour d'elle comme le flot d'un torrent contre un rocher.

Elle lui adressa un sourire et se rapprocha encore. Moins de dix mètres les séparaient. S'il était armé, il dissimulait ses armes sous sa cape en fourrure. Elle scruta la cape. La fourrure en était rêche et sèche. D'un geste de la main, elle tenta de l'embraser. De la fumée enveloppa un instant le shaman, qui étouffa aussitôt l'attaque.

Il lui lança un regard méprisant puis leva la main, et des volutes de brume rouge flottèrent vers elle. Sardelle continua à avancer, sans trop savoir ce qu'était exactement cette brume – pour l'essentiel, la magie de ce shaman lui était étrangère, originaire d'un lointain continent –, mais elle avait confiance dans le pouvoir de Jaxi pour la détruire. De son côté, elle se prépara à un assaut physique et brandit la lame-sœur au-dessus de son épaule.

Jaxi attira la brume rouge à elle. Elle s'enveloppa autour de la lame, puis un bref éclat lumineux et elle disparut, incinérée comme les plombs du fusil.

Le shaman écarquilla les yeux, qui étaient rivés sur l'épée. Il venait de comprendre qu'il n'était pas de taille.

— *Ce n'est pas trop tard*, dit-il dans l'esprit de Sardelle. *Abandonne ces primates sans talent. Ils ne sont pas dignes que tu gâches tes pouvoirs à les défendre. Viens avec moi. Je te donnerai plus qu'ils ne pourront jamais t'offrir.*

— *Serait-ce une nouvelle proposition d'accouplement ?*

Cette fois, Sardelle ne se donna pas la peine de masquer son dégoût. Il aurait dû plutôt lui offrir de la conduire là où se trouvaient d'autres mages. Cela aurait été pour elle une proposition bien plus tentante. Mais pas suffisante pour lui faire baisser son épée et cesser de marcher sur lui.

— *Ne désires-tu pas des enfants ? Des enfants doués d'un pouvoir égal au tien ?*

— *Si je choisis d'avoir des enfants, je veux qu'ils aient deux parents qui les aiment, et qui s'aiment.*

— *Cela viendra en son temps.* Le shaman projeta dans l'esprit de Sardelle une image d'eux s'étreignant amoureusement.

Sardelle grimaça. Comme il reculait face à elle, elle pressa le pas. Encore cinq mètres, et elle serait sur lui. Durant ce temps, Jaxi arrêta des balles destinées à Sardelle ; l'une d'elles disparut dans les flammes à moins d'une paume de ses yeux. Ce tir provenait des remparts, non d'un fusil cofah. Et ce n'était pas le premier. Quelle que soit l'issue de cette bataille, il lui faudrait partir dès sa confrontation avec le shaman terminée.

— *Tu vois ?* Le shaman tendit la main vers les soldats sur le rempart. *Ils n'hésiteront pas plus à t'abattre que moi. C'est de la pure folie de les défendre. Tu es indigne de porter une lame-sœur.*

— *Tu devrais revoir ta manière de faire la cour.*

Trois mètres.

Le shaman se ramassa à la manière d'un tigre, comme s'il se préparait à bondir sur elle. Mais au lieu de cela, il tendit les deux mains en avant, projetant sur elle une puissante vague d'énergie. Une fois encore, elle laissa son attaque glisser sur son bouclier psychique, et l'onde de choc agita à peine ses cheveux. Derrière elle, les fenêtres des bâtiments volèrent en éclats et les portes claquèrent violemment. Un soldat sur le chemin de ronde fut poussé dans le vide et tomba dans la cour en poussant un cri.

Bondissant en avant, abattit son épée en un large arc de cercle qui visait la gorge du shaman. Celui-ci se jeta en arrière, mais son pied glissa sur le sol gelé. Il battit des bras en cherchant à retrouver son équilibre et Sardelle fondit sur lui avant qu'il ne se rétablisse, en se rappelant à elle-même que, même sans une arme en main, il n'avait rien d'un adversaire désarmé. Il était venu pour détruire le fort et s'emparer de Jaxi. Elle le mit à mort d'un coup d'estoc en plein cœur.

Sardelle pivota sur elle-même, prête à se défendre contre un nouvel ennemi. Les détonations des fusils et le fracas du métal résonnaient partout autour d'elle. Uniformes gris et rouges mêlés, les soldats des deux armées s'affrontaient au corps à corps. Les tenues vert olive des prisonniers s'apercevaient partout également. Elle avait oublié : le shaman avait libéré les mineurs. Un pic de mine frappa un homme dans le dos. Mais la victime n'était pas un soldat du fort, comme elle l'avait craint. C'était un guerrier cofah. Les prisonniers aidaient les soldats, et non l'inverse.

Une lumière flamboya dans le ciel nocturne, et des vivats éclatèrent. La poupe du dirigeable avait explosé, projetant des débris de bois dans toutes les directions. Un Dragon couleur de bronze traversa le nuage de flammes, sa coque scintillant du reflet de l'incendie qui dévorait l'arrière du dirigeable. Le vaisseau dégringola vers le sol en une chute inévitable.

Sardelle aurait bien voulu se joindre à la joie des soldats et attendre le retour de Ridge pour l'étreindre et l'embrasser en récompense de son action héroïque, mais elle n'avait pas oublié les tirs qui l'avaient visée. Tant que le général Nax commandait le fort, elle ne pouvait espérer être traitée autrement qu'en ennemie.

Alors que les larmes lui brûlaient les yeux, Sardelle examina une dernière fois le shaman pour s'assurer qu'il était bien mort, puis elle courut vers la montgolfière qui avait déposé les Cofah. Un homme se trouvait dans la nacelle, sans doute le pilote de l'engin. Il était à genoux, caché, et seuls ses yeux dépassaient du bord de la nacelle. Quand il vit Sardelle s'approcher, il se pencha pour couper un filin, puis un deuxième, libérant les ancres qui maintenaient le ballon au sol. Aussitôt, la montgolfière commença à s'élever dans le ciel. La course de Sardelle se mua en un sprint désespéré. Même si elle doutait qu'une montgolfière puisse traverser la chaîne des Lames de Glace, c'était sa seule chance de s'enfuir de ces montagnes.

Elle jeta sa lame-sœur dans la nacelle – ce qui dut alarmer le pilote – puis elle sauta et attrapa un des filins qui pendaient dessous. Bien qu'épuisée par le combat et n'étant pas une grande athlète en temps normal, elle était assez motivée pour trouver la force de se hisser à bout de bras. Craignant un peu que le pilote tente de lui fracasser le crâne à son arrivée, elle grimpa la nacelle et enjamba le rebord. Son épée était seule à bord.

— *Je me suis mis à briller, et il a sauté dans le vide.*

— *Tu as le chic pour flanquer la frousse aux gens, Jaxi.*

— *Merci.*

Sardelle se releva. D'ici une minute, elle tenterait de comprendre comment piloter cet engin. Et un peu plus tard, elle s'interrogerait sur son avenir et déciderait où elle voulait que le ballon la mène. Pour le moment, elle se contenta de respirer l'air froid de la montagne, de sentir une partie de la tension nerveuse se relâcher en elle alors que le fort diminuait au-dessous d'elle.

Le grondement et les cliquetis du moteur du Dragon parvinrent à ses oreilles et elle aperçut Ridge, illuminé dans son cockpit par l'éclat du cristal. Il filait en direction du fort alors qu'elle s'en éloignait – et à en croire les bruits inquiétants du moteur, il était douteux que l'appareil continue à voler très longtemps –, et trop de distance les séparait pour pouvoir échanger des paroles. Cependant, il lui adressa un signe de tête et leva la main.

La gorge serrée, Sardelle lui retourna le geste. Même si personne d'autre dans le fort ne comprenait, lui il saurait.

— *Est-ce suffisant ?*

Sardelle s'essuya les yeux.

— *Il le faudra bien.*

Soit il n'y avait pas de poisson, soit son appât échouait à les attirer. Ou alors il était trop ivre pour se rendre compte qu'ils avaient pris la fuite avec son appât en ricanant depuis bien longtemps. Puis il se demanda s'il avait la force de se lever de sa chaise, de rentrer dans le chalet et de se préparer un petit quelque chose à manger. C'était beaucoup d'efforts. Il était plus facile de s'allonger sur le ponton pour profiter du soleil hivernal, si l'on pouvait qualifier ce temps « d'hivernal » en comparaison des températures que connaissaient les Lames de Glace. Le lac n'était même pas gelé et avec le soleil lui réchauffant la peau, il aurait pu se croire en automne.

De l'autre côté du lac, un coq chanta. Il n'y avait que deux autres maisons près du lac, ce qui était une des raisons qui avaient incité Ridge à acheter le chalet, mais il n'était pas absolument certain de goûter la solitude en ce moment. Étant donné son humeur, il aurait mieux fait de rester à la base et d'attendre en compagnie d'autres pilotes que son escadrille revienne de mission. Mais il n'avait pas donné l'adresse de la base à Sardelle, et de toute façon il doutait qu'elle ait très envie d'avoir de nouveau affaire avec l'armée.

Ridge décrocha un petit éclat de bois de l'accoudoir en se demandant s'il était stupide de l'attendre. Est-ce qu'il croyait vraiment qu'elle allait venir ? Et était-il même certain de le vouloir ? Après avoir vu… tout ce qu'il avait vu ?

— Et pourtant, tu es assis là, non ? grommela-t-il.

Mais quelle raison aurait-elle eu de venir, à présent qu'elle avait son épée, sa grande épée brillante tueuse de sorciers ? Elle n'avait plus rien à attendre de lui.

— Encore en train de boire ? lança une voix douce derrière lui.

Ridge manqua de tomber de sa chaise et lâcha sa canne à pêche dans l'eau en se relevant brusquement pour se retourner, l'air ébahi.

Sardelle se tenait à l'entrée du ponton, vêtue d'une élégante robe vert foncé qui soulignait ses courbes et sa taille mince de manière bien plus attrayante que sa tenue de prisonnière. Ses cheveux noirs retombaient librement sur ses épaules en lourdes boucles luisantes et encadraient son visage en rehaussant les taches de rousseur qui parsemaient son nez et ses joues. Curieusement, Ridge n'avait jamais imaginé qu'une magicienne puisse avoir des taches de rousseur. Mais il n'avait rien à y redire ; elles la rendaient plus… humaine. Ça, et son regard vers la bouteille, un sourcil malicieusement haussé.

— Ce n'est que la deuxième fois en un mois, se défendit-il.

— Ah. J'espère que ce n'est pas encore à cause de mauvaises nouvelles ?

Son expression se fit sérieuse. Soucieuse. Peut-être qu'elle craignait qu'il ait eu des ennuis à cause d'elle.

— Non. J'ai été autorisé à réintégrer mon escadrille, et j'ai reçu une médaille pour, je cite (Ridge leva les yeux au ciel) « mon ingéniosité, ma bravoure et mon esprit d'initiative ».

Un idiot avait aussi menacé de le promouvoir, mais Ridge avait écrasé cette boule de neige avant qu'elle ne dévale la pente et se transforme en avalanche. Les généraux ne pilotaient pas ; ils commandaient des brigades, et parfois des forts. Il n'avait aucune envie d'avoir de nouveau à supporter ça, et surtout pas à long terme.

— Oh, je vois, dit Sardelle. Et c'est pour ça que vous êtes assis ici, à boire seul, comme si vous veniez de perdre votre plus vieil ami.

— Le roi et le général des armées étaient si heureux de recevoir ce tas de cristaux qu'ils devaient en récompenser quelqu'un. Le général Nax n'étant plus là, c'est tombé sur moi. Je n'ai aucun goût pour les médailles que je ne mérite pas. Je n'ai pas fait une seule chose intelligente quand j'étais au fort, et tout compte fait je n'ai rien fait de plus que d'exploser un hibou géant. Quelqu'un d'autre a joué un rôle essentiel dans la défaite des Cofah.

Ridge lui adressa un regard entendu.

— Tout ce que j'ai fait, c'est d'affronter leur shaman. C'est vous qui avez détruit leur dirigeable. Et ce hibou était vraiment géant. (Sardelle inclina légèrement la tête.) Quand vous dites que le général Nax n'est plus là, qu'est-ce que ça signifie ?

— Un petit groupe de guerriers cofah a réussi à se faufiler sur les remparts et le général a été tué dans le combat. En fait, il m'a manqué quand j'ai retrouvé la terre ferme. Étant le seul officier supérieur, c'est à moi qu'il est revenu de mettre de l'ordre dans le fort après tout ce bazar.

Ridge se demanda si Sardelle serait partie dans la montgolfière si elle avait su que le général était mort à ce moment-là. Probablement. De ce qu'il avait appris après la bataille, ses propres soldats avaient ouvert le feu sur elle, en même temps que sur l'autre mage.

— Sardelle, je… (Ridge fourra les mains dans ses poches et baissa les yeux sur les planches du ponton.) Je sais que ça ne change pas grand-chose, mais je voudrais m'excuser pour la manière dont vous avez été traitée au fort. J'aimerais pouvoir vous dire que les choses auraient été différentes si vous m'aviez dit la vérité dès le début, mais…

Il haussa les épaules.

— Je craignais, si je vous avouais la vérité, que… Entre autres choses, auriez-vous passé la nuit avec moi dans cette grotte si vous aviez su ?

— Par les sept dieux, non. J'aurais eu peur que vous fassiez fondre mon dragon si je ne vous donnais pas entière satisfaction.

Sardelle rit doucement.

— Juste pour être sûre, vous parlez bien de… votre petite figurine en bois, n'est-ce pas ?

Non, parce qu'une femme trouverait ridicule qu'un homme baptise autre chose « son dragon ». Bien sûr, ça, il savait.

— Évidemment.

— Et pour la nuit dans la bibliothèque ? demanda-t-elle.

— Oh, là j'étais assez ivre pour être prêt à risquer votre courroux, je crois.

— Je vois.

Sardelle s'avança sur le ponton dans le doux bruissement de ses souliers vert pâle assortis à sa robe. Ridge se demanda quand elle avait eu le temps de faire des emplettes ; et aussi, comment avait-elle fait ? Avait-elle de l'argent ? Ou avait-elle simplement claqué des doigts pour faire apparaître cette robe ? Il déglutit nerveusement tandis qu'elle se rapprochait. Il n'avait pas peur d'elle, mais en même temps… il ne pouvait pas prétendre que rien n'avait changé. Elle était exactement la même, mais… il était difficile de ne pas revoir cette aura qui l'avait enveloppée quand elle avait brandi son épée.

Il jeta un regard vers le jardin et chalet.

— Vous n'avez pas apporté votre brillante épée ?

Sardelle s'arrêta à deux pas de lui, la tête inclinée.

— Je n'ai pas cru en avoir besoin ici.

— Non… l'endroit est généralement sûr, même si les moustiques peuvent représenter une sérieuse menace en été. Pour autant, je n'ai pas l'impression que c'est une chose que vous devriez laisser n'importe où au risque que quelqu'un la trouve. Ou qu'une montagne s'effondre dessus.

— Je suis venue ici à cheval, expliqua-t-elle, avec un geste en direction des arbres qui bordaient la route. Jaxi – mon épée – est accrochée à ma selle, avec mon sac, mais il me semblait présomptueux de déposer mes affaires sous votre porche. Et je n'étais même pas sûre qu'il s'agisse bien de votre porche. Cette adresse… au début, j'ai cru qu'elle indiquait l'emplacement d'un centre de recherches de l'armée où le général voulait expédier mon épée.

— Non, murmura Ridge, distrait par l'idée qu'elle avait envisagé de déposer ses affaires sous son porche.

— Puis le temps que je passe les montagnes dans ce ballon, que je retrouve la civilisation, et que je comprenne à quelle localité cette adresse se référait, j'ai craint de vous trouver ici… en compagnie de quelqu'un d'autre.

— Qui donc aurait pu être là ?

— Je ne sais pas. À voir la rapidité avec laquelle la fille du général – j'imagine qu'elle est toujours en vie ? – s'est éprise de vous, je me suis dit que vous n'aviez sûrement aucun mal à trouver de la compagnie féminine.

— Oh. (Ridge décida de ne pas lui dire qu'il était revenu du fort avec Vesper, qui avait essayé de le convaincre de lui apporter le réconfort de ses bras après le décès de son père.) En fait, elle s'était entichée de moi avant d'arriver, ai-je appris plus tard, davantage attirée par ma réputation que par ce que je suis vraiment. Une fois que les femmes apprennent à me connaître, elles font souvent demi-tour en courant.

Ce n'était pas tout à fait vrai. L'incompatibilité ne se révélait généralement qu'à partir du moment où ils essayaient de vivre ensemble, et qu'il était absent pendant plusieurs mois d'affilée à essayer de se faire tuer – c'était leurs mots, non les siens – en les laissant seules à la maison, à se ronger les sangs.

— Ridge, êtes-vous en train de me mentir ?

— Peut-être un peu. C'est mon tour, non ? (Il sourit et franchit le dernier mètre qui les séparait encore, sentant que c'était ce qu'elle attendait de lui. Il prit ses mains dans les siennes.) Si vous parvenez à supporter mes tendances mensongères, peut-être pourriez-vous rester un peu, le temps de voir si la découverte vous donnera moins envie de fuir qu'à d'autres ?

Elle se laissa aller contre sa poitrine, leurs mains toujours entrelacées.

— L'idée ne me déplairait pas.

— Bien, murmura-t-il, en plongeant ses yeux dans les siens.

Son cœur battait à la vitesse d'une hélice. Il se sentait comme un adolescent, empli d'un mélange d'exaltation et de peur alors qu'il rassemblait son courage pour l'embrasser. Mais dès que leurs lèvres se touchèrent, il éprouva un sentiment d'intense familiarité, l'impression que tout était juste et bien.

Podium

DISCOVER MORE

STORIES UNBOUND

PodiumEntertainment.com

www.ingramcontent.com/pod-product-compliance
Lightning Source LLC
Chambersburg PA
CBHW020652120726
47906CB00001B/238